日本古典文學作品解析

張　利利　著

翰林書房

目録

前言

第四章　近世文學

前言

古典文學作品與現代文學作品相比，從思想表達到語言表達都有很大不同。在過去的每個歷史時代，由於生產發展的水準不同，其社會結構和背景以及人們的風俗習慣均有所不同。因此，古典文學作品，在一些思想和意識的表達形式上，對現代人來說是一個不易走進的神秘世界。

然而，不同時代的歷史，如同一條長河，由各個時代的區域銜接而組成。我們生活在現代，但是，我們時代的底蘊，生活形態無疑與歷史不可分開。時代是歷史的演變，是歷史的組合部分，也是歷史的繼續。

因此，現代人通過學習和理解古文，可以在縱觀歷史的同時，對人類歷史的文化有所瞭解，可以借鑒歷史，取其精華，發揚精神。中國有句古話，「後之視今，猶今之視昔。」我們今天研究歷史文化，也是為人類今後的發展，總結經驗做出的必要努力。

提到日本的古文古語，往往會使人生畏。日本是個獨立的島國，由於其獨特的地理環境，將吸收進來的外來文字和文化融入到本國，其獨特的語言和環境造就和培植了獨特的文化，又形成了日本人的歷史。在當今的國際化社會中，這支百花園中獨放的奇葩既富有魅力又很神秘。作為我們國際化社會的一名成員，如何去客觀地審視瞭解這一歷史和文化，也是一個課題。我們通過研讀一些日本的古典作品，就會在瞭解日本的歷史、文化及其發展變化等方面，得到所尋求的答案，這將會在當今的國際交往中，多些瞭解，加些和諧，減少些因文化的不同而造成的苦惱。

日本民族和任何國家的民族一樣，從古代到現代，經過了漫長的歷史。在歷史的每個階段，都會出現諸多文學作品的不朽之作。這些作品真真切切地反映了當時的歷史背景以及人們的思維感情和生活情景，起到了發展民族文化的推動作用。我們為更深入瞭解當今的日本，就有必要更多瞭解日本的歷史、文化、人物風情。为此，就有必要去讀一些文學作品，去瞭解文學的歷史。即，一個文學作品所誕生的時代、社會以及其中的各種人物；這些作品在歷史的過程中，又是如何起到了承前啟後的作用。與此同時，我們在解析這些文學作品的過程中，無疑能進一步理解和體會到日本這一獨特的文化，以及對其國家發展的作用。

本書内容將沿著日本文學史的主線，選出個各時期具有代表性的文學作品，擇其重要章節予以解析。對每個作品，包括語法説明，提出作品的主題思考、研究史等。有些作品用日中比較的方法予以解析。在掌握日本文學史的時期劃分，以及作品的時代意義和特点等方面，力求做到梳理有序，深入淺出，一目了然。另外，每篇作品原文均附有中文譯文，以便日中兩文對照參考並欣賞。

本書不僅對學習日文的中國人，也對學習中文的日本人以及研究日本文化历史的讀者，都会有很大參考作用。

第一章　古代前期文學

一　文學史概況

1原始社會的咒術

日本民族和其他民族一樣，經過了漫長的採集生活時代。眾所周知，在日本列島，一萬年以前就有人居住。當時這些人還不會製作土器，只能使用一些銳利而簡單的石器從事採集，以此生計。經過數千年，日本進入繩文文化時代，生活技術有了顯著發展。除用石頭磨制的銳器、石斧等外，還有土器、骨角器、貝器和木器等。他們以此為生活主要用具，從事狩獵，捕漁，過著集體營造的生活。但是，在如此的採集生活時期，人們還沒有具備完全的生活能力。根據出土的繩文時代土偶等文物顯示，這些文物中有很多是咒術用具。由此可見，當時的時代，咒術與人們的生活已緊密相連。而文學的雛形則誕生於咒術用語中。

2開始步入文明

從繩文土器的紋樣來看，很明顯有時代的差異。在採集生活階段，文化似乎已有發展。這些文化的發展也昭示著人們，漫長的採集生活業已結束。約公元前三世紀，彌生時代到來。彌生文化是日本稻作文化的開始。氏族共同體的人們開始耕種水田，生活環境開始固定，並且逐漸出現了大規模部落團體。這時，已開始織布。公元前一世紀，開始從中國大陸流入鐵器，之後又流入了青銅器。不久，也在日本開始製作。當時，鐵器、青銅器、土器和木器均成為人們生活中的必需品。這時，氏族部落以住地為據点，形成了各自的政治和文化統一圈，又逐漸發展為一個個小國家。

3日本文學的初現

隨著生產工具的快速發展和農耕生活的開始，人們開始計畫生活。他們不再靠天吃飯，開始向自然展開搏鬥，去戰勝自然，由自己來掌握自身命運。但從整個生活方式上來看，衹是以依靠咒術為主。在一些故事以及歌謠的表達上雖然有很濃的咒術氣氛，但比起咒術，故事歌謠的表達更為接近現實生活和人們的真實感情。

于是，日本文學的歷史開始邁開了第一步。

4口承文學的產生

任何一個民族以及她的文學在沒有文字記載前，必然要經過文學的口承（口述）時代。日本文學的最初就是以口述的形式表現的，日文也把她稱為「口誦文學」。這種文學形式可見於八世紀編撰而成的『古事記』、『日本書紀』、『風土記』、『萬葉集』的「說話」和「歌謠」之中。我們可以從中捕捉到祖先是如何從原始社會創造出了古代國家，以及在漫長的歷史中，他們是如何不屈不撓，與自然抗爭的。同時，也可以瞭解到氏族和部落之間的激烈征戰，其中又湧現出多少可歌可泣的英雄人物和他們的傳說故事。通過這些驚心動魄和楚楚愛情的故事以及勞動的歌謠，我們無疑能夠體味到當時人們的喜怒哀樂，從他們身上汲取無窮的智慧和力量，獲取人生豐富而寶貴的經驗。

5古代國家的文學

隨著古代國家組織機構的健全，他們開始和中国大陸交往。在吸收引進大陸先進文學的同時，大量使用傳來的漢字來編寫國語，文學的意識急速高漲。從集體吟誦的歌謠中，派生出形式完整的個人的抒情詩。作為口承文學，一些故事、歌謠世代相傳。而這些物語歌謠又作為神話史料，由國家進行系統整理，編創成書籍。這些書籍有，『古事記』、『日本書紀』、『風土記』。七世紀到八世紀之間，『萬葉集』這部日本最古老且具有高雅格調的抒情詩集編輯而成。

二　神話的世界　古事記

1神話世界的形成

採集生活時代過後，人們使用生產工具開始農耕生活。從這時起，日本民族的歷史沖出了長期的原始滯留，得到迅速發展。但是，擺脫原始走向文明並非平坦之路。由於生產工具的進步，雖說人可以支配自然；但，面對由暴風雨洪水等帶來的自然災害依然束手無策。農耕氏族的共同體們為發展自己，逐漸欲求闊占沃土，相互爭奪勞力。為此，氏族之間，小國之間開始激烈爭鬥。他們肩負著和自然搏鬥，和人搏鬥的雙重之戰。在此過程中，古代人的想像力得到驚人發揮，創造了「神話的世界」。也就是說，他們以神話的形式，對世間和人類進行了詩一般的解釋。例如，『古事記』中所描繪的須佐之男命、大國主命等這些神話故事中的人物，均充滿著對氏族集團極富有想像力的美好頌揚。

2神話世界的破滅

神話，在這個美好的世界裡，對氏族集團舉行的祭祀活動予以生動地描繪。然而，這僅僅經過了短暫的時代。根據高句麗好太王碑文所見，四世紀末到五世紀初，以大和朝廷為主的日本聯合軍，北上攻打南朝鮮。據推測，日本聯合軍之所以能夠發動侵略是由於西日本政治的統一已達到相當規模。另外，根據中國的『宋書倭國傳』記載，早在五世紀，日本就已經實現並確立了男系世襲的王權政治。

到形成統一國家為止，氏族集團經過激烈的相爭互鬥，氏族之間的征服與服屬關係日益深化。被征服的部落或集團，作為服屬證明具有祭祀權，要義務向征服者上貢神寶。為此，在他們編創的神話故事中也描繪了這些情景。在故事情節中，充分體現了大和朝廷敕撰的神話體系。例如，『古事記』中，須佐之男命智勝八俣大蛇後，從大蛇的尾部獲得寶劍，奉獻與天照大神，以此表達臣服之忠。故事對大國主命讓國描寫得十分悲慘，暗示了遵從自我意識是無任何價值的。『古事記』中描寫的眾神均象徵著大和朝廷是天下無敵，唯我獨尊的朝政。

『古事記』是日本第一部用文字記載的文學作品

◆文字使用

漢字正式傳入日本大約在四、五世紀之間。五、六世紀，日本業已製作金石文。從出土文物（熊本縣船山古墳出土的刀身銘以及和歌山縣隅田八幡的古鏡等）來看，當時刻有漢字的遺物寥寥無幾。進入七世紀後，銘文遺物的文物數量劇增。七世紀正是聖德太子主持制定『十七條憲法』、「三經義疏」的時代，漢字使用達到鼎盛期。這些銘文中，有很多利用漢字的表音刻記著國語的固有名詞。可以看出，當時用漢字標記國語業已研究很深。

由於在接受並使用漢字方面經過了這樣的歷史，日本文學也開始有了文字的記錄。『古事記』就是第一部文字記載的文學作品。

◆創作時期

『古事記』創作于七一二年，正如其序文所記載，天武天皇（日本第40代天皇）在比較研究帝紀（帝王日嗣：皇位繼承程式，皇室系譜）和本辭（先帝舊辭：皇室、諸氏族以及民間流傳的有關朝廷皇室的各類記錄和口碑傳承）時，提出要「去偽存真」，撰輯「邦家經緯，王化鴻基」。太安萬侶受敕令根據稗田阿禮口誦進行撰錄，敬奉皇朝。

◆『古事記』特點

書中收有眾多神話、傳說、歌謠。作為古代文學，對男女愛情的描寫，明快聰慧，輪廓清晰。但是，古事記中所收集的神話和歌謠等，多覆蓋了歷史的政治背景。從其主要原因而言，古事記成立的和銅年間（七〇八～七一四），正值大和朝廷圍繞皇位的最終爭奪——「壬申之亂」，使一個不可動搖的專制國家推出了決定性舉措。也就是說，古事記的编撰，完全是為迎合時代，謀求大和朝廷的核心統一，是一個在皇統神聖的思想下為國家統治而效力的體現。

◆辭章及文字表現

古事記序文用漢字寫成，其他章節則用漢字和漢字音訓交織的獨特文體撰寫而成。但是，她力求保持了國語的傳承表現。辭章古樸直爽，與內容相輔相成。對稱表現漸次反復，韻文等文學表現形式豐富多彩，對話表現具有戲劇性效果。

『古事記』（上巻）選節

須佐之男命の大蛇退治——八俣の大蛇

かれ、避け追はえて、出雲の国の[*1]肥の河上、名は[*2]鳥髪といふ地に降りましき。この時に、箸その河より流れ下りき。ここに、須佐之男の命、人その河上にありとおもほして、尋ね覓ぎ上り往ししかば、老夫と老女と二人ありて、童女を中に置きて泣けり。しかして、問ひたまひしく、

「なれどもは誰ぞ」

かれ、その老夫の答へ言ししく、

「あは、[*3]国つ神[*4]大山津見の神の子ぞ。わが名は足名椎といひ、妻が名は手名椎といひ、女が名は櫛名田比売といふ」

また、問ひたまひしく、

「なが哭くゆゑは何ぞ」

答へ白言ししく、

「わが女は、本より[*5]八稚女ありしを、この、[*6]高志の[*7]八俣のをろち[*8]年ごとに来て喫へり。今、しが来べき時ゆゑに泣く」

しかして、問ひたまひしく、

「その形はいかに」

答へ白ししく、

「その目は赤かがちのごとくして、身一つに八頭・八尾あり。また、その身に、羅と檜と椙と生ひ、その長は、渓八谷・峡八峡に度りて、その腹を見れば、ことごと常に血に爛れてあり」（ここに赤カガチといへるは、今の酸漿ぞ）

八俣の大蛇を退治し草薙の剣を得る

しかして、速須佐之男の命、その老夫に詔らししく、

「この、なが女は、あに奉らむや」

答へ白ししく、

「恐し。また*9御名を覚らず」

しかして、答へ詔らししく、

「あは、天照大御神のいろせぞ。かれ、今、天より*10降りましぬ」

しかして、足名椎・手名椎の神が白ししく、

「しか坐さば恐し。立て奉らむ」

しかして、速須佐之男の命、すなはち*11ゆつ爪櫛にその童女を取り成して、御みづらに刺さして、その足名椎・手名椎の神に告らししく、

「なれども、*12八塩折りの酒を醸み、また垣を作り廻し、その垣に八門を作り、門ごとに*13八さずきを結ひ、そ

のさずきごとに酒船を置きて、船ごとにその八塩折りの酒を成りて待ちてよ」
かれ、告りたまへるまにまに、かく設け備へて待つ時に、その八俣のをろち、まことに言のごと来ぬ。すなはち、船ごとにおのが頭を垂れ入れ、その酒を飲みき。ここに、飲み酔ひ留り伏し寝ねき。しかして、速須佐之男の命、その[*14]御佩かせる十拳剣を抜き、その蛇を切り散りたまひしかば、[*15]肥の河、血に変りて流れき。かれ、その中の尾を切りたまひし時に、御刀の刃毀けき。しかして、怪しと思ほし、御刀の前もちて刺し割きて見そこなはせば、[*16]都牟羽の大刀あり。かれ、この大刀を取り、異しき物と思ほして、天照大御神に白し上げたまひき。こは[*17]草なぎの大刀ぞ。

*1 島根縣的斐伊河。河水發源于船通山注入穴道湖。

*2 島根縣仁多郡横山町大呂附近。古來以砂鐵礦產地而著稱。

*3 高天原眾神之一。土神。

*4 山神。這裡指出雲地方之土神。山神同時為農耕之神。

*須佐之男命下凡來到出雲國的肥河河畔遇到一對老夫婦。老夫婦為即將失去女兒而痛哭流涕。據說八俣大蛇要把他們的女兒作為祭祀品而吞噬。山神名叫足名椎（晚稻精靈），妻子名叫手名椎（早稻精靈），女兒名叫櫛名田比殼（玲瓏美麗的稻田小姐）。他們均為稻之親緣。

*5 「八」為日本的聖數。文中多次使用此字為多數之意。

*6 指古志鄉（出雲市古志町），位於『出雲國風土記』中記載的神門郡。

*7 多頭多尾之意。「をろち」是「尾」的精靈，「ろ」為結尾詞。農民祭祀的水神。但也指蜜蜂精靈和鐵砂礦山之神。

*8 為祈禱豐年舉行的祭祀活動。祭禮中要用活人作祭品。指洪水。

*9 結婚時，要問好對方姓名、身份、血緣和地緣關係等。

＊10　日語古代文學中的「自敬表現」。
＊11　日語「櫛」為梳子之意，與此聯想。將梳插入髮中意味聖婚。
＊12　反復多次釀成的高純度酒。這裡的「酒」是指款待蛇神。
＊13　用麻繩綁置的座台。
＊14　腰間佩戴的長劍。敬語「禦」冠于體言或動詞前，詞尾加「す」(尊敬語助動詞)。十拳劍一拳約十公分。
＊15　大蛇被斬血染肥河。實際上坐落在該河上流的鳥發山為鐵砂產地，從鐵礦山洞流出的廢水終年為紅色。以此由來，「肥河」也為「火河」。
＊16　刀刃上呈現的渦狀紋。有「旋毛」「旋風」「紡錘」等渦狀紋樣。「羽」為「刃」。「大刀」為刀劍的總稱。這裡指的是劍。
＊17　攻敗災禍的神器。

【譯文】

須佐之男命智勝八俣大蛇

須神從高天原被驅逐，來到出雲國的肥河。此地名鳥發。他看到有筷子從上游漂下來，判斷附近一定有人。於是，須神順著河畔往上游尋去。祇見一對老夫婦圍著一位少女在哭。他問道，「你們是誰?」。

老夫回答，「我本是國神大山津見神之子，名叫足名椎，老妻叫手名椎，小女櫛名田比殼」。

須神問道，「為何哭泣?」

老夫回答說，「我本有八個女兒。高志的多頭大蛇每年來吞噬我的女兒。此時，那大蛇就要來臨，怎不叫我傷心。」

須神即刻又問，「何樣〝多頭大蛇〞?」

老夫答，「有八頭八尾，眼窩象懸掛的紅燈籠，蛇身鱗片像刺藤老葉，檜樹粗皮，渾身生滿尖頂杉木。蛇身長得能跨八峽八谷。你看他的肚子，總是血肉糜爛。」

打敗大蛇，獲取寶劍

須神聽後說，「那，你肯將女兒獻與我？」

「不敢當呀。尚不知尊姓大名。」老夫誠恐萬分。

「我乃是天照大神的胞弟。剛剛從天而降。」須神說。

「有識抬舉。老者願將小女獻與大人。」

這時，須神立即將比殼變成一把爪梳插入髮中，說，「你們立即精釀好酒。再圍上一圈圍牆，圍牆開八個門，每個門口設槽座，座上設置酒船，酒船裡倒滿釀好的美酒。然後等大蛇到來吧。」

老夫婦按照須神所說一一落實，等待大蛇來臨。那大蛇說到就到。他正中須神下懷，將八頭分別伸入八個酒槽，開始狂飲。之後，他酩酊大醉，俯身酣睡。須神趁此拔出十拳佩劍，向大蛇砍去。肥河水頓時血染紅色。當須神砍到大蛇尾部時，刀刃被卷。須神感到不解，於是，用刀尖挑開細看究竟。只見一把旋紋銳劍展現面前。「這絕不是一件凡物。」須神邊想邊將其取出。須神把它獻給天照大神。這銳劍便是草薙之劍。

這條八俣大蛇的魔怪將要吞噬祭祀品的少女，指的就是原始自然對人類的威脅。須佐之男命在出雲（舊國名。現在的島根縣東部，以神話故事主要舞臺而著稱）肥川河上智鬥大蛇，解救了少女，並向她求婚。

這段故事具有一定代表意義。須佐之男命擊敗八俣大蛇，「英雄救美人」。大蛇是水神，戰勝他意味著以農耕為生的人們無畏自然，戰勝自然的精神。作為文學作品，結合這兩點，又發展了一步。故事的這段描寫無疑具有新鮮感。大蛇的眼睛用「酸漿」（植物名。茄科植物，夏季結球形漿果，其皮色紅。）作比喻。蛇身的鱗片用絲柏、杉樹作形容，給人有充分的恐怖感。殺死大蛇的情景也十分逼真，「肥河」水被染成紅色，蛇腹被破開。於是，須佐之男命得到了「寶劍」。這把寶劍是獻給天照大神的神器（三種神器為八咫鏡，天叢雲劍，八尺瓊曲玉。這三種神器是古代歷代天皇權力的象徵。）之一。表示宣誓服從于天照大神。

故事充分說明，須佐之男命等人物以「農業神」的形象，用人的智慧勇敢地去戰勝那些原始自然中對人類的野蠻施暴。對這些神們的描繪意圖與現實的農耕生活緊密相連。

國家統一形成前，氏族集團相互征戰激烈，氏族之間的征服以及從屬關係日漸深刻。在此過程中，被征服的族團要向從屬族團敬獻貢品。這些統治族團親自創作神話，而其中吞噬祭品的妖怪如今變成了自己的現實。於是，神話傳說已不再被人提起。但是，在大和朝廷的神話體系編撰中，為順應自己的政治立場而改變了內容。例如，須佐之男命智退八俣大蛇後，從蛇尾摘取寶劍，獻給天照大神。這裡表明，他是地道的服從者，等等。過去神話中的「神」們，變成了大和朝廷的隸屬者。

◉『古事記』梗概

日本現存的最古老古典作品。七一二（和銅五）年，由太安萬侶編撰問世。全書共分三卷。上卷為神代物語。故事以眾神們先後誕生於高天原為始，伊邪那岐、伊邪那美男女二神創建國土；天照大神和須佐之男命的誕生以及兩神之間的爭鬥；大國主命經營出雲，獻上國土；邇邇藝命降臨於日向高千穗，在此培植勢力。故事描述的伊邪那岐命的黃泉國之行，天照大神的岩戶之隱，須佐之男命的智勝八俣大蛇，大國主命的求婚等每個主題，都穿插了大量的歌謠以及山海之物。

中卷以神武天皇（1代）東征為始，描述了，歷代朝廷所發生的圍繞繼承皇位之紛爭；倭建命屢次遠征，最後以悲劇告終。故事以應神天皇（15代）時代為結。故事情節中依然織入許多動人心絃的愛情以及英雄們可歌可泣的戰鬥故事。

下卷從仁德天皇（16代）治世及其愛情糾葛開始，涉及到推古天皇（33代）治世。故事中多場描寫仁德天皇波瀾壯闊的愛情；雄略天皇（21代）心明善感；清寗天皇（22代）的皇子們流離失所後獲得幸福等情景。

◉『古事記』的研究

『古事記』的研究從本居宣長『古事記傳』（寛政2～10（一七九〇～一七九八））開始。該書由作者花費半生三十餘年的時間著成，為最權威古事記注釋書籍，是為後世留下的不朽之著。全書共四十四卷（『本居宣長全集』第9～12卷 筑摩書房 昭43～49）。全卷在訓讀和語學方面具有詳盡解釋，博覽引用及考證。近代，對古事記研究的領域有，神話學，宗教學，歷史學，民俗學，文獻學，國語學，國文學，文化人類學，心理學等。

明治時代以後，古事記的研究以神話學為先。研究的先驅為高山樗牛「古事記神代卷之神話及歷史」（『中央公論』明32 3月號）。該論文指出，須佐男與印朵拉神類似，須佐男神話起源於印度。此論立刻引起姉崎正治和高木敏雄的贊否，并成為論點。

民俗學，文化人類學，精神分析學領域的研究與神話學並列，為日本的神話研究做出貢獻。先驅研究領域有柳田國男，折口信夫的民俗學。柳田『遠野物語』（明43），『海南小記』（大14），『桃太郎的誕生』（昭8），『海上之路』（昭36）等（筑摩文庫『柳田國男全集』收錄）對神話研究均有重要提示。折口『古代研究』三部作「國文學篇」「民俗學篇1」「民俗學篇2」（昭4～5）對日本文學發生論方面給與了決定性影響。津田左右吉在歷史學角度的研究，從大正八年的『古事記及日本書紀的研究』（岩波書店）到昭和二十三年的『日本古典的研究 上下』（岩波書店）將近半個世紀始終擁有不動之地。進入昭和四十年代，戶谷高明『古代文學的研究』（櫻楓社 昭40）從表現論的視點論述日本文學「發生論」。對此，大久間喜一郎『古代文學的源流』又展述到神話的想像論，均受到矚目。有關古事記歌謠的研究最先為高木市之助『吉野之鮎』（岩波書店 昭16，後收進『高木市之助全集 第一卷』講談社 昭51），正式研究從土橋寛『古代歌謠論』（三一書房 昭35）開始。代表近年傾向的研究有神野志隆光『古事記的達成』（東京大學出版會 昭58），『古事記的世界觀』（吉川弘文館 昭61），展述了作品論的讀法等。作為古事記的研究課題，津田左右吉在困難時代傾注心血，在古典研究的意義方面具有極高價值，也是對宣長國學的挑戰。而西鄉信綱對其古典研究進行相對研究，其中更引人注意到古事記的獨特性。在各個領域的研究中，如何去讀原著，如何注重「讀的根據」，如何挖掘古事記的原汁原味是十分重要的課題。

三　和歌的誕生　萬葉集

隨著佛教的傳入，日本進入飛鳥文化時代（五九二～七一〇）。推古朝開始意識個性表達，社會流行的歌謠開始盛行。於是，在這一新的社會和人們中間，表達具有個性特點的抒情詩集『萬葉集』誕生（約七七〇年左右）。

1『萬葉集』

『萬葉集』是繼先行歌集（近似中文的「詩集」。下文中的「歌」相當於中文的「詩」。），彙集古代抒情歌的集大成之作，是日本現存最古的歌集。全集共二十卷，收錄作品約四千五百余首。其中收集最多的是七世紀後半到八世紀中葉之間大約一個世紀的作品。『萬葉集』創作於奈良時代末期。誰是編集人眾說紛紜。從每卷形態分類不同來看，推定非一次編輯而成。但是基本定論，全卷的編輯無疑與大伴家持有關。與記紀歌謠不同，萬葉集詩歌均由五・七音構成，韻律統一。有長歌、旋頭歌等多樣歌體。歌集中，不僅有貴族的抒情歌，還有地方民眾的作品，內容豐富，展現出日本抒情詩歌的百花盛開。歌風雖然受到時代變遷的影響，但與流利典雅的平安和歌相比，大部分詩歌的物件把握和感情表白直接有力，充滿時代的健康和活力。

2萬葉假名

當時，日本還沒有發明假名。萬葉集裡的和歌全部用漢字標音，標記法既複雜又巧妙。這種標音法叫「萬葉假名」。萬葉假名用漢字作為標音文字，不僅利用漢字的發音，而且還利用漢字作為「訓讀」。漢字的作用多種多樣，例如，萬葉集裡的「なつかし」一語，以「奈都可之」，「名津蚊為」，「夏香思」，「夏樫」，「夏借」等漢字標音。這種標音法在萬葉集中非常突出。因此叫「萬葉假名」。根據挖掘的平城宮遺址木簡記載來看，萬葉假名在約八世紀時已作為通用文字被普遍使用。

3『萬葉集』詩歌部立組成

全集二十卷。內容分「雜歌」，「相聞」，「挽歌」三大類。部立名稱出典於『文選』等。「相聞」引自『文選』中「往來數相聞」的「相聞」。表現分類有「正述心緒」，「寄物陳思」，「比喻」等。根據內容有「羈旅歌」，「由緣歌」等。另外，根據歌體或形式，有「問答歌」，「旋頭歌」等。

4萬葉集的時期劃分和歌風及代表歌人

◆第一期——初期萬葉

萬葉集的詩歌從大和朝廷皇族們的作品開始。作者有敘明天皇（34代），天智天皇（38代），天武天皇（40代），額田王等，這些歌人也是制定古代律令制度的先驅。一般壬申之亂[*1]前後的作品為萬葉集的第一期作品。詩歌的特點多為「問答」形式和將感情寄託於古代傳說的內容。這些抒發感情的詩歌，體現出作品的幹練爽快，大方嚴肅。作者之一的天智天皇，是大化改新的推動者，近江朝的實力人物，也是對漢字學發展做出貢獻的人。但是，萬葉集裡很少能看出他作為政治家的內心反映。長歌「中大兄的三山歌一首」（卷一 13～15），具有濃厚的苦戀色彩，反歌中很少感到低調，顯示出作者超越時代的朗朗氣概，以及文學天資和詩人度量。

萬葉女歌人額田王的作品也很突出。歌集裡收有她回憶十多歲時，去川原宮旅行的詩歌「明日香川原宮御宇天皇代」（卷一 7），歌調質樸流暢。她的以歌判之歌「竞春山万花之艳，秋山千叶之彩」（卷一 16），充分顯示出歌人才華出眾，教養有素。「下近江国时作歌井户王即和歌」（卷一　17），使人感到哀切中的堅強。和大海人皇子的贈答歌（卷一　20）體現了額田王的聰穎才智。對天皇的懷念之情（卷四　488）以及挽歌（卷二　151）的表達均十分細膩。

＊1　天智天皇駕崩後，六七二年（壬申年），皇弟大海人皇子和弘文（天智天皇的皇子）天皇因爭奪皇位而引起的一場內亂。後者失敗自殺。前者繼承皇位，之後的天武天皇。

◆第二期——柿本人麻呂的長歌

從壬申之亂到奈良時代建築大陸式風格城市為止的近四十年間（六七二～七一〇），飛鳥的淨見原宮以及藤原宮開始用於政務。這時期被稱為萬葉集作品時期的「第二期」。

壬申之亂的勝利者天武天皇完成改新大業，充實律令制度，奠定了天皇的精神權威。「壬申年之乱平定之后歌」（卷十九　4260）就是讚揚天皇的這種精神權威的作品，並由此產生了文化的創造力。天皇的存在又使人麻呂的和歌轉為精神動力。額田王的贈答歌表達了天武天皇的豪膽氣魄和在壬申之亂中堅忍不拔的精神。

這一時代的歌人雖然生活處於動蕩時代，但卻傾心於詠歎自然。最有代表性的歌人是柿本人麻呂（生沒年不詳）。他的特點是借古代敘事詩的表達方式，更多地創作長歌。他的作品中，尤其創作對皇族成員故去的挽歌，內容莊重，規模氣派，詩句銜接緊湊。他的長歌除具有應用古代敘事表達的特點外，還充分發揮抒情表達。他的這種歌風，特別在後半生表達個人戀情，悼念妻子等作品中非常突出，描寫手法可謂既為現實主義又充滿著濃厚的浪漫主義色彩。

◆第三期——奈良朝初期作品

遷都奈良開始的二十年間的作品為萬葉集的第三期作品。代表歌人有大伴旅人，山上憶良，山部赤人等。他們的特點是不斷創作新的主題，內容新穎，豐富多彩，使作品進入了新的階段。

大伴旅人（六六五～七三一）本是大家門戶的當主，後家境破落。他為自己如此命運感到悲哀。於是，他立志投入到律令制度的政治社會中。但他又受到以藤原氏族為首的中央集權勢力的疏遠。神龜四年（七二七）前後下行太宰府，每天鬱悶度日。這期間，以他為首，由山上億良等參加的歌人們創作了梅花歌三二首（卷五　822），以此開始形成了嶄新的歌風。他傾心老莊思想。贊酒歌十三首（卷三　３３７～５０），思念吉野歌，望鄉歌都表現了一種樂觀主義精神。另外，他還對神仙思想感興趣，「游松浦河」（卷五　８５３～６３）等作品表現出特異的詩境。從他的「梧桐日本琴歌」（卷五　８１０～１１）中，充分看出他的中國文學造詣之深，知識之廣。

山上憶良（六六〇～七三三）的歌風傾向於對人生的哀歎。他出生門第不高，仕途不順，但才華橫溢，博學多識。幼年曾去中土留學。晚年貧寒多病。他的大部分作品為神龜三年（七二六）赴任築前時的晚年之作。他在築前赴任期間，邂逅大伴旅人，並拜他為師，兩人切磋闊談文學。他深受大伴旅人浪漫主義的影響，在觀察人的貧窮和苦惱的社會問題時，汲取中國文學和儒教的倫理思想，并加以思索，樹立了他的独特歌風。「擺宴歌」（卷三　３３７），悼念友人之妻故去的「日本挽歌」（卷五　７９４～９），「七夕歌」中的長反歌（卷八　１５２０～２）等作品，均詠歎了人生的各種境遇。諸多作品都附有漢文歌序。代表作「貧窮問答歌」（卷五　８９２～３），以特異的內容，採用問答形式描寫生活，同時把長歌分成前後兩部，避開「枕詞」，風格獨特，別具一格。

山部赤人（生沒年不詳），多數創作皇族隨行之旅並讚美皇室內容的長歌。但是對天皇的權威並無直接讚美，這點幾乎和人麻呂特點相同。他擅長感歎和讚美自然景象，把現實社會中不予得志的內在感情用於自然風物來抒發，表達美、傷且細膩。可謂敍景歌人。

◆第四期——萬葉集的終末

第四期為大伴旅人，山上憶良故去後約三十年間，也可稱為初期古代和歌的沒落期。這一時期的作品中，長歌數量減少。從詩歌的特點來看也不及當年。比起打動人心的內容，不如說在特點上更注重於修辭技巧。

代表歌人大伴家持（七一八～七八五），大伴旅人之子。他將以往眾多萬葉歌人的風格聚集於一身。雖然他的大多數作品單純模仿較多，但，前人無所具備的對傷感心情的細膩表達成為他的獨到之處。他傾心於把大自然和自己內心世界融為一體。在當時律令制度的政治時代，生存在貴族社會裡，做一個毫無掩飾的詩人十分不易。

5東歌和防人歌

萬葉集詩歌的主流除右述外，還有另一側面。即，也收錄了一些民間之作。這些作品比起貴族歌人的作品，在藝術價值上決不遜色。在東國[*1]誕生的東歌和防人歌閃爍著民間詩歌的異彩，歌風素樸，質美，動人。詩歌題材均為日常生活中耳聞目睹的人和物，不加修飾，具有樸實動人，明快樂觀，健康豪爽的特點。

東國曾深受專制統治，東國的年輕人被迫服役去遙遠的築紫（現九州）地方戍防，叫「邊境防人」。防人歌就是這些人流傳下來的，並因此而得名。

＊1　本州東部諸國的總稱。

『萬葉集』歌風變遷

時期	歌風	主要歌人
第一期	整個作品風格留有記紀歌謠的殘影。除歌詠主觀情感外，還貫穿著客觀的態度。大方而嚴肅。	舒明天皇　天智天皇　額田王
第二期	可稱為長歌時期。採用記紀歌謠的敘事表達法，發揮豐富多彩的敘情表現。展現了嶄新風貌的敘景歌。	柿本人麻呂　高市黒人　志貴皇子
第三期	以新的主題，拓寬突出多種形式的個性表達。內容有：感歎人生，社會矛盾，清澄式敘景，浪漫式懷古。	大伴旅人　山上憶良　山部赤人　高橋蟲麻呂
第四期	雄壯而渾厚大方的歌風衰退。長歌數量減少。重視對細膩傷感描写的技巧性表達。	大伴家持　矛上娘子

6『萬葉集』類別詞語解釋

雜歌（雜歌）——和歌分類的一種。『萬葉集』中，未歸納於「相聞」「挽歌」「比喩」歌類的和歌叫雜歌。『古今和歌集』時代以後，「四季」「賀」「離別」「羈旅」「物名」「戀」「哀傷」類別以外的和歌叫「雜歌」。

相聞歌（相聞）——相聞，「互問互答」之意。『萬葉集』和歌內容分類的一種。相聞歌中「贈答歌」「情歌」為主流。後世有「情歌」之意。

挽歌（挽歌）——哀悼死者的詩歌。悼歌。

羈旅歌（羈旅歌）——旅行，羈旅的詩歌。

旋頭歌（旋頭歌）——「旋頭」之意。和歌詩體的一種。詩體的下三句和上三句同形，例如，五・七・七，五・七・七音節，以此連續反復。

長歌（長歌）——和歌詩體的一種。句數甚多，五音和七音節交叉接續，最後以七・七句結尾。通常來說，長歌之後，配有「反歌」。

反歌（反歌）——長歌之後附添的短歌。重複歸納長歌的歌意，或對歌意給與補充。

『萬葉集』歌選

① 142　家にあれば　笥[*1]に盛る飯を　草枕[*2]　旅にしあれば　椎の葉に盛る　有間皇子

＊1　盛飯或裝衣物的竹器。

＊2　枕詞。

【譯文】家餐盛有笥　露宿風餐旅遙遙　柯葉載粟米

作者　有間皇子（六四〇～六五八），孝德天皇（36代）的皇子。齊明天皇（37代）掌朝期間，赴伊紀國出行時，被懷疑有謀反傾向，後被處刑。該作品是他赴刑途中所作。用風餐露宿抑制哀歎心情。淡淡的表達方式感人肺腑。

② **266**　**近江**＊1**の海　夕波千鳥　汝が鳴けば　心もしのに　いにしへ**＊2**思ほゆ**　**柿本人麻呂**

＊1　琵琶湖

＊2　指天智天皇時代的近江朝。

【譯文】　近江夕陽波　千鳥聲聲啼不盡　懷思古都城

第一、二句描繪景色美如畫卷。第三句引人進入聽覺世界。第四、五句移向主觀世界。用曲折迂回的手法，回顧並懷念舊都，感歎人世間榮華富貴的短暫。

作者　柿本人麻呂（生沒年不詳），奉公於持統、文武兩朝（六八六～七〇七），曾居住大和、近江等地，並赴任諸國。晚年在石見國（島根縣西部）度過，據說逝於此地。萬葉集中收有該作約八十首。他的長歌尤其精彩，莊重有力的歌風馳名於世，居萬葉歌人之首。

③ **317**　**天地の　分かれしときゆ　神さびて　高くたふとき　駿河なる**
富士の高嶺を　天の原　ふりさけ見れば　渡る日の　影も隠らひ
照る月の　光も見えず　白雲も　い行きはばかり　時じくそ　雪はふりける

語り継ぎ　言ひ継ぎ行かむ　富士の高嶺は

【譯文】天地自初分　崇高肅穆雄偉姿　仰首看天邊　駿河富士高山嶺
運日自遮影　明月不見光　白雲畏前行　雪降時不停
將這無盡的高山　世世代代去頌揚

這是一首長歌。「時じくそ　雪は降りける」為止寫實景，為第一段。從開創天地以來開始說起，把日、月、雲、雪作為媒介，突出富士山的神聖崇高。同時，以「語り継ぎ　言ひ継ぎ行かむ　富士の高嶺は」，表達從現在到未來的時間推移，表述作者心情。表達了作者要把富士麗峰傳給子孫萬代的意志。該長歌五・七句反復幾次後，用七・七句結尾。後又附反歌。

反歌

④ 318 **田子の浦ゆ　うちいでて見れば　真白にそ　富士の高嶺に　雪は降りける**　山部赤人

【譯文】田兒浦上望　潔白富士高山嶺　千年積雪身

④是③的反歌，起到補充長歌③的作用。也就是說，作者明確表達自己的詩意，讚美富士山。

作者　山部赤人（生沒年不詳），活躍於奈良時代初、中期歌壇。萬葉集中收有其作品五十余首，均為七二〇～七四〇年之間的代表作。敘景作品尤其精湛，自然世界表達清澈。作品中，表達在靜謐的自然中傾聽自然的回聲之作尤為甚多。是和柿本人麻呂並駕齊驅的代表歌人。

⑤ 924　み吉野(*1よしの)の　象山(*2きさやま)の際(ま)の　木末(こぬれ)には　ここだもさわく　鳥の声(こゑ)かも　山部赤人(やまべのあかひと)

＊1　吉野川流域一帶。「み」是對「吉野」美稱的接頭語。
＊2　座落在奈良縣吉野郡吉野町宮滝附近的山。位於吉野離宮遺址正前方。

【譯文】　吉野象山林　樹梢枝頭鳥棲閑　鳴叫聲聲傳

這首和歌是典型的客觀的寫生作品。由「吉野」、「象山」到「樹梢」，焦點逐漸集中。移向下句，強調主題，靜謐的山林，只聽到鳥們在鳴叫，反而使人感到山林更加靜謐。上句「の」的重疊使用，把讀者逐漸引入山中，寫作技巧極妙。從直線敘事法轉入下句聽覺的變化也十分精彩。

⑥ 802　瓜食(うりは)めば　子ども思ほゆ　栗食めば　まして思(しの)ばゆ
いづくより　来たりしものそ　まなかひに　もとなかかりて　安眠(やすい)し寝(な)さぬ　山上憶良(やまのうへのおくら)

【譯文】　吃瓜想孩兒　食栗加倍更思念
汝為何處來　徒然這樣在眼前　心神擾擾難入眠

這是一首長歌。瓜和栗都是小孩們喜歡的乾果。作者以此為媒介，表達了對孩子的親情。簡潔地直接表達，深深打動著讀者的心。

反歌

⑦ 803 銀（しろかね）も　金（くがね）も玉も　何（なに）せむに　まされる宝　子にしかめやも　山上憶良（やまのうへのおくら）

【譯文】 金銀玉都罷　再寶貝的有何用　咋抵小囡囡

⑦是⑥的反歌。在觀念上比較具體地概括了長歌的詩意。

作者　山上憶良（六六〇～七三三），七〇一年被任命為遣唐少録，翌年渡唐。七〇四年歸朝後，先後任伯耆守、筑前守。他的作品被收進萬葉集六十多首。長歌秀作居多，「貧窮問答歌」為其代表作。這些作品提示了社會和人們的疾苦、貧困等問題，並對此進行熱情而膾炙人口的表達。作者為人生派、社會派歌人代表，對少兒傾注親情的作品頗多。

⑧ 3373 *1多摩川（たまがわ）に　*2さらす手作り　*3さらさらに　*4なにそこの児（こ）の　ここだかなしき*5　東歌（あづまうた）

*1 源於山梨縣，通過奥多摩溪谷，流經武蔵野臺地之南，注入東京灣。

*2 手織的布。

*3 「嘩啦嘩啦」的擬聲詞。也是「越來越…」的諧音詞。

＊4　這裡指妙齡少女。

＊5　形容詞。美麗的，可愛的，令人思念的。

【譯文】　漂布姑娘美　多摩流水嘩啦啦　更激我思情

這是一首多摩地區，洗布勞動者邊幹活邊詠唱的詩歌。詩中用「さらす」和「さらさら」的諧音，用河水的「嘩嘩」聲，諧音「越來越…」，表達對少女的愛戀，氣氛明快而健康。

「東歌」是東國地方民間中產生的具有民謠風格的短歌。萬葉集中收有約二百四十首。这些作品飄逸著農民樸實的生活氣息，貫穿著農民真實的生活情趣。萬葉集中的「東」，主要指靜岡、長野縣以東的東北地方。

⑨

4290　春の野に　霞(かすみ)たなびき　うら悲(かな)し[＊1]　この夕かげに　うぐひす鳴くも　大伴家持(おほとものやかもち)

＊1　心中的悲傷。

【譯文】　輕霧漫春野　鶯鳥為何泣黃昏　愁來獨斷腸

這是一首表面在詠歎春天黃昏的哀愁，實際上是在表達作者內心悲哀以及苦悶的作品。文字表達非常細膩。感傷和主情表達鋼中有柔。

作者　大伴家持（七一八？～七八五），大伴旅人之子。歷任多種官職。謝世時為中納言。萬葉集中收有他的作品約四百八十首。是萬葉歌人中收錄作品最多的作者。憂愁心緒表達細膩，可謂達到獨特境地，是萬葉末期的代表歌人。

⑩ 4291 わが宿の　いささ[*1]群竹　吹く風の　音のかそけき[*2]　この夕べかも　大伴家持

＊1　僅有。

＊2　形容詞連體形。輕輕的，淡淡的。

【譯文】細小我廬竹　夕暮風來沙沙響　獨聽靜幽思

聽到竹葉被風吹得沙沙響，在春天的黃昏，淡淡的柔光中，心中總有抹不平的悲傷。表達了家持的「春愁」。用「いささ」接頭語等「さ」行音，巧妙地表現了竹葉輕柔的響聲和作者清澄的心境。

◉『萬葉集』的研究

有關基礎研究。『萬葉集』的文獻學研究確立于『校本萬葉集』（岩波書店　大14）。之後，「萬葉集諸本解說」「萬葉集的古寫本及古筆切研究」，佐佐木信綱『國學的文獻學研究』（岩波書店　昭10）和『萬葉集的研究第二　萬葉集古寫本的研究』（岩波書店　昭19）為書誌學研究奠定了基礎。一九三〇、四〇年代，繼校本之後，佐佐木信綱、武田祐吉的校訂（『訂本萬葉集校訂』岩波書店　昭15～23），武田的理論（『萬葉集校訂的研究』明治書院　昭24）和澤瀉久孝（寫本的文字批判。『萬葉集的時代與作品』岩波書店　昭16等），小島憲之（寫本的本文改變指摘。「萬葉集原典批評一私考」『國語國文』昭18　3等）的方法論出現了尖銳的對立。

在訓讀研究上，澤瀉久孝「萬葉集訓詁的方法」（平凡社　萬葉集大成4昭30）提出訓點的基本做法。近代訓讀方面，上代特殊假名使用的發現（成果有，橋本晉吉『上代語的研究』岩波書店　昭26，大野晉『假名使用與上代語』岩波書店　昭57），平安朝古訓點資料的研究，「字余」的研究（佐竹昭廣「萬葉集短歌字余考」『文學』昭21，木下正俊「准不足音句考」『萬葉』26　昭33　1，後『萬葉集語法的研究』塙書房　昭47，毛利正守「萬葉集中單語連續和單語結合體」『萬葉』１００　昭54等）等均有飛躍性突破。

有關文學史和表現研究。萬葉時代是從口誦文學到記載文學的轉換期。過去，有關萬葉表現的論點主要集中在口誦到記載的研究上。土橋寬『古代歌謠論』（三一書房　昭35，『古代歌謠和儀禮的研究』岩波書店　昭46）等建樹了古代歌謠的研究成果。從表史記視點出發，稻岡耕二『萬葉表記論』（塙書房　昭51）認為柿本人麻呂的時代是口誦到記載的轉換期。他以『萬葉集的作品與方法』（岩波書店　昭60）確立了這一論證。該論對「枕詞、序詞」的研究具有很大影響。問題點有，從口誦到記載研究，其重要性無可否認。但，有必要對各個作者及作品的具體表現予以深論，同時仍然必要進行新課題的探求。

有關作者未詳歌，東歌，防人歌的研究，課題主要有，萬葉集中的作者未詳歌被推斷並分為來自東國和近畿地方周邊兩地。這些作品普遍被認為是民謠，但存有分歧論點。有關作者未詳歌的作者層，認為下級官員層論點的有，中西進『萬葉集的研究』（櫻楓社　昭43），森脅一夫『萬葉的美意識』（櫻楓社　昭49）等。在東歌作者層研究上，認為應重視當地豪族層的有，土橋寛『古代歌謠論』（同右），加藤靜雄『萬葉集東歌論』（櫻楓社　昭51）等。右記兩者均有研究成果。在作歌年代及收錄途徑研究上依然存在諸多課題。

有關萬葉人生活環境的研究。為考證萬葉集中記載的事實，早在近世國學中已經使用了歷史、民俗、考古資料。在萬葉研究上，開始重視並思考創作和歌的古代人的生活、環境、文化的先驅研究可謂折口信夫。他的『萬葉集』民俗學的研究方法已形成學派。

另外，還有萬葉集中出現的動植物稱呼的變遷、地理、歌人論等領域的研究。

第二章　古代後期文學

一　文學史概況

1新首都和漢文學的興隆

七九四（延暦十三）年，首都從奈良遷到山城之地。無論都城的規模，還是宮廷的典禮儀式都塗上了一層「唐色」，貴族們都有很強的唐化規制意識。從這時起，特別是八一六～八三三（弘仁～天長）年間，漢文學的流行達到了鼎盛期。『淩雲集』等敕撰三集在這一時期編撰而成。

2假名文字的發明及和歌的復活

這時，根據漢字的原有基型，假名文字誕生。同時從九世紀後半開始，在宮廷社會中和歌開始復活。假名文字和和歌的復興相互助長發展併開始普及。『古今和歌集』作為勅撰集編輯而成。這部作品是一部顯示和歌與漢詩文公式對等的詩集。與此同時，也意味著假名文字作為新國字占取了有力地位。

二　散文文學的誕生　竹取物語

九世紀到十世紀，在政治史上是很大的轉換期。以藤原氏為核心推行的律令政治，使其權勢日益強大，走向了一條氏族式攝関政治的道路。以此，平安京這個宮廷城市原本為律令政治的中央機構開始喪失它的統一性。貴族階級內部分裂，上流貴族背後的爭權奪利十分激烈，而中下層的貴族們均處於不安狀態。在這種背景下，湧現出各種形態的散文文學。『竹取物語』、『伊勢物語』、『土佐日記』等誕生於這一時期。

『竹取物語』來自口承說話文學，是一部虛構故事的文學作品。她的文學價值在於，故事通過對人物的幽默描寫，對當時大和朝廷的昏庸蠢癡進行了批判。『伊勢物語』是一部與現實生活緊密相關的和歌物語。「日記」，歷來是公務記錄的形式，而『土佐日記』表達了作者的內心世界，批判了人間社會的冷漠無情。這些各種形式的散文文學均用假名撰寫而成，誕生在平安京城。

『竹取物語』

『竹取物語』的創作時期眾說風雲。但，與現在故事情節酷似的作品在十世紀初期就有記載，因此，可以認為，「竹取物語」創作於十世紀初期。這部作品是用假名撰寫的第一部物語文學。

採竹翁發現竹子裡有一位小姑娘，十分高興。於是，他把她帶回家中，精心護養。不久，姑娘長成一位美麗的少女。五位貴公子和當時的日皇紛紛向她求婚。然而最終，她返回自己的故里——月亮。這是一部神奇的故事。『源氏物語』裡記載說，竹取物語是「物語之鼻祖」。『源氏物語』及其他物語文學深受其影響。尤其是開頭文「很早很早以前…」，這樣的啟文格式，均可在『大和物語』、『今昔物語』、『宇治拾遺物語』中看到，已成為物語和說話文學起筆的慣用格式。

『竹取物語』是一部從說話文學到物語文學的歷史產物。作品均由各種說話故事組成。例如，採竹翁的故事；從自然植物中突然出現小孩的故事；窮漢變富翁的故事；出難題拒絕求婚的故事；天仙下凡的故事；富士山名稱由來的故事等等。人們說來傳去，就形成了「口承文學」的內容素材。於是，作者根據這些素材，編織進一些現實社會的生活情景和人們的言行，再進一步對人的內心世界和社會世相加以描寫。這樣，「物語文學」就誕生了。

『竹取物語（たけとりものがたり）』選節1

かぐや姫の誕生

今は昔、竹取の翁(おきな)といふ者ありけり[*1]。[*2]野山にまじりて竹をとりつつ、よろづのことに使ひけり。名をば、さぬきの造(みやつこ)となむ[*3]いひける。その竹の中に、もと光る竹なむ一筋(ひとすぢ)ありける。あやしがりて、寄りて見るに、筒の中光りたり。それを見れば、三寸ばかりなる人、いとうつくしうてゐたり[*4]。翁言ふやう、「われ朝ごと夕ごとに見る竹の中におはする[*5]にて、知りぬ[*6]。子になりたまふ[*7]べき人なめり[*8]。」とて[*9]手にうち入れて、家へ持ちて来(き)ぬ。妻(め)の嫗(おうな)に預けて養はす。うつくしきこと、限りなし。いと幼ければ、籠(こ)に入れて養ふ。

竹取の翁、竹を取るに、この子をみつけて後(のち)に竹取るに、節(ふし)を隔てて、よごとに、黄金(こがね)ある竹を見つくることと重なりぬ。かくて翁やうやう豊かになりゆく。

＊1　「けり」，過去（傳聞）助動詞。現代文譯為「…たそうだ。」。

＊2　說明老翁沒有田地，十分貧窮。

＊3　「なむ」，表示強調語氣的係助詞，和句尾動詞連體形結句形成呼應關係。「なむ……ける。」

＊4　「ゐ」動詞，基本形為「居る」。「たり」，完了助動詞。這裡有「完了存續」含義，「……ている」。

＊5　「おはする」是「あり」「居り」的敬語，基本形「おはす」，現代文譯為「いらっしゃる」。

＊6　「ぬ」，完了助動詞，「……た」。

＊7　「たまふ」，敬語的補助動詞，現代文譯為「お…になる」。「べき」，推量助動詞，基本形「べし」。這裡表示強意。

＊8　斷定助動詞「なり」的連體形「なる」後接「めり」，應為「なるめり」，但變化為「なんめり」，又省略了「ん」。讀時要讀作「ナンメリ」。

＊9　「と言ひて」的略寫。

【譯文】

彩姫的誕生

聽說很早以前，有一位砍竹老翁。他每天把砍來的竹子編成各種各樣的竹器。他的名字叫讃岐造。有一天，他正在砍竹，發現竹子裡放射出一道彩光。老翁感到非常奇怪，走近看個究竟。衹見，竹筒中光芒四射，再仔細一看，裡面有一個三寸小人，異常美麗。老翁說，「老者每日起早貪黑砍竹，她都看在眼裡，深知勞苦。她一定願意做我的孩兒。」於是，老翁把她捧在手中帶回家來，託付老伴悉心養育。小女美麗非凡，光彩照人。因為她身體幼小，老兩口就把她放入籠帳精心照料。

老翁繼續砍竹。自從發現小女後，他每砍一根竹，這竹節裡都裝滿黃金。日復一日，老翁漸漸富足起來。

這篇文章是『竹取物語』的開場文。故事在起筆和語法表現上均有特點。起筆文「今は昔」是『竹取物語』的表現特點之一。意為「很早很早以前…」。這種故事的起筆形式也可在『今昔物語』和『宇治拾遺物語』中看到。是一種固定的故事起筆格式。『竹取物語』，從其內容來看，是一個超現實的作品。作品起筆文末的「けり」是日文語法的「過去式」助動詞，為「傳聞表現」。即，「聽說…」。以此來看，『竹取物語』具有「傳承」文學的特點。

『竹取物語』是一部具有「傳說故事」色彩的作品。竹中誕生的竹姑娘的成長；竹翁從竹筒裡獲寶，成為富翁。這些都可看出，『竹取物語』也有童話故事的因素。

「物語」在日本文學史上，和「日記」、「隨筆」文學一樣，屬文學作品的一種分類。「物語」本來的意思是，由口承傳說而形成的「傳說」、「童話」、「故事」。在由複數「傳說」中的角色組合而成的『竹取物語』中，均可看到「傳說故事」所具有的神奇的，超現實的色彩。

庶民百姓的願望寄託於竹翁。竹翁以前十分貧寒。他日復一日「上山去砍竹…」，這足可說明他曾非常貧窮。竹翁發現竹姑娘後，一舉變成富翁。這種超現實的故事情節，無論在東洋還是西洋的故事中均屢見不鮮。但是，在故事裡所說的超現實中，寄託著民眾的熱望和夢想。

選節2

かぐや姫の成長

この児、養ふほどに、すくすくと大きになりまさる。三月ばかりになるほどに、よきほどなる人になりぬれば、*1髪上げなどとかくして髪上げさせ、*2裳着す。帳の内よりもいださず、*3いつき養ふ。この児のかたちのきよらなること世になく、屋の内は暗き所なく光満ちたり。翁、心地あしく苦しき時も、この子を見れば苦しきこともやみぬ。腹立たしきことも慰みけり。

翁、竹を取ること久しくなりぬ。勢ひ猛の者になりにけり。この子いと大きになりぬれば、名を三室戸斎部の秋田を呼びてつけさす。秋田、*4なよ竹のかぐや姫とつけつ。このほど三日、うちあげ遊ぶ。よろづの遊びをぞしける。男はうけきらはず呼び集へて、いと*5かしこく*6遊ぶ。

世界の男、貴なるも賤しきも、いかでこのかぐや姫を得てしがな、見てしがなと、*7音に聞き、*8めでて惑ふ。

*1 成人儀式時要梳的髮型。把頭髮分開中縫披髮過肩，頭部上方結一發髻。當時的成人年齡為八歲左右。
*2 成人儀式的服裝穿著。
*3 精心。和「養ふ」為一語複合動詞。
*4 亭亭玉立，美麗温柔之意。
*5 形容詞「かしこし」的連用形。這裡意為「盛大地」。
*6 古語的「遊ぶ」多指管絃演奏。
*7 傳聞。

＊8　因單相思而焦慮不安。

【譯文】

彩姬的成長

小女得到精心養育，很快成長，三個月，就出落得亭亭玉立。兩位老人為她舉行成人儀式，為她梳頭換衣，裡外張羅。但他們對她的呵護仍然小心翼翼，不肯放她走出籠帳。小女容貌清秀美麗，無與倫比，屋裡充滿陽光。當老翁心緒不佳時，看到她就會暢然舒心，當他感到苦悶時，小女會使他得到巨大的安慰。

竹翁繼續砍竹，不久變成了富翁。小女長大成人，因此，老翁叫來三室戶齋部的秋田為她取名。秋田起名為「柔竹的彩姑娘」。接著，老人慶祝命名，吹奏演唱，喜慶三日。青年小夥來者不拒，歡聚一堂。

方圓多少裡都在傳說。年輕人無論身份高低，無不傾心嚮往，渴望娶她為妻，哪怕能看她一眼也好。

故事表現了「竹姑娘的超現實性」。童話世界裡，小鳥會人語，人會翱翔天空。這些，在人的現實生活中是不可能的事情，但在故事情節的描寫中卻會自然展開。僅三個月，竹姑娘就長成亭亭玉立的少女。這位「彩姬」有一種世人沒有的「神秘感」。還有，曾孕育她的竹子裡出現了用之不竭的財寶。後來，月亮的使者接她回到故里。從這些情節來看，可謂古代「周遊月球」的科幻故事。不言而喻，『竹取物語』還具有「超時間」、「超人能」的構思。因此，這部作品又被稱為「傳奇物語」。

選節3

かぐや姫の嘆き

八月十五日(はづきもち)ばかりの月にいでゐて、かぐや姫、いといたく泣きたまふ。人目も今はつつみたまはず泣きたまふ。これを見て、親どもも「何事ぞ。」と問ひさわぐ。

かぐや姫、泣く泣く言ふ、「さきざきも申さむと思ひしかども、必ず[*1]心惑はしたまはむものぞと思ひて、今まで過ごしはべりつるなり。[*2]さのみやはとて、[*3]うちいではべりぬるぞ。おのが身は、この国の人にもあらず。月の都の人なり。それをなむ、[*4]昔の契(ちぎ)りありけるによりてなむ、この世界には、まうで来(き)たりける。今は帰るべきになりにければ、この月の十五日に、かのもとの国より、迎へに人々[*5]まうで来(こ)むず。[*6]さらずまかりぬべければ、おぼし嘆(なげ)かむが悲しきことを、この春より、思ひ嘆きはべるなり。」と言ひて、いみじく泣くを、翁(おきな)、「[*7]こは、[*8]なでふことをのたまふぞ。竹の中より見つけきこえたりしかど、菜種(なたね)の大きさおはせしを、わが丈(たけ)立ち並ぶまで養ひたてまつりたるわが子を、なにびとか迎へきこえむ。[*9]まさに許さむや。」と言ひて、「われこそ死なめ。」とて、泣きののしること、いと堪へがたげなり。

かぐや姫の[*10]いはく、「月の都の人にて、父母(ちちはは)あり。片時(かたとき)の間(あひだ)とて、かの国よりまうで来(こ)しかども、かくこの国にはあまたの年を経(へ)ぬるになむありける。かの国の父母のことも[*11]おぼえず。ここには、かく久しく遊びきこえて、[*12]慣(な)らひたてまつれり。いみじからむ心地(ここち)もせず。[*13]悲しくのみある。されど、おのが心ならずまかりなむとする。」と言ひて、もろともにいみじう泣く。

使はるる人も、年ごろ慣らひて、立ち別れなむことを、[*14]心ばへなど貴(あて)やかにうつくしかりつることを見慣ひて、恋しからむことの堪へがたく、湯水飲まれず、同じ心に[*15]嘆(なげ)かしがりけり。

＊1　悲しみにお取り乱れになるであろう。
＊2　そう（いつまでも黙って）ばかりいられようか。
＊3　口に出してしまうのです。「うち」，表示強意的接頭語。

＊4　意為：前世有因。

＊5　参るだろう。「まうで来」，カ変複合動詞「まうで来」的未然形。

＊6　避けられず。やむを得ず。

＊7　これは。代名詞。

＊8　なんという。「なんといふ」のつづまった形「なんでふ」。

＊9　どうして許そう（許せよう）か。「まさに」下接反問表現，意為「どうして」。這裡是意志表現。

＊10　多く。たくさん。副詞。

＊11　思い出せない。覚えていない。

＊12　お親しみ申し上げました。「慣らひ」はなれて親しくなる意の四段動詞「慣らふ」の連用形。

＊13　ただ悲しいだけです。

＊14　気立て。気性。性質。

＊15　嘆く（動詞）。嘆かし（形容詞）。嘆かしがる（動詞）。

【譯文】

彩姫的悲傷

即將八月十五，一輪圓月懸掛空中。彩姫坐在屋簷下無所顧忌地傷心哭泣。老夫婦慌了手腳，忙問，「什麼事讓你哭得如此傷心?」

彩姫泣不成聲地說，「本想相告原委，可是，父親定是悲傷萬分。現在不能再瞞下去了。兒身本是生在月鄉，並非凡人。因為前世因緣，來到人世。現在該是回去的時候了。十五那天，故里來人接兒返回，兒不能不從。為此，從今年春天開始，一想到二老會為兒悲傷，便悲傷無休。」彩姫說完更是淚流滿面。老翁聽此，「你說什麼?

我從竹子裡找到你，當時你象菜籽那麼小，如今我把你養育成人。誰能把你帶走？真是豈有此理！」老翁一邊憤言，一邊捶胸痛泣，「真是如此，不如我先去死！」。

彩姬又說，「我是月都之人，雙親具在。月上只是片刻時光，便派人下來。可是，在人世已是度過多年。我已想不起父母。在這人世，我與二老相依為命，你們才是我的生身父母。在這離別之時，絲毫沒有返回故里的急切，心裡衹有悲傷。我回去並非本意。」彩姬說完和老翁抱頭痛哭。

侍女們由於和彩姬相處多年，彼此親近。她們對彩姬即將離去深感悲痛。想到彩姬美麗而高貴的身影不在身邊，將是不堪設想的事情。於是，她們湯水難以下嚥，悲痛難忍。

這段故事描寫了竹姑娘兼備凡界的人情。竹姑娘既有仙人的一面，又有凡人的一面。故事中對後者描寫得惟妙惟肖。竹姑娘吐露要回月亮故里悲悲切切的場面，以及竹老翁聽到竹姑娘既將離去而悲憤交集的場面，可以說是天上人間的骨肉情。「本想相告原委，可是，父親定是悲傷萬分」。「從今年春天開始，便悲傷無休」。竹姑娘一邊敘說，一邊淚如雨下。使讀者感到竹姑娘濃厚的人情味，和對老翁出自內心的善待。這些足以說明，竹姑娘具有人的誠實善良。這點可謂竹取物語的獨特之處。

◉『竹取物語』梗概

很早以前有一位砍竹翁。有一天他去深山砍竹，發現竹中有一位美麗而可愛的小女，於是他把她帶回家，和妻子精心護養。過了三個月，小女長成一位美麗少女，取名叫彩姬。遠近五位貴公子聽說後紛紛前來向她求婚。彩姬對這五位貴公子出五道難題，讓他們分別去尋找這些當時的寶物，並答應，誰能取回寶物就嫁給誰。結果，五位貴公子相繼失敗而歸，未能如願。之後，禦帝聽說此事，也向彩姬求愛。彩姬雖然予以拒絕，但和他一直相互安慰，保持友情。三年後的一個春天，彩姬知道自己即將返回月亮。八月十五，圓月當空，從月亮下來天兵天將接彩姬返回。禦帝命令精兵強將抵擋，慘敗。彩姬奔月而去。悲痛欲絕的禦帝把彩姬留給他的不死之藥和披風帶到富士山上全部燒掉，將深深思念寄託于縷縷青煙傳送與彩姬。

◉『竹取物語』的研究

早在江戶時代就開始有人對『竹取物語』進行研究。研究涉及到日中史書，漢籍，佛典，神話傳說，和歌等多方內容。主要參考文獻有『竹取物語評解』（三谷榮一著 有精堂 昭31），新潮古典集成『竹取物語』（野口元大校注 旺文社 昭63）等。研究焦點主要有関於作品創作年代以及作者等。竹取物語與中國神話傳說研究方面，百田彌榮子「有關竹取物語成立之一考察」（『亞非語學院紀要』３ 昭47），君島久子「西藏竹姑娘的傳說」等，這些論文中均言及到中國的古老傳說『斑竹姑娘』（對此存有反論）。

『斑竹姑娘』是中國四川省阿壩自治州流傳已久且甚廣的故事。

金沙江畔，氣候溫和，盛產青竹。這裡的人們除農耕外，還以育竹為生。竹中的楠竹最受人們喜愛。有一年，領主聲稱要全部砍購楠竹。對此，有一少年十分悲痛，淚水滴到楠竹上，於是，楠竹上立刻呈現出斑點。納竹前，少年

『斑竹姑娘』		『竹取物語』	
1領主的兒子	摔不壞的金鐘	1石作皇子	佛祖的化緣石缽
2商人的兒子	打不碎的玉樹	2車持皇子	蓬萊玉枝
3官人的兒子	燒不毀的火鼠裘衣	3右大臣安部禦主人	火鼠裘衣
4傲慢的青年	燕巢裡的金蛋	5中納言上麻呂	燕巢子安貝
5吹牛膽小的青年	海龍頸的分水珠	4大納言大伴禦行	龍頸五彩光珠

把這斑竹藏入河灣。後來，竹中出現一位美麗小女。長大成人和少年相好。在少年外出行商之際，有五位青年向她求婚。他們都沒有完成斑竹姑娘提出的問題。後，斑竹姑娘和行商回歸的少年圓滿成婚。

『斑竹姑娘』和『竹取物語』中都提到向五位青年提出難題，如右表所示，內容酷似。

◉『竹取物語』「難題」中所提寶物典故解釋

佛祖的化緣石缽

南山住持感應傳中記載，「世尊初成道時四天王奉佛石缽，唯世尊得用於人不能持」。釋迦牟尼在菩提樹下即將成道時，四天王各捧青石缽將此獻上。釋迦將四缽摞合為一缽，終身使用。

蓬萊玉枝

蓬萊，想像中的仙境，遠離俗界，位於東海。『列子』中記載，「渤海之東（中略）其中有五山焉。一曰岱輿，二曰員嶠，三曰方壺，四曰瀛洲，五曰蓬萊。（中略）其上臺觀，皆金玉，其上禽獸，皆純縞，珠玕之樹，皆叢生，華実，皆有滋味，食之皆不老不死。」

火鼠裘衣

中國人想像中的產物。火中誕生之鼠，用其皮毛製作之裘衣。火焼不毀。用火洗滌。『和名類聚鈔』中記載，「神異記雲々，火鼠，取其毛織為布，若汚以火焼之更令清潔」。

龍頸五彩光珠

『莊子』「雜篇」列禦寇中記載，「夫千金之珠必在九重之淵而驪龍頷下」。

燕巢子安貝

寶貝的一種。古代人認為，這種貝殼蘊有生殖的神秘力，以此而得名。至今，婦女們把她視為「安產護身符」。還有一種說法，燕具有生殖的神秘力。這裡表示兩者結合的信仰。

三　和歌物語　伊勢物語

『伊勢物語』大約創作于十世紀初，即，在『古今和歌集』（九〇五）和『後撰和歌集』（九五一）創作之間。主人公的人物形象是在原業平。該作品古稱為『在五物語』，『在五中將物語』等。「在五中將」指右近衛權中將——在原業平。在原業平是平城天皇（51代）的第五皇子阿保親王之子。「在原」姓為天皇所賜。『伊勢物語』中，除描述男女情愛外，還記述了兄友情，主僕情，母子情等，是一部廣泛描寫人之情愛，人之常情的作品。作品以業平的和歌為主要穿插，連連展開故事情節。整體素材以業平的生涯為背景。

『伊勢物語』是日本第一部和歌物語。作品以和歌為主線，記述了和歌作者以及圍繞其和歌諸題的故事。和歌物語進一步展潤了「歌的說明」（和歌前序。記述作歌動機及過程等），並加以潤色。而『伊勢物語』超越了「歌的說明」，既有敘事部分的故事性、又有和歌式的抒情性，將浪漫色彩和美的世界融為一體。因此，這部作品作為新的文學領域之先驅，在日本文學史上具有重要意義，同時也具有極高的文學價值，被稱為日本國風文學的頂峰。

和歌在作品中起到特殊而極其重要的作用。『伊勢物語』被稱為「和歌物語」，是由於在如此領域的作品中，不僅僅在物語裡穿插有和歌，更主要的是因為，在故事達到高潮，或情節人物在矛盾衝突時，和歌的出現起到了故事的轉折和緩衝矛盾的重要作用。讀者要根據故事情節，去思考，體味和歌的意義和她所起到的作用。

『伊勢物語（いせものがたり）』選節1

八橋（やつはし）「東下（あづまくだ）り」

昔、男ありけり。その男、身を要（えう）なきものに思ひなして、京にはあらじ[*1]。あづまの方（かた）に住む[*2]べき国求めにと[*3]

て行きけり。もとより友とする人、一人二人して行きけり。道知れる人もなくて、惑ひ行きけり。[*4]三河の国、[*5]八橋といふ所に至りぬ。そこを八橋といひけるは、水行く河の蜘蛛手なれば、橋を八つ渡せるによりてなむ八橋といひける。その沢のほとりの木の陰におりゐて、乾飯食ひけり。その沢に[*6]かきつばたいとおもしろく咲きたり。それを見て、ある人のいはく、「かきつばたといふ五文字[*7]を句の上にすゑて、旅の心を詠め。」といひければ、詠める。

　[*8]から衣きつつなれにしつましあれば
　はるばるきぬるたびをしぞ思ふ

と詠めりければ、みな人、乾飯の上に涙落としてほとびにけり。

*1　「じ」，否定推量助動詞。這裡含意志表現。
*2　「べき」，推量助動詞。基本形「べし」。
*3　「と思ひて」的略寫。相當於現代文的「…と思って」。
*4　今愛知縣東部。
*5　遺址在愛知縣知立市。
*6　杜若科植物。生長在水邊，夏季開花，紫色和白色為多。中譯為「燕子花」。
*7　「か・き・つ・ば・た」五字冠于和歌五・七・五・七・七各句句首，是和歌技巧之一，日文叫做「折句」。
*8　中國式衣服，相當於「唐裝」。這裡意為「美麗的衣服」。

【譯文】

八橋「東下」

從前，有一位男子。他總覺自己在世多餘，毫無所用，無法繼續呆在京城。於是，他和好友一兩人結伴兒，決意踏上征途，去東國尋求棲身之處。一行途中方向迷失，懵懂向前。他們來到三河國叫做「八橋」的地方。所謂「八橋」，是因為河水如同蜘蛛八腳分流八方，渡橋也分設八方，故此而得名。一行在河邊的樹蔭處下馬歇息，吃起乾飯。河邊的燕子花盛開美麗。他們看到她們，有人提議說，「我們來作表達旅情的詩吧，詩的每句的頭字要組成〝燕子花〟。」於是，這位男子詩曰：

穿著這唐服　遙遙無盡旅途中　深感妻子情（包含型）
穿的這唐裝　風塵途中漿已退　何日是歸程（轉換型）

大家聽此，無不傷感，落淚紛紛。飯團淚水滴滲，已泡鬆軟。

主人公由於仕途不順而踏上旅途。他表達此時心情而作了一首和歌。

從前，有一男子看破紅塵，和友人一起離開京城去東國尋求生處。行途中，他看到水邊盛開著的燕子花，不由勾起思鄉之情，於是作了一首和歌。友人們聞之感動落淚。

『伊勢物語』中有諸多章節的開頭語均為「從前有一男子」。據說，這位男子的背景人物是在原業平。他出身皇族，以美貌公子而著稱。然而，在仕途上卻懷才不遇。文中「他總覺自己在世多餘」，是說，他非常苦悶，認為偌大京城竟無自己棲身之地。使讀者感到故事的主人公和業平如出一轍。

這首和歌充分表達了作者的旅愁之情。被排斥到貴族社會之外的主人公，決意遠離京城，去疆界尋求生處。途中，他耳聞目睹的一切，無不勾起他的望鄉之念，旅愁之情。路旁的一草一木都能讓他淚濕衣襟。主人公的和歌，字裡行間巧妙地使用了和歌的多重技巧。除其中的「折句」外，由於諧音詞（「掛詞」）和關聯詞（「縁語」）的效用，同首和歌具有「包含型」和「轉換型」兩種意思表達。這首和歌從歌意到同時使用多種技巧，可謂極妙，令人驚贊不已。此作雖缺乏和歌本身的抒情感，但技巧的使用彌補了不足。是一首表現極其自然的旅愁佳作。這首和歌作為在原業平之作被收進『古今和歌集』。

值得一提的是，故事的作者用「乾飯」強調旅途的苦澀滄桑，但用「涙水泡飯」作結文，使人感到詼諧滑稽。作者這種「苦中有一樂」的寫作手法十分藝術，應該矚目。

有关这首和歌的技巧，和歌中使用了「枕詞」、「序詞」、「掛詞」、「縁語」多种技巧。首先是「から衣」對「き（着）」的枕詞，「から衣きつつ」又為這首和歌的「序詞」。之後，「なれ（馴れ・褻れ）」「つま（妻・褄）」「はるばる（遥々・張る張る）」「き（来・着）」均為「掛詞」的同時，「褻れ・褄・張る・着」和「から衣」是「縁語」。由於「掛詞」產生的效果，「馴れ親しんだ妻／遥々とやって来た」和「褻れた（のり気がなくなった）褄（着物の裾の左右両端）／張り（着物を洗い張りしてのり付けし）ながら着る」，各有兩種意思。即，和歌的「包含型」和「轉換型」（參照後頁解析）。當然前者是作者表達的主要意思，但後者的含義，使這首和歌內容更為豐富有趣。

另外，這首作品中還用了「折句」的技巧。每句首字為「か・き・つ・は（ば）・た」，意為「燕子花」。

◉和歌技巧用語解釋

枕詞（枕詞）——起到導出話題的作用。一般為五音節的固定詞彙，語調規整，可增添情趣和氣氛，但與主題無多大關係。因此，解釋或理解歌意時，一般可放棄考慮。但不可忽視它的韻律。

序詞（序詞）——「枕詞」的延長。從其本質來說，雖然和枕詞相同，但和枕詞相比有如下不同。1、通常有五個音節以上，多時有五・七或五・七・五。2、用法上祇限使用一次（多用於個性的即興創作）。3、序詞要譯出（意思以及氣氛上與下文有關）。序詞表現有三種：1同音表現。「序詞」中的詞彙和啟後文中有同音詞，有時雖然和後句沒有很大關係，但在作者的心情表達上起到一定效果。2比喻表現。把中心文某一詞的意思或其語表達的情趣用「序詞」作比喻說明。3「掛詞」表現。序詞和承接序詞的詞語為同音異義語，形成「掛詞」（諧音詞）關係。兩者之間並無意義相連，只是利用同音的同音相連。

掛詞（掛詞）——利用同音（諧音）詞，一語有兩種以上不同意思，可使和歌的整體內容更加豐富有趣。起到了既有轉換文絡的「轉換型」，又有多重含義的「包含型」作用，顯示出和歌的創作技巧和品位修養。

緣語（緣語）——和歌獨特的修辭法（技巧）。把和歌或文中的主想語和與其有關聯的詞彙巧妙使用作以修飾。即，使用關聯語，擴大對詩歌的想像力。有時雖然與主體無關，但詞與詞相應，具有統一感以及和諧感，同時也產生一些複雜感受。一般和「掛詞」並用。

歌枕（歌枕）——自古以來，是和歌中經常使用的地名。例如，出現地名「吉野」，會使人聯想起白雪和櫻花。具有古代先行和歌的特定形象。

（文中和歌解析見後頁）

選節2

都鳥「東下り」

行き行きて、駿河国に至りぬ。宇津[*1]の山に至りて、わが入らむとする道は、いと暗う細きに、つたかへでは茂り、もの心細く、すずろなる目をみることと思ふに、修行者会ひたり。「かかる[*2]道は、いかでかいまする。」といふを見れば、見し人なりけり。京に、その人の御もとにとて、文書きてつく。

駿河[*3]なる宇津の山べのうつつにも
夢にも人に会はぬなりけり

富士の山を見れば、五月のつごもりに、雪いと白う降れり。

時知らぬ山は富士の嶺いつとてか
鹿[*4]の子まだらに雪の降るらむ

その山は、ここにたとへば、比叡の山を二十ばかり重ね上げたらむほどして、なりは塩尻[5]のやうになむありける。

なほ行き行きて、武蔵国[6]と下総国との中に、いと大きなる川あり。それをすみだ川といふ。その川のほとりに群れゐて思ひやれば、限りなく遠くも来にけるかな、とわび合へる[7]に、渡し守、「はや舟に乗れ、日も暮れぬ。」といふに、乗りて渡らむとするに、みな人ものわびしくて、京に思ふ人なきにしもあらず[8]。さるをりしも、白き鳥の嘴と脚と赤き、鴫の大きさなる、水の上に遊びつつ魚を食ふ。京には見えぬ鳥なれば、みな人見知らず。渡し守に問ひければ、「これなむ都鳥。」[9]といふを聞きて、

名にし負はばいざ言問はむ都鳥
わが思ふ人はありやなしやと

と詠めりければ、舟こぞりて泣きにけり。

*1 宇津山位於靜岡縣誌太郡和靜岡市之間。文中所述的山路險峻。
*2 日文「複合ラ変」動詞「かかり」的連體型。
*3 「駿河なる」為和歌技巧的「序詞」，和下句「宇津の山べのうつつ」的諧音關係產生和歌的藝術效果。
*4 如同鹿的梅花斑。比喻五月的富士山景。
*5 鹽山狀。
*6 東京都和千葉縣的境界處。
*7 お互いに嘆き合っていると。
*8 ないわけでもない。「に」，斷定助動詞「なり」的連用型。「し」，強意副助詞。係助詞「も」也表示加強語氣。
*9 これがそれ、都鳥だよ。「なむ」，對「都鳥」的語氣強調。「なむ」為係助詞，與動詞連體形結句，組成呼應關係，表示強調

原文中和歌解析：

何度も着て、身になじんだから衣のように、馴れ親しんだ妻が（都に）いるので、
はるばる来てしまった旅をしみじみと思うことだ。

⇒「転換型」

かきつばた ⇒ 折句

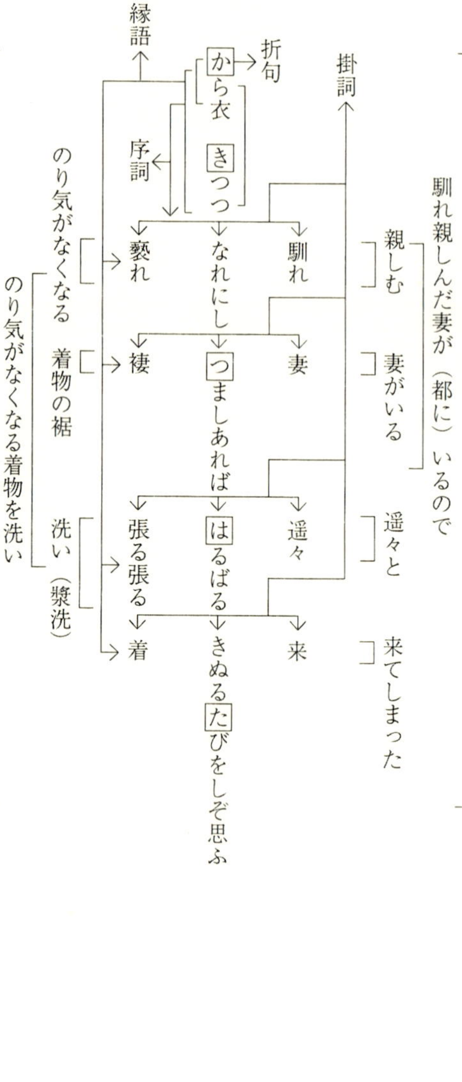

何度も着て、のり気がなくなり身になじんだから衣のように、
はるばる来てしまった旅をしみじみと思うことだ。

⇐「包含型」

語意。

【譯文】

都鳥「東下」

他們繼續前行，來到駿河國的宇津山。這裡地勢險峻。他們不知不覺走進一條黑暗的小道。路旁的常春藤和楓樹枝葉茂密。人們心中無底，迷迷茫茫往前走。這時，對面走來一位修行僧。男子便問，「順著這條路，能到何處呢？」仔細看去，這僧曾經見過。於是，他寫了一封信，托僧侶帶到京城。信中寫道：

宇津山路行　思你想你又想你　眼前夢中兩全空

富士山展現在他們面前。時令雖已五月下旬，山峰卻依然白雪覆蓋。

富士高山嶺　赤土白雪點斑斑　可不知時令

山峰雄偉高大，和近處相比，等於摞起二十座比叡山，形狀如同一座鹽山。

他們又繼續前行。來到武蔵國和下総國交界之處。這裡有一條大河，河名叫「隅田川」。一行在河邊席地而坐，眼望滔滔江水，想到已遠離故鄉，不由心潮起伏，萬分感慨。船公吆喝道：「快上船吧，陽坡要落山了。」一行人聽此，不由想起京城的親眷家屬，心中孤寂升騰。正在這時，一隻白鳥浮游水面，叼魚吃食，紅嘴紅腳，大小如同鷸鳥。他們在京城未曾見過這種鳥，於是齊問船公「這叫什麼鳥？」船公答曰，「都鳥。」男子詠詩一首：

不愧為其名　快快去問這都鳥　心上人可好

船中人聽此，無不淚流滿面。

這段描寫了隅田川勾起主人公無盡的旅情。事到如今，夕陽西下的貴公子步步遠離京城，這已是悲中之悲了。然而，又加上旅愁，更使人難耐。旅愁引起對京城所愛之人的思念和望鄉之情。心中的傷感一層又加一層。他懷著無盡的傷感來到隅田川。隅田川使如此傷感達到了頂峰。

黃昏來臨，他在異國的河邊，滔滔江水把他的心也一起帶向遠方。過河使他深深感到，這將是和京城的永遠告別。面對江水，更是旅愁萬千。這時，當聽說那鳥名叫「都鳥」（鷗鳥）時，他再也無法克制自己此時的思念之情。

選節3

筒井筒

昔、*1田舎わたらひしける人の子ども、井のもとにいでて遊びけるを、大人になりにければ、男も女も恥ぢかはしてありけれど、男はこの女をこそ得めと思ふ。女はこの男をと思ひつつ、*2親のあはすれども聞かでなむありける。さて、この隣の男のもとより、*3かくなむ。

筒井つの井筒にかけしまろがたけ
過ぎに*4*5けらしな妹見ざるまに

女、返し、

比べこし*6振り分け髪も肩過ぎぬ
君ならずしてたれか*7あぐべき

など言ひ言ひて、つひに本意のごとく*8あひにけり。

さて、年ごろ経るほどに、女、親なく、頼りなくなるままに、もろともに*9いふかひなくてあらむやはとて、*10河内の国、高安の郡に、行き通ふ所いできにけり。さりけれど、このもとの女、悪しと思へるけしきもなくて、いだしやりければ、男、異心ありてかかるにやあらむと思ひ疑ひて、前栽の中に隠れゐて、河内へ往ぬる顔にて見れば、この女、いとよう化粧じて、うちながめて、

[11]風吹けば沖(おき)つ白浪(しらなみ)[12]たつた山
夜半(よは)にや君が一人(ひとり)越(こ)ゆ[13]らむ

とよみけるを聞きて、限りなく[14]かなしと思ひて、河内へも行かずなりにけり。

＊1　農村巡迴行商的人。
＊2　父母為她訂親。
＊3　如此。「なむ」，加強意志表現的係助詞，句尾「ありける」（文中省略）動詞連體形結句，組成呼應關係。
＊4　「に」，完了助動詞「ぬ」的連用形。接續活用語的連用形。表示動作，作用，狀態完了，其結果仍在存續。也有加強文意的作用。
＊5　「けらしな」，「けるらしな」的略寫。「け」，回想助動詞「けり」的略寫。「けり」接續活用語連用形，表示過去傳聞，發現。「らしな」「らし」，推量助動詞。接續活用語終止形。也有「婉言」表現。
＊6　男女孩八歳前的髮型。分中縫，垂髮過肩。
＊7　這裡指成人結髮，表示已婚。
＊8　成婚。
＊9　ふがいなく。1言ってもしかたない。2情けない。ふがいない。つまらない。
＊10　現大阪市八尾市附近。
＊11　「序詞」，起到導出下句「たつた山」的「たつ」的作用。
＊12　「たつた山」，和歌中的地名（「歌枕」），在奈良縣。
＊13　「らむ」，推量助動詞，接續活用語終止形。表示：現在推測。不確實理由推測。傳聞。推測。
＊14　かわいい。いとしい。

【譯文】

筒井筒

從前，農村有些行商的人，他們的孩子經常在井邊玩耍。這些男孩女孩長大了，彼此懂得了害羞。有個男孩看上一個女孩，他想，定要娶她。女孩也想，非他不嫁。可是，她的父母卻讓她和另外的人成婚，她沒從。於是，這一少年贈歌一首。

還未相會你　來和井緣比個頭　遠遠超過它

少女回贈歌一首。

和你比比看　長長頭髮已過肩　除了你以外　為誰梳起這髮結

就這樣你來我去，他們終于結為夫妻。

幾年過後，女方失去雙親，再無所靠。男方覺得她已毫無所用，無法繼續生活。於是，夜往河內國的高安郡，開始和那裡的一女子「往婚」。對此，女方並未表現不快。有一日夜晚，她心平氣和照常送他出門。男方心犯狐疑，難道她另有相好？他裝出一幅已走的樣子，躲到院中的樹叢裡看個究竟。女方精心打扮後，坐在窗前，呆滯望著遠方。只聽到誦詩一首。

風吹白浪起　郎君夜半龍田山　寒楚思念心

他聽此，深感愛妻情真，從此不再往出。

女主人公，在她少女時期，父母讓她和另外的男人結婚。然而，男主人公，從小和她一起長大的青梅竹馬向她贈送一首求愛的和歌。她回贈和歌，表示接受求愛。於是他們結為夫婦。時過數年，女方兩親雙亡。男方因失去經濟基礎，開始「往婚」他處。對此，妻子詠誦和歌，表達了對丈夫的寬宏大量和悉心關懷。丈夫聞之，被其真情打動，從此不再「外出」。

這樣來看，故事的關鍵時刻出現和歌，而和歌又在故事的情节上起到轉折作用。因此說，和歌充分包含著故事人物的心理表現。讀者有必要捕捉此妙處去讀解作品。

這裡有必要提到日本古代的文化習俗。平安時代的貴族結婚後，一般婚姻形式為男方夜往女方處。叫做「往婚」（通い婚）。男方除受到女方衣食住行的照顧外，公務方面也依靠女方的經濟援助。一旦女方失去雙親，就意味著失去經濟力量。因此，男方會認為女方成了「貧家寒女，已無用處」。平安時期的貴族為一夫多妻制。作品中男主人公往婚的「高安郡女人」，可以說是「新妻」。

◉『伊勢物語』概要和主人公形象

『伊勢物語』是平安時代創作的和歌物語，是日本國風文學的頂峰。全文由一百二十五個章段組成。各章段的故事展開，和歌起到十分重要的作用。眾多章段的開頭語均為「從前有一位男子。」第一段描寫了這位男子初冠之後開始戀愛。終段是描寫他死前的故事。全書內容貫穿了「男子」的一生。前半部描寫了男子初冠後，和二條皇后，伊勢齋宮等眾多貴婦人展開戀情。通過「東下」，描寫了他和友人的旅情。還有母子親情以及他和惟喬親王的友情。後半部的出場人物為「老翁」，以和歌贈答的形式為特點展開故事情節。

主人公形象原型在原業平是平城天皇（51代）的皇孫。母親是恒武天皇（50代）的公主伊登內親王。沒于元慶四年（八八〇），享年五十六歲。平安時代六歌仙之一。據『三代實錄』注釋，在原業平「體貌閑麗，放縱無拘，才略無學，擅長和歌。」（才略無學，指漢學無才）。他的和歌作品被收進『古今集』30首，『後撰集』11首。著有『業平集』。

◉『伊勢物語』的研究

『伊勢物語』作品研究歷史已久。主要參考文獻有，日本文學研究資料叢書『平安朝物語Ⅰ』（有精堂　昭45），鑒賞日本古典文學『伊勢物語　大和物語』（角川書店　昭50），『研究資料日本古典文學①物語文學』（明治書院　昭58）

等。研究著作有『伊勢物語的原風景—愛的追逐—』（原國人著 有精堂 昭60），『歌物語的研究』（福井貞助著 風間書房 昭61），『伊勢物語的新研究』（片桐洋一著 明治書院 昭62）等。論點主要有，作者論，作品的構成，構造，特點，方法論，和歌的分析和漢詩的總論考察等等。研究課題主要有，如何解決原著和注釋上的問題；貫穿整個作品的文藝理念究竟如何等。

四　日記文學　土佐日記

『土佐日記』創作于九三五年之後，基本確立于承平五年（九三五）二月十六日作者紀貫之歸京路程結束之後，但具體創作年月不詳。

作者紀貫之是編撰『古今和歌集』的關鍵人物，也是活躍於當時歌壇的中心人物之一。但是，他在政界作為當時屈指可數的地方官，于九三〇年赴土佐擔任「土佐守」（地方官）。五年赴任期滿後，他已年過六十，于承平四（九三四）年十二月二十一日離任土佐，翌年二月十六日回到京城。『土佐日記』是作者在離開土佐至到達京城期間的「歸程」中，把途中的所見所聞以及自己的感受等，用日記的形式作以紀錄或追憶而寫成。

『土佐日記』是首創使用假名文字寫成的日記文學。日本于八九四年廢除遣唐使，開始逐漸盛行「國風文化」。其間，傳統的和歌文學終於成為主流。但是，對漢字，漢文的重視依然根深蒂固。在這樣的時代，『土佐日記』以假借女性之手的寫作形式，打破了傳統的桎梏，用假名文字客觀地，真摯地記錄和表達了作者的自身感受。『土佐日記』原版的一萬數千字的作品中，使用的漢字僅僅六十二字。該作品在日本文學史上的價值即，開創了以假名撰寫日記，確立了以日記形式的「自照文學」的地位。

『土佐日記』時代所謂的日記，男性只能用漢文寫，往往多用於記錄平日事務的備忘錄。這種備忘錄的用途主要提供查閱公務記錄。『土佐日記』的開場白「聽說男性寫的日記」就是指當時的這種背景狀況。然而，作者卻開創了空前先例，寫下了日本第一部日記文學。這是一個巨大的革新。如果說，男性使用假名文字寫文章是例外，那麼用日記的形式記錄自己的心理活動自然也是例外。他以「衙役且男性」的身份，以「日記」這一形式寫下新的內容。對此，作者紀貫之表現躊躇。正因為如此，他把自己這第人稱假借於女性，寫下了這篇日記。

作品無論思維還是創作均自由奔放。此後，日記作為一個新的文學領域，被例入文學範疇之中。隨之以女性名義及手法而創作的文學作品層出不窮。『土佐日記』，在以女性名義的寫作手法，使用假名文字，表達內心世界上均為首創，是日本日記文學的草創作品。

『土佐日記』選節1

門出

男[1]もすなる日記といふものを、女[2]もしてみむとて[3]、する[4]なり。それ[5]の年の、十二月の二十日あまり一日の日、戌[6]の時に門出す。その由、いささかに、物に書きつく。ある人[7]、県[8]の四年五年果てて、例[9]の事どもみなし終へて、解由[10]など取りて、住む[11]舘より出でて、船に乗る[12]べき所へわたる。かれこれ、知る知らぬ、送りす。年ごろ、よく比べ[13]つる人々なむ、別れがたく思ひて、日しきりに、とかくしつつののしるうちに、夜[14]ふけぬ。二十二日に、和泉[15]の国までと、平らかに願立つ。藤原のときざね、船路なれど馬[16]のはなむけす。上中下、酔ひあきて、いとあやしく、塩海のほとりにてあざれ[17]合へり。

＊1　「す」：「サ行」變格活用動詞終止形。「なる」接續活用語終止形，表示傳聞，推定的助動詞，基本形為「なり」。現代文譯為「〜と聞いている」。作為當時的習慣，日記的形式衹有男性才可使用。

＊2　「む」，推量助動詞。這裡的用法為「意願」表現，現代文譯為「〜よう」。作者假借女性之手來寫這部日記。

＊3　「と思ひて」的略寫。
＊4　「する」，「サ行」變格活用的動詞「す」的連體形。「なり」，接續終止形，斷定助動詞。
＊5　指承平四年（九三四）。
＊6　現在的午後八點左右。當時一般習慣于夜航。
＊7　指作者本人。
＊8　「國司」等地方官的在任所在國。這裡指作者的在任之地土佐國（現高知縣）。國司，指律令制的地方官，由中央派遣，分管行政，司法，警察。分守、介、掾、目四等官。任期一般為四年。
＊9　即已決定的公务交接。
＊10　「解由状（げゆじょう）」的略稱。解任證。
＊11　作者紀貫之的國司官邸。
＊12　「べき」，推量助動詞，基本形為「べし」。這裡是「當然」「適當」的用法，現代文譯為「～ことになっている」。
＊13　「比ぶ」，動詞。1比量。相比。2比勝負。比優劣。3親交。摯交。文中為3。「つる」，完了助動詞連體形。
＊14　「ぬ」，完了助動詞。
＊15　現大阪府南部。
＊16　餞別，送行之宴。
＊17　「あざる」，這裡為雙關語，即，1魚蝦腐臭。2瘋吵狂鬧。

【譯文】

聽說日記是由男性來寫。女性不妨也想動筆。某年的臘月二十一日傍晚八時左右出門。當時的情況，些許記錄下來。

某個人作為土佐國國司赴任四五年，任期已滿。公務處理結束，取回解任狀，從官邸出發來到啟程的船渡碼頭。許多人來送行，認識的和不認識的。這幾年，和他們有著密切交往，離別自然戀戀不捨。一整天，熱鬧非凡，直到深夜。

二十二日，祈禱去和泉國一路平安。藤原時實明知我「水路」出行，卻「牽馬」送行。來者無論身份高低，一醉方休，在咸澀的海灘上開懷嬉鬧。

某個人，國司任期已到，決定返回京城。女性的自己不妨將當時情景記錄下來。送行的人相聚而來，傾訴惜別。翌日，先祈禱船程一路平安，之後，舉行了送行之宴，人們不分上下，暢所開懷，飲酒歡快。

文中的詼諧（諧音雙關語）表達十分著名。從文中例舉兩例。

①「馬のはなむけす」（牽馬送行），原意為祝願路途平安。轉意為送別宴。

②「あざる」，表意為嬉鬧，戲耍。裡意為魚蝦腐臭。

選節2

帰京

夜ふけて来れば、所々も見えず、京に入り立ちてうれし。家に至りて、門に入るに、月あかければ、いとよくありさま見ゆ。聞きしよりもまして、言ふかひなくぞこぼれ破れたる。家に預けたりつる人の心も、荒れたるなりけり。中垣こそあれ、一つの家のやうなれば、望みて預かれるなり。さるは、たよりごとに物も絶えず得させたり。こよひ、「かかること。」と、声高にものも言はせず、いとはつらく見ゆれど、志はせむとす。

さて、池めいてくぼまり、水つける処あり。ほとりに松もありき。五年六年のうちに、千年や過ぎにけむ、

[*4]かたへはなくなりにけり。今生ひたるぞまじれる。おほかたの、みな荒れにたれば、[*5]「あはれ。」とぞ、人々言ふ。思ひいでぬことなく、思ひ恋しきがうちに、この家にて生まれし女子の、[*6]もろともに帰らねば、いかがは悲しき。船人も、みな子たかりてののしる。かかるうちに、なほ悲しきに堪へずして、ひそかに心知れる人と言へりける歌、

　生まれしも帰らぬものをわが宿に
　　小松のあるを見るが悲しさ

とぞ言へる。なほ[*7]飽かずやあらむ、またかくなむ。

　見し人の松の千歳に見ましかば
　　遠く悲しき別れせましや

忘れがたく、くちをしきこと多かれど、え尽くさず。[*8]とまれかうまれ、とく破りてむ。

＊1　（任地で）かねてうわさに聞いていた以上に。「し」，過去助動詞，「き」的連體形。「より」，格助詞。「も」，係助詞。「まして」，副詞，「いっそう」。

＊2　單語接續詞。意為，そうではあるが・しかし。

＊3　名詞。1志向。2誠意、好感、好意。3答謝、禮物。4祈禱冥福。文中為3。

＊4　一部分，一半。

＊5　吃驚的感歎，「啊呀！」

＊6　副詞。一起。

＊7　十分でない。這裡和現代語意不同。

＊8どうであるにせよ。

【譯文】

歸京

夜幕降臨，四處黑暗。已入京城，心裡一陣喜悅。來到家前，進入家門。月光普照大地，院中一切都清楚地展現在眼前。比在土佐時聽到的更是破爛荒蕪。託付照看這家的人，他的心也荒蕪淒涼。我家和他家衹有一牆之隔，如同一家。他主動承擔照看房子。因此，每次有人回京，必捎帶謝禮與他。隨行中有人說「豈有此理！」我急忙讓他壓低嗓門。真是人世情薄。但禮還是要還的。

庭院中有一窪地，是個蓄水池。池旁曾有棵松樹。衹過了五六年，卻如同度過千年。樹的一半業已枯死，枯縫中參夾著稀疏嫩枝。整棵樹幹基本枯竭。「怎會如此？」身旁的人們哀歎無休。往事歷歷在目，思念之情湧上心頭。這裡出生的小女卻沒能一起歸回，痛感悲傷。同船回京的小孩，相聚一簇，好不熱鬧。看到這些，怎不叫人感到心碎？與同病相憐之人詠誦和歌一首。

她生在我家　卻成遠途不歸人

看到嫩松枝　胸中悲苦心已碎

以此依然表達不盡此時心情，於是，再誦一首。

如同千年松　本想育她到千年　為何棄遙途

令人難忘而憐惜的事數不勝數，書不盡書。任憑如何，隨它去吧。

這段是作品的終結。作者通過這樣的記述，在審視，反省和對照自己。時隔五年回到自家。過去的情景已一去不復返。眼前看到的竟是皎潔的月光下一片荒蕪。臨走時顧用看守房屋的人不知去向，僅僅留下了一張便條，表示歉意並強調有事走人。面對被棄置而荒蕪的家，作者心潮起伏。說不清是時隔已久歸回而來的激動？還是人情的變故使人感到內心的荒漠和失落？

不知為何，院中的古松竟然一半枯竭。枯死的老杆中夾雜著新出的嫩枝。這些小松嫩枝不由得使作者想起離家時在此出生的驕女，而如今卻已成不歸之人。

貫之再一次捫心自問。如此自照反省，面對現實的表達方式是日記文學的特點。

◉『土佐日記』梗概

『土佐日記』也寫為『土左日記』，創作于承平五年（九三五）左右。作者紀貫之（約八六八～約九四五），作為土佐守赴任期滿後，乘船歸京。該作品是他在歸途五十五天中寫下的日記。作品是從承平四年（九三四）十二月二十一日至翌年二月十六日以日記的形式寫成。十二月二十一日，作者從土佐國司官邸出發移到乘船地大津。地方各界連續六天為他送別。二十七日，船從大津出港，途經浦戶、大湊、宇多、奈半、羽根、奈良志津、室津、禦崎、土佐泊、阿波、沼島、多奈川、和泉、小津、石津、住吉、難波、川尻、鳥飼、和田、鵜殿，于二月十一日抵京都的山崎。一行在此逗留五天，於十六日驅車到達京都私邸。正如文中記述，當時夜幕降臨，月光灑滿庭院，眼前一片荒蕪淒涼。

在大津出港時，日記中寫有這樣一首和歌：

已踏歸京途　只有不見小女身　心中何其悲

作者用這首和歌深深懷念在赴任之地故去的女兒。

到達時隔五年的府邸，當他看到眼前的一切，面對管理人毫無責任撒手而去的現實，心中感歎萬分，寫到，「託付照看這家的人，他的心也在荒蕪淒涼。」當他看到枯竭的老松，粗糙的樹皮縫裡長出幾條嫩枝時，以和歌來追悼自己的女兒。觸景生情，既表達了對人情事故的敏銳批判，又使人感到真切的父女深情。

全作品中交織的五十多首和歌中，有追憶故去女兒的，有表達旅情的，也有歌評內容的等等。可以看出，作品同時也具有「歌評」的特點。

◉『土佐日記』的研究

長谷川正春「紀貫之論（五）—土佐日記研究」（『古典評論』昭44 1），秋山虔「日記文學論」（『王朝女流日記文學的世界』東大出版会 昭47）等論文中指出，『土佐日記』中提到的「女兒」為虛構文。鈴木知太郎「土佐日記的構成—有關對照的手法—」（『語文』昭35 3）論文中指出，正如日記二月十六日所記述的那樣，暗示了人情事故和自然的「變」與「不變」。這種對照表現的手法無疑深受古今集（紀貫之本人為主要編撰者之一）的影響。菊地靖彦「土佐日記論—和古今集卷九羈旅部的關聯—」（『文藝研究』昭43 6）等論文認為并指出，日記中冒頭文「明知我（「水路，出行，卻，牽馬，送行」，類似這樣詼諧表達頻頻出現。途中，充滿對海盜的恐怖等。尤其二月十六日文中對故去女兒的追憶。另外，作品中還涉及到阿部仲麻呂、在原業平的和歌等，對這些整體構造的各個細節的研究應有深度。石阪妙子的「『土佐日記』的「女」—開拓日記文藝史的視角—」（『新大國語』平8 3）論文指出，土佐日記之旅是探求「人心」之旅。渡邊秀夫的「土佐日記中和歌之位相—「詠」與「說」—」（『日記文學 試論作品』笠間書院 昭54）以及「從漢文日記到日記文學—以土佐日記為主—」（『日本文學』昭58 5）論文則認為，土佐日記使日記的形式，從公務走向私人，從日記走向日記文學無疑是文學領域一大飛躍和貢獻。今後的課題有，土佐日記在地理上的誤差意味著什麼；如果故去女兒之說為虛構，那麼作品又提示了什麼。等。

五　女性文學的興盛　枕草子　源氏物語

從十到十一的一個世紀中，以右述「新首都文學」的誕生為起點，女性文學逐漸走向興盛。當時也是「攝政関白」政治的全盛期。宮廷裡的女性活躍于政治以及生活的舞臺，為文學的發展帶來了動力。以『蜻蛉日記』為首，女性的日記文學開始興起，由此誕生了『枕草子』和『源氏物語』。『枕草子』為日本隨筆文學的代表作。而『源氏物語』則是日本乃至世界古典文學中物語文學的鼻祖，是世界文學領域的一大貢獻。該作品至今在日本和世界各國仍然引人矚目，眾多學者進行著研究。

但是，隨著十一世紀後半攝関政治急遽衰落，「院廳政治」的抬頭（一〇六八），貴族社會內部開始分裂。新型的武士階級趁機組建勢利插入中央圈。從此，平安京城不再是貴族們的安樂天地。隨之，文學動向也有了明顯變化。虛構物語幾乎都在極力模仿源氏物語，內容上無非也都是對以往貴族榮華的嚮往。因此，回顧全盛時代的歷史物語開始誕生。應該注意的一點是，在敕撰集的和歌界，出現了新的動向，如同『今昔物語集』這種以反映民眾生活為題材的作品開始問世。另外，歌謠集『梁塵秘抄』等編撰而成。這些文學的轉向也意味著將要迎來中世文學時代的到來。

1『枕草子』

如同平安時代眾多作品一樣，『枕草子』的準確創作時期不詳。大概是在藤原道長氏族的榮華鼎盛時期創作的。作者清少納言的父親清原元輔是『後撰和歌集』「梨壺五人」之一。九九三年後約十年間，清少納言任一條天皇（66代）中宮定子的侍奉女官。她在定子的庇護下完成了『枕草子』的寫作。作者名清少納言的「清」取自父親清原元輔中的「清」，「少納言」取自父親「少納言」的官職名。作者本名不詳。

清少納言出生在地方官階層家庭。少女時代，一直嚮往宮廷以及上流貴族的豪華生活。九九三年，作為中宮定子的侍奉女官進宮。由於她才氣十足，擅長漢學，經常隨從出入華美而風流的社交場所，十分活躍。十世紀末，她撰寫的『枕草子』對自然景象以及自己周圍的所有均具有敏銳的觀察力和細膩的審美意識，生動地記述了宮廷生活以及社交的實景。她的寫作方式極其普通。可是，和當時其他作品相比，卻有著十分明顯的獨特之處。該作雖然被稱為隨筆文學，但，除隨筆部分外，還交織著類纂和日記部分。作者敏捷的觀察力和恰如其分的表達可謂出類拔萃。對事物的精雕細刻，以及自由奔放而流利的描寫居於平安朝文學之首。但是，她的文學也有不足，即，『枕草子』所看到的對自然和人生評價有停滯于表層之處。例如，她在中宮定子身邊數年後，中宮之弟內大臣伊周和道長的政治紛爭最終失敗，被流放（九九六年）他處。面對其姐定子的悲痛，清少納言在作品中甚至沒有言及。在貴族社會明爭暗鬥的現實中，清少納言的文學卻似乎採取了逃避主義的態度。

『枕草子』可謂平安朝女性文學的一枝獨秀，作品描寫和貫穿著宮廷的生活側面以及飄散著自然風物的清新氣息。她的隨筆文學在奔放明快方面，與『蜻蛉日記』和『源氏物語』相比實為佳處獨到。『枕草子』約由三百章段構成，記述了她做侍奉女官期間的所見所聞以及親身體驗。記述內容分為三類，即，類聚（薈集類同形式）章段，日記（回憶）章段，隨想章段。該作品和同時代問世的『源氏物語』被稱為平安文學的雙璧。

『枕草子（まくらのそうし）』選節1

春はあけぼの

春はあけぼの。やうやう[*1]白くなりゆく、山ぎは少し（すこ）あかりて、紫（むらさき）[*2]だちたる雲の細（ほそ）くたなびきたる。

夏は夜（よる）。月のころはさらなり、やみもなほ、蛍（ほたる）の多く飛びちがひたる。また、ただ一つ二つなど、ほのかにうち光りて行くもをかし。雨など降るもをかし。

秋は夕暮れ。夕日のさして山の端（は）いと近うなりたるに、烏（からす）の寝（ね）どころへ行くとて、三（み）つ四（よ）つ、二つ三つなど飛び急ぐさへあはれなり。まいて雁（かり）などの連（つら）ねたるが、いと小さく見ゆるはいとをかし。日入（い）り果てて、風の音（おと）、虫の音（ね）など、はた言ふべき[*3]にあらず。

冬はつとめて。雪の降りたるは言ふべきにもあらず、霜（しも）のいと白きも、またさらでもいと寒きに、火など急（いそ）ぎおこして、炭持（すみも）てわたるもいとつきづきし。昼になりて、ぬるくゆるびもて[*4]いけば、火桶（ひをけ）[*5]の火も白き灰（はひ）がちになりてわろし[*6]。

＊1　だんだんと。副詞。

＊2　古代的「紫」色比現代的紫色顏色要深並帶有赤紅，相當於「赤紫」色。

＊3　言うまでもない。
＊4　寒さがだんだんゆるんでいくと。
＊5　圓形的小火盆。
＊6　よくない。

【譯文】

春在黎明

春在黎明。天空漸漸泛白，山邊鍍上淡淡光亮，罩上細長的紫色紅雲。景色無限美好。

夏在夜晚。月亮露出面容晶瑩皎潔。螢火蟲在靜靜的夜空劃來劃去。一隻，兩隻，閃動著弧光，多麼富有情趣。夏的夜雨也十分美好。

秋在黃昏。殘陽為西山繡上綾線。綾線近處烏鴉們想要歸巢。三隻，四隻，又有兩隻，三隻，匆匆翔飛的情景好不有趣。鴻雁一行，由大到小，漸漸遠去。日落西山，風聲蟲語，更是美好。

冬在早朝。積雪、瑩霜的清晨，銀裝素裹，美不勝美。寒氣襲來時，急忙撥醒火苗，送到房間的各個角落，冬情濃濃。到了晌午，泱泱暖流，驅走早間寒氣。火盆裡的火苗業已消失，蒙上厚厚白灰。已捉不到冬的身影，好個沒趣。

這是第一章段的全文，為著名章節。表達了四季各自的美好情趣。「春在黎明」「夏在夜晚」「秋在黃昏」「冬在早朝」。作者把聚視的焦點放在代表季節的刻限上，表達了清新美好的世界。文章簡潔秀美。她不僅僅單純表達「早」「午」「晚」，還把時間的焦距拉到具體刻限，選擇了季節的核心場景，給讀者送上強烈而美好的季節色彩。

作品打破了人們常誦述的「春宵」「春夜」。春季以曙光去捕捉春之美。描寫出色彩感覺的豐富和微妙的變化。夏季，以夜幕裡的靜黯和螢火蟲的交織相錯，感受夏之美。秋季，以黃昏和烏鴉，鴻雁來看出秋色。值得注意的是，作者在普通中尋求美中之最。「秋在黃昏」，表達了作者對傳統美意識的繼承。冬之美，描述寒與冷，刻畫出早朝的冷潔清新。作品中列舉的四季美感均出自作者獨特而清新的，敏銳而細膩的感覺。文章雋秀美麗，奔放細膩。筆運清楚俐落，簡潔流暢。

選節2

中納言（ちゅうなごん）まゐり給（たま）ひて

中納言（ちゅうなごん）[*1]まゐり給ひて、御扇（あふぎ）[*2]奉（たてまつ）らせ給ふに、「隆家（たかいへ）こそいみじき[*3]骨（ほね）は得て侍（はべ）れ。それを張らせてまゐらせむとするに、おぼろけの紙はえ張るまじければ、求（もと）め侍（はべ）るなり。」と申し給ふ。「いかやうにかある。」と問ひ聞こえさせ給へば、「すべていみじう侍（はべ）り。『さらにまだ見ぬ骨のさまなり。』となむ人々申す。まことにかばかりのは見えざりつ。」と、言（こと）高くのたまへば、「さては、扇のにはあらで、海月（くらげ）のなり[*4]。」と聞こゆれば、「これ隆家が言（こと）にしてむ。」とて、笑ひ給ふ。

＊1　藤原隆家，中宮定子的兄弟。
＊2　獻給中宮的扇子。
＊3　非常精彩的扇骨。當時的宮廷，盛行用扇作贈答禮物。
＊4　斷定助動詞「なり」後接推定助動詞「なり」，為「なるなり」。由此變化為「なんなり→ななり」。

【譯文】

中納言進宮

中納言進宮，有禦扇敬獻中宮，說，「隆家我得到一把絕妙扇骨。想要貼上扇面。可是，絕不可用一般紙去應付，正在尋找合適的紙呢。」中宮問，「何種扇骨呢？」「真是精彩至極。人們都說〝這扇骨簡直未曾見過。〞確實如此呀。」隆家高聲回答說。我說，「那不是扇〝骨〞，是海蜇〝骨〞吧。」「這話就算是我說的吧。」隆家說著笑了起來。

作者作為中宮的侍從女官，在作品的很多中，都把中宮的後宮作為故事背景記述下來，以此去追憶過去的一些日常生活。這段文章記述了作者懷著對中宮的崇敬以及和隆家的詼諧對話。面對小題大作，顧弄玄虛的隆家，作者善意並有趣地給以「降溫」。可以看出她對女主人的敬意和彼此之間的溫情。

選節3

うつくしきもの

うつくしきもの、瓜[*1]にかきたるちごの顔。雀の子の、ねず鳴き[*2]するにをどり来る。二つ三つばかりなるちごの、急ぎてはひ来るみちに、いと小さき塵のありけるを目ざとに見つけて、いとをかしげなる指にとらへて、大人などに見せたる、いとうつくし。かしらは尼削ぎ[*3]なるちごの、目に髪のおほへるをかきはやらで、うちかたぶきてものなど見たるも、うつくし。

大きにはあらぬ殿上童[*4]の、装束[*5]きたてられてありくもうつくし。をかしげなるちごの、あからさまに抱きて遊ばしうつくしむほどに、かいつきて寝たる、いとらうたし。

雛[*6]の調度。蓮の浮き葉のいと小さきを、池よりとりあげたる。葵[*7]のいと小さき。なにもなにも、小さきものはみなうつくし。

いみじう白く肥えたるちごの二つばかりなるが、[8]二藍の[9]薄物など、衣長にて襷結ひたるが這ひ出でたるも、また、短きが袖がちなる着てありくも、みなうつくし。八つ九つ十ばかりなどの男児の、声は幼げにて[10]文読みたる、いとうつくし。

鶏の雛の、足高に、白うをかしげに、衣短なるさまして、ひよひよとかしがましう鳴きて、人の後先に立ちてありくもをかし。また親の、ともに連れてたちて走るも、みなうつくし。

かりのこ。[11]瑠璃の壺。

＊1　一種香瓜，甜瓜。
＊2　模仿老鼠的叫聲。
＊3　披肩齊髮。古代幼童髮型。
＊4　攝政関白政治時期，上流貴族子弟成人前在宮中要學習禮節，為此上清涼殿實習做雜務。
＊5　華麗的著裝。
＊6　「雛」，用紙做的人形。「調度」，道具。
＊7　葵葉。賀茂祭時，裝飾在牛車和人們的頭冠上。
＊8　紅色和藍色的混染顏色，藍中透紅。
＊9　絽紗薄衣。
＊10　信件。書籍，漢籍。漢詩。
＊11　琉璃壺。用於裝佛骨等。「琉璃」為七寶（金、銀、琉璃、硨磲、瑪瑙、珍珠、珊瑚）之一，青色玉。

【譯文】

一切都美好

委實可愛，畫在甜瓜上的臉譜。人模仿著老鼠「吱吱」一叫，那小麻雀就一蹦一跳地跑來。兩三歲的幼童，急急忙忙往這兒爬，半道有個小垃圾，定睛看看，好生奇怪，用小手指捏起來給大人看。舉動真有趣。幼童留著沙彌髮，頭簾蓋著眼睛，也不去撩開，硬是歪著脖子往外瞭。舉動真搞笑。

小小殿上童著裝華美，好漂亮。乖巧的幼兒，剛剛抱過來玩兒一玩兒，就進入夢鄉，睡貌香甜可愛。

玩耍的人形小道具，池中摘來的浮蓮嫩葉，精巧的小葵葉。還是小為美。

兩歲左右小囡囡，白胖白胖的，穿著藍裡透紅的籮紗衣。衣服過長，袖子被幫帶束起爬著出來。小衣服格外顯得寬衣袖，走起路來是個小瀟灑。剛剛八、九、十歲的男孩子們抄著童聲在朗讀漢籍，真是些小豪氣。

雛雞細腿高高，披著一層細毛白衣，顯得腿長衣短。一邊唧唧地叫著，一邊跟在人的腳後，十分可愛。隨著母雞跑前跑後的，實在有趣。

小鴨蛋兒，琉璃瓶也不例外。

文中看出，作者似乎過分嬉鬧活潑，把自己置身于舞臺的核心。比起歷來批判意識甚強的作者，通過這段文章，無論目光還是心理都顯得格外慈祥，充滿母愛。描寫的每一個角色都栩栩如生，善愛善美。

選節4

香炉峰(かうろほう)の雪

雪のいと高(たか)う降りたるを、*1例(れい)ならず*2御格子(みかうし)まゐりて、*3炭櫃(すびつ)に火おこして、物語などして集まりさぶらふに、*4

「少納言よ、香炉峰の雪いかならむ。」と仰せらるれば、御格子上げさせて、御簾を高く上げたれば、笑はせたまふ。人々も、「さることは知り、歌などにさへうたへど、思ひこそよらざりつれ。なほ、この宮の人には、さべきなめり。」と言ふ。

＊1　いつもと違って。
＊2　寝殿廂房之間的格窗，也起到避雨或避人眼目的作用。
＊3　日式火爐。
＊4　伺候しているときに。
＊5　中宮暗示唐代詩人白居易詩句：遺愛寺鐘欹枕聽，香爐峰雪撥簾看。（『白居易集』卷十六「香爐峰下 新卜山居 草堂初成 偶題東壁五首」日高睡足猶慵起，小閣重衾不怕寒。遺愛寺鐘欹枕聽，香爐峰雪撥簾看。匡廬便是逃名出，司馬仍為送老官。（顧學頡校點『白居易集』中華書局一九七九））

【譯文】

香爐峰之雪

積雪已深。與往日不同，禦格窗被放下。撥醒暖爐的火種，女官們聚在一起一邊聊著，一邊為中宮前後伺候。中宮問，「少納言呀，香爐峰的雪如何？」我讓其他女官支起格窗，自己便高高撩起竹簾。中宮會意一笑。女官們同聲道，「這，我們也是知道的。經常詠誦的和歌裡也有。只是沒你那樣機靈精敏而已吧。還是你適合做中宮女官呀。」

平安時代，漢詩漢文，只能在男性的公務公文中使用，是女性不可跨入的禁地。女性即使漢學造詣很深也不會得以承認。然而，伺候宮中貴人的女官們中間，「遺愛寺鐘欹枕聽，香爐峰雪撥簾看。」的詩句業已成為人人所知的常識。清少納言的舉動揭露了人們的知識貧乏，同時也巧妙地博得了中宮的喜悅。

可以看出，清少納言和中宮定子心心相印，處得十分融洽。中宮並沒有直截了當表示要看雪景，祇是趣向性提出問題。清少納言恰到好處地給以應對，贏得了中宮的滿意。作者的這段故事應該說是在讚美中宮的高雅，也說明了主僕雙方多學博識，心心相連一點通。以此記述了一個侍從的喜悅和自豪。

◉『枕草子』梗概

根據「傳本」不同，章段數量及文章長短也有不同。全書由約三百章段組成。作品的寫作形式分三種類型：類聚（薈集類同形式），回想（日記），隨想。記述了清少納言伺奉中宮定子期間生活的各種情景。

在類聚章段中，往往先提出結論，然後再一一例舉事實。例如，「春在黎明。……」。這一段以描寫歲時為主題，在文章構造上與中國，日本的古代類書，辭書，歌學書籍有著共同感覺。回想章段的記述雖然沒有標明具體日期，但可以說寫作的手法是以特定的日子發生的事情為標記。長德元（九九五）年，中宮定子之父藤原道隆故去。翌年，政治實權從其子伊周——藤原隆家移向藤原道長。作品中，有關「中関白」的沒落卻一字未提，而回想文的內容幾乎都是後宮的華麗往事。應該說，作者本人置身于錯綜複雜的政治漩渦中，對宮廷社會裡的陰謀權術，勾心鬥角應該是瞭若指掌。隨想章段內容涉及各方。

清少納言作中宮定子侍奉女官時，正值中関白（中宮定子之父藤原道隆）家的全盛期。清少納言曾與橘則光結婚並生有一子，後離異。對清少納言來說，宮廷是她極樂繪圖的最高理想。當她剛來到中宮定子身邊時就深受器重。從氣質、教養等方面來看，主僕二人十分相像，均具有超人的才華。清少納言對中宮來說，是主僕心靈一點通。而中宮定子對清少納言來說，是一位美麗善良的女主人，自己的才華能夠得到女主人的肯定和評價。清少納言作女官近十年。最初的兩年，可謂日日華美。但是，中関白好景不長。長德元年（九九五）道隆死去，政權移到其弟道長。定子兄弟伊周失勢，中関白家沒落。定子也隨之開始暗淡度日。這時期主人處在逆境，但在枕草子裡卻絲毫看不出悲色，筆調反而十分明快。她為自己的主人感到自豪。而這種自豪正是中宮定子度過難關的精神支柱。相反，靜靜地忍受著困境的定子對清少納言來說才是最值得崇敬的偶像人物。

◉『枕草子』的研究

有關枕草子作品特點的研究，池田龜鑑對枕草子的美學形態分類為「色、光、形、聲、音、香」，並對此進行考察（「美論的枕草子—試論原典批評—」『國語與國文學』昭5 10）。池田認為，枕草子把物件作為現實的存在去認識「幻想的現實」，在作者的描寫中去探究「美」，並提示如下特點，1貫穿整篇作品的輕柔「幽默」。2如同幻想的靜寂。3由於作者的智多識廣，作品中多見和歌式敘述。4靈活應用詩文詞章，充分顯示出作者的聰穎智慧。5用故事且具有趣味性形式記錄了作者的親身體驗。

針對池田論文序中提到的「一位天才的藝術論」之說，折口信夫則提出，從古代的口誦活動聯繫來看，做為女官的職能，既是主人的代筆，又是其意圖的代辯，對此應該引起注視。從女官職能的角度去讀枕草子的這一見解無疑開拓了新路。佐藤謙二以此觀點緊密聯繫原著進行研究並引伸發展一步。他在「枕草子和女官日記的交涉」（『國文學論究』昭9 7）論文中指出，枕草子中記述某一女官日記中說，「這些事基本上是人人皆知的」，也就是說，女官日記，加上枕草子潤色，在此基礎上……編撰而成的中宮自身或中宮付諸的女官讀物，心得。

風卷景次郎「枕草子自然觀照之性質」（『文學』昭10 8）論文指出，枕草子的自然描寫給人留下極其深刻的印象。這點，應該看出與當代女作家有根本不同。枕草子中對自然景象的描寫沒有跨出當時歌集範圍。枕草子敘景的特點是與特殊的季節、天候、時刻相融匯成。作品中的季節和時間是「諸類事情均和一定條件的結合下形成了短小時間的側面」。這一論斷被學界認為是「枕草子時間」說的先驅。

2『源氏物語』

『源氏物語』大約創作于一〇一〇年。作者在丈夫去世後不久，回到自己的娘家開始埋頭寫作。據推測，她在宮裡作仕女後仍然繼續寫作。作者當時的年齡剛過三十歲。據說，作者的在世時期為九七八～一〇一四年之間，實名不詳。但，她在宮中作侍奉女官時，最初稱呼名為「藤式部」，『源氏物語』受到高度評價後，叫「紫式部」。「式部」是父親的官位，「紫」是取自作品中的一人物「紫上」。父親藤原為時雖然是國司（地方官）的微官，但卻精通漢文（漢詩、漢文），是當時的一流學者。一族中輩出多位歌人。紫式部就是在這樣具有學識和藝術造詣深厚的家庭環境中成長起來的。丈夫死後，她為一條天皇的中宮彰子作侍奉女官。由於學識淵博，思慮細微，再加上她獨特的天賦，受到彰子之父藤原道長等人的高度評價。

『源氏物語』被稱為是日本「物語文學的頂峰」。整個作品共分五十四帖（卷），是一部描寫四代帝王，跨度有七十餘年歷史的巨著。作品分為兩大部分，前四十一帖主要描述主人公光源氏，後半部的宇治十帖主要描寫其子熏君。作品將『竹取物語』的傳奇故事和『伊勢物語』的和歌故事兩大特點彙聚一作，繼承了先行之作兩系統的敘述方法，又吸收了和歌以及日記等傳統創作方式，繪製出一部美麗而宏偉的虛構式文學畫卷。但，作品中的虛構並非衹是單純的架空圖，而是一部深深刻畫和反映了人與人生的真實寫照。

『源氏物語(げんじものがたり)』選節1

桐壺(きりつぼ)の更衣(かうい)「桐壷」

いづれ[*1]の御時(おほむとき)にか、女御[*2](にようご)、更衣(かうい)あまたさぶらひたまひける中に、いとやむごとなき際[*3](さは)にはあらぬが、すぐ[*4]れて時めき[*5]たまふありけり。初めよりわれはと思ひ上がりたまへる御方々(かたがた)、めざましきものにおとしめそねみ[*6]たまふ。同じほど、それより下臈[*7](げらふ)の更衣たちは、まして安(やす)からず。朝夕(あさゆふ)の宮仕(みやづか)へにつけても、人の心をのみ動かし、恨みを負ふつもりにやありけん、[*8]いとあつしくなりゆき、もの心細げに里がちなるを、いよいよ[*9]飽かずあはれなるものに思ほして、人のそしりをも[*10]えはばからせたまはず、[*11]世のためしにもなりぬべき[*12]御もてなしなり。[*13]上達部、[*14]上人なども、あいなく目をそばめつつ、いとまばゆき人の御おぼえなり。唐土にも、かかることの起こりにこそ、世も乱れあしかりけれと、やうやう天の下にも、あぢきなう人の[*15]もて悩みぐさになりて、楊貴妃のためしも引きいでつべくなりゆくに、いと[*16]はしたなきこと多かれど、かたじけなき御心ばへのたぐひなきを頼みにて交じらひたまふ。父の大納言は亡くなりて、母[*17]北の方なむいにしへの人の[*18]よしあるにて、親うち具し、さしあたりて世のおぼえはなやかなる御方々にもいたう劣らず、何ごとの儀式をももてなしたまひけれど、とりたててはかばかしき後見しなければ、ことあるときは、なほよりどころなく心細げなり。

前の世にも御契りや深かりけん、世になく清らなる玉の男御子さへ生まれたまひぬ。いつしかと心もとながらせたまひて、急ぎ参らせて御覧ずるに、珍かなる児の御かたちなり。一の皇子は、右大臣の女御の御腹にて、よせ重く、疑ひなき[*19]儲けの君と、世に[*20]もてかしづききこゆれど、この御[*21]にほひには並びたまふべくもあらざりければ、おほかたのやむごとなき御思ひにて、この君をば、[*22]私物に思ほしかしづきたまふこと限りなし。

＊1　天皇在位時期。那是哪位禦帝在位時的事情。

＊2　「女御」「更衣」，女官名，天皇夫人，地位僅次於「皇后」「中宮」。一般來說，「女御」要從內親王（天皇的姐妹，公主）以及攝政，関白，大臣家中選送。「更衣」從大納言以下家庭中選送。另外，「妃」選自「女御」。「女御」「更衣」屬臣下。皇后、中宮與天皇同列，具有同等待遇和權力。和「女御」「更衣」相比地位上有很大差別。

＊3　身份。

＊4　とりわけ。副詞。

＊5　栄えておられる方→帝の寵愛を受けておられる方。

＊6 さげすみ。「貶しむ」の連用形。

＊7 身份，官位低的人。

＊8 病弱に。

＊9 物足りないとしいものと。

＊10 「え」，表示「可能」的副詞，文後呼應否定動詞形成慣用句型，意為「～出来ない」。

＊11 後世の語りぐさ。「ためし」，先例。

＊12 ご待遇。

＊13 公卿。指攝政、関白、太上大臣、左大臣、（內大臣、）右大臣、大納言、中納言以及三位以上貴族。

＊14 也稱為「殿上人」。稱呼被允許上清涼殿上間的人。

＊15 悩みのたね。

＊16 故意製造的惡作劇。桐壺更衣的殿舍名為「淑景舍」，別名「桐壺」。這裡離清涼殿有一百四十米左右。桐壺更衣去往禦帝處時，途中經常被其他女禦和更衣撒上髒物，讓她难堪。

＊17 對公卿等貴人正妻的尊稱。

＊18 由緒。いわれ。

＊19 皇太子になられる方として。

＊20 大切にお仕え申し上げるけれど。「もて」，接头语，表示对文中皇太子的尊敬。

＊21 お美しさ。「にほひ」内面から発散するような、深みのある美しさを指す。

＊22 秘蔵っ子として大切にお育てになること。

【譯文】

桐壺的更衣「桐壺」

那是哪代御帝，他擁有眾多女御和更衣。其中有一位更衣，她的身份並不十分高貴，然而卻深受御帝的特別寵愛。皇妃、宮女們自認御帝之寵非己莫屬。因此，她們對這位更衣嫉恨躋身。比她們身份低的更衣們更是懷恨滿心。這位更衣儘管每日朝夕，小心翼翼。但是，還是妒火引身。她也許遭恨過多，積郁成疾。她孤獨無援，於是經常躲在深屋。對此，御帝更是看在眼裡，痛在心上。他不顧周圍的旁敲側擊，對她的寵愛更上一籌。面對這些，除女御更衣外，不知為何，就連公卿殿上人都在白眼怒視，議論紛紛，「真是被寵得不知好歹了。唐土也有過這樣的事呀，因為她，國破國滅。」這樣，漸漸滿世怨言相傳，眾民個個抱怨苦惱，把她看作楊貴妃。因此在她身上，曾發生過許多惡作劇。然而，御帝卻把她當作唯一的精神支柱。更衣之父大納言業已過世，其母為大納言正妻，古典美女，氣質高雅，名家望族出身。她看到那些雙親具在，深得世間信望的女御、更衣們，自己也決不讓女兒示弱他人。宮中儀式的張羅等，無論如何都要竭盡全力，做到善盡善美。儘管如此，朝中無人在背後撐腰，無力自保。更衣自然感到心中淒涼。

也許這更衣和御帝前世有緣吧，他們之間誕生了一位潔美如玉的小皇子。御帝躍躍欲試，盼望能早日把這無與倫比的小皇子抱進宮來讓他看上一眼。第一皇子由右大臣家女御所生。母親後盾雄厚，毫無疑問，第一皇子作為未來的太子，倍受呵護，精心養育。但是，和這位光彩照人的小皇弟相比，委實相形見拙。因此，御帝對大皇子僅僅是珍愛。而對小皇子則視為掌上明珠。

這段是『源氏物語』的開場文。身份不太高的桐壺更衣一身蒙受御帝深寵。為此，她遭到多方妒恨。於是，漸漸病魔纏身。但是，御帝卻不顧眾人非難，對她的寵愛更是前所未有。最後，他們終於誕生了一位俊美的小皇子。

這段故事飄逸著最古老的「純情香氣」。宮廷裡的桐壺更衣，美貌超群，心地善良，因此博得了桐壺帝的深愛。

她雖然是更衣，但出身家係並非高貴，身後也毫無靠山。作品在這種特設的背景中，有著極其重要的意图。正因為當時宮廷實行的是攝関制度，這種身分懸殊的愛情實屬罕見。為此，她招致各方的羡慕、嫉妒、怨恨，甚至遭到宮廷以及世人的非難。然而，她卻以柔弱之身承受著一切。兩人的純情之愛，從誓死相守到支離破碎。作品的這一構思從故事的最初就埋下伏筆。每到更衣陷入苦境，禦帝必然會加深一層愛憐摯情，在如此不斷的惡性循環下，作者的筆下又出現了愛情的結晶——光源氏的誕生。

選節2

北山の垣間見「若紫」

日もいと長きに[*1]つれづれなれば、夕暮れの[*2]いたうかすみたるに紛れて、かの[*3]小柴垣のもとにたちいでたまふ。人々は帰したまひて、[*4]惟光[*5]朝臣と[*6]のぞきたまへば、[*7]ただこの西面にしも、持仏すゑたてまつりて行ふ尼なりけり。すだれ少し上げて、花奉るめり。中の柱に寄りゐて、[*8]脇息の上に経を置きて、いと悩ましげに読みゐたる尼君、ただ人と見えず。四十余ばかりにて、いと白うあてにやせたれど、つらつきふくらかに、まみのほど、[*9]髪の美しげにそがれたる末も、なかなか長きよりもこよなう[*10]今めかしきものかな、と[*11]あはれに見たまふ。

[*12]清げなる[*13]大人二人ばかり、[*14]さては童べぞいで入り遊ぶ。中に、十ばかりにやあらむと見えて、[*15]白き衣、[*16]山吹などの[*17]萎えたる着て走り来たる女子、あまた見えつる子どもに[*18]似るべうもあらず、[*19]いみじくおひ先見えて、美しげなるかたちなり。髪は扇を広げたるやうにゆらゆらとして、顔はいと[*20]赤くすりなして立てり。

「何事ぞや。童べと腹だちたまへるか。」とて、尼君の見上げたるに、少し[*21]おぼえたるところあれば、子なめりと見給ふ。「雀の子を[*22]犬君が逃がしつる。[*23]伏籠の中に[*24]こめたりつるものを。」とて、いと[*25]くちをしと思へり。

このゐたる大人、「[*26]例の、心なしのかかるわざをして、[*27]さいなまるるこそいと心づきなけれ。いづ方へかまかりぬる。いとをかしう、やうやうなりつるものを。烏(からす)などもこそ見つくれ。」と立ちて行く。髪ゆるるかにいと長く、[28]めやすき人なめり。少納言(せうなごん)の乳母(めのと)とぞ人言ふめるは、この子の後見(うしろみ)なるべし。

尼君、「いで、あな幼(をさな)や。[29]言ふかひなうものしたまふかな。[30]おのがかく[31]今日明日(けふあす)におぼゆる命をば、なにともおぼしたらで、雀慕(した)ひたまふほどよ。『罪得(つみう)ることぞ』と常に聞こゆるを、[32]心憂(う)く。」とて、「こちや。」と言へば、[33]ついゐたり。

つらつきいとらうたげにて、[34]眉(まゆ)のわたりうちけぶり、[35]いはけなくかいやりたる額(ひたひ)つき、[36]髪(かむ)ざし、いみじう美し。[37]ねびゆかむさまゆかしき人かな、と[38]目とまりたまふ。さるは、限りなう心を尽くしきこゆる人に、いとよう似たてまつれるが、まもらるるなりけり、と思ふにも涙ぞ落つる。

＊1　これといってすることもなく退屈なので。形容動詞「つれづれなり」的已然形＋接續助詞「ば」。

＊2　たいそう。はなはだしく→深く。形容詞「いたし」的連用形「いたく」的「ウ」音變。

＊3　較低的柴幹柵欄牆。

＊4　光源氏乳母之子，光源氏乳兄弟。貴族家中的乳兄弟為最忠實僕從。

＊5　對五品以上官職的敬稱。

＊6　隔牆偷望，是當時的一種風俗習慣，也是男女相愛的最初。

＊7　西屋。出家人勤行一般在西屋，有祈願往生西方極樂淨土世界之意。

＊8　(蓆上跪坐時用的) 憑肘幾。

＊9　剪齊髮梢的沙彌髮型。

＊10　当世ふうな。形容詞的連體形。

＊11　(しみじみと) 感慨深く。形容動詞「あはれなり」的連用形。

＊12　こざっぱりとして美しい。清らかな美しさを表す形容動詞。

＊13　中年侍奉女官。

＊14　それからまた。接續詞。

＊15　白色內服（襯服）。

＊16　棣棠花樣外服。

＊17　着ならしてしなやかになっているのを着て。

＊18　似ていることもできなく。似ても似つかず。比べようもなく。「べう」，助動詞「べし」的連用形「べく」的「ウ」音變。表示可能之意。

＊19　たいそう成長後が思いやられて。成人したらどんなに美しい人になるだろうと期待されて。「おひ先」は「生い先」で、将来・成長して行く先。

＊20　顔をこすって赤くして。

＊21　似ている。似通っている。

＊22　女孩的名字，紫上的侍女童。

＊23　竹編蓋筐。也用於蓋香爐或火盆等。

＊24　閉じ込めておいたのになあ。「ものを」，表示順接、逆接的接續詞。這裡為逆接，表達較強的詠歎心情。

＊25　残念だと思っている。

＊26　いつものように。

＊27　叱られるのは。叱られるなんて。「るる」，被動態助動詞「る」的連體形。

＊28　見た目にも感じのよい人のようである。

＊29　不懂事故。派不上用場。

＊30　わたし。
＊31　このように今日か明日かと思われる命なのに、それを。
＊32　情けないこと。
＊33　膝をついて座っている。
＊34　眉のあたりはほんのりとけぶったように美しく。成人すると、眉毛を抜いて眉墨でかくが、ここは生えたままの眉毛であり、そのういういしい美しさを述べたもの。
＊35　あどけなく。無邪気。
＊36　髪型。頭髪的樣子。
＊37　これから先の成長してゆく様子。「む」，婉言表示的助動詞。
＊38　目を引き付けておいでになる。

【譯文】

北山的隔牆所望「若紫」

春日天長。光源氏感到無所事事。於是，他伴隨著夜幕的降臨，向那座屋宇的柴杆院牆走去。他把隨從們打發回去，自己和惟光朝臣隔牆往院裡張望。對面的西屋裡供著佛像，一位尼姑在勤行。她半卷起簾子，在佛像前放上供花，然後靠著柱子坐下，把經書放在憑肘幾上，念起經來。她似乎病弱體虛，做起事來很是吃力。一看便知她不是普通身份。四十歲左右，氣質高雅，皮膚白皙，眉清目秀，面部輪廓雖然清瘦，但顯得很富態。齊整的沙彌髮，看上去，比如今的流行長髮更要得體。看到這些，光源氏感慨萬分。

尼姑身旁有兩位中年侍女，都長得十分清秀。這時，一位女童跑過來玩耍。看上去大概有十來歲，穿著棣棠花色的衣服，領緣露著白色的襯服。女童清秀雋美，和以往見過的女子相比，真是非同一般，可以想像出她將來定是傾城美女。她那齊肩烏髮在背後象開屏的扇子，隨著身子在飄動。她的臉龐似乎剛哭過，被手背擦得紅紅的。

「怎麽了？和誰鬥氣了？」尼姑抬起頭問女童。她們長得十分相像，大概是母女吧。「小麻雀被犬君放跑了。本來扣在筐裡好好的。」女童一臉沮喪說。身旁的一位侍女接起說，「犬君這孩子總是冒冒失失的，真該遭罵呀。這怎麽行？小麻雀飛哪啦？活蹦亂跳的，眼見著長大了。這要讓烏鴉什麽的抓著那可咋整？」她說著起身出門。她的頭髮長而飄柔，給人一種美好的感覺。聽人稱呼她為少納言乳母，那一定是這女童的乳母了。

又聽尼姑說，「你這小東西，就是不懂事。我這樣子，活了今天沒明天的，你根本就沒放在心上。一天盡想著麻雀。不是佛戒說了嗎，〝捉弄生靈會受罰〞的。可你就是不聽。」尼姑又說，「過這兒來呀。」於是，女童跑到尼姑身邊坐下。

那女童天真乖巧，清美俊秀，眉間流露著神氣。她無論是五官面額，還是滿頭秀髮都是那樣端莊美麗，真想看到她長大成人後的倩影。光源氏目不轉睛地望著她，心曠神怡。這時，女童的面容又重疊著一張酷似的面容。這是他思念致深的面容，是永遠凝視不夠的面容。光源氏禁不住淚如雨下。

光源氏為恢復健康，登上京都的北山去靜心療養。這天傍晚，他外出散步，隔著柴杆牆望到尼姑勤行。正當他還想看個究竟時，出現了一位少女。這少女就是他後來的愛妻。這是他們最初相會的場面。

這段作品的表達藝術精湛至極。「北山的隔牆所望」，作者通過光源氏的視線，面對看到的情景進行了描述。這種一元化描寫手法，使讀者如同親臨現場，對光源氏以及他對少女一見鍾情的心理，描繪得淋漓盡致。

故事背景的地點在遠離城市的閒靜山寺。寺中一位尼姑在念經，她似乎很疲憊，但面容娟秀。場面別有景致。這是一個催人多思的晚春的黃昏。尼姑的身旁，伴隨著兩位中年女官和女童，使景色更加多彩迷人。光源氏將此一切盡情收入眼底，實在是如畫美景。這時，光源氏目中焦點自然移向少女。這位少女就是幼時的紫妃。正如原文所敘，「跑過來一位少女……看上去大概有十歲」「容貌清美……」「她的頭髮……她的臉龐……」。描寫從概略到詳細，漸層深入，徹底表現出光源氏的心理動態。這種對少女天真可愛，無與倫比的描繪中，也生動表達了光源氏在日常生活中，是如何地思戀著藤壺女禦。面對如此情景，光源氏不由得淚如雨下。這是作品中兩位人物命運的相遇。作者對此場面的描寫無疑充滿著無比魅力。

選節3

心づくしの秋風「須磨」

須磨[*1]には、いとど[*2]心づくし[*3]の秋風に、海はすこし遠けれど、行平の中納言[*4]の「関吹き越ゆる」[*5]と言ひけん浦[*6]波、夜々[*7]はげにいと近く聞こえて、またなくあはれなるものは、かかる[*8]所の秋なりけり。御前[*9]にいと人ずくなにて、うち休みわたれる[*10]に、独り目をさまして、枕をそばだてて[*11]四方の嵐を聞きたまふに、波ただここもとに立ち来る心地して、涙落つともおぼえぬに、枕浮くばかりになりにけり。琴[*12]をすこしかき鳴らしたまへるが、我ながらいとすごう[*13]聞こゆれば、ひきさしたまひて、

恋ひわびて[*14]泣く音にまがふ浦波は
思ふ方より風や吹くらん

とうたひたまへるに、人々おどろきて、めでたう[*15]おぼゆるに、忍ばれで、あいなう起きゐつつ、鼻を忍びやかにかみわたす。

＊1　兵庫縣神戸市西部的須磨海岸。這裡是光源氏被流放過的地方。

＊2　「いといと」的重疊詞。

＊3　物思いをさせる秋風の為に。心を痛ませる秋風によって。這裡作者引用了古歌的語句，使作品的背景更加廣闊，情趣更加濃厚。

＊4 在原業平之兄，著名歌人。文德天皇在位時，他被流放須磨，沒于八九三年。

＊5 行平所作和歌。原文：旅人は袂涼しくなりにけり関吹き越ゆる須磨の浦風。（譯文：袖口涼颼颼　秋風已過須磨関　浦浪風聲傳）

＊6 海濱傳來的浪打聲。

＊7 夜裡的波浪。日文的「夜」「寄る」讀音相同。這裡利用諧音關係，使詩意的內容更加豐富。

＊8 このような配所（罪人の流される場所）。

＊9 光源氏身邊。「御」，對光源氏的敬語。

＊10 みな寝静まっているときに。

＊11 枕を立てて頭を高くして。作者側面引用了白居易詩句（『白居易集』卷十六「香爐峰下　新卜山居　草堂初成　偶題東壁五首」日高睡足猶慵起，小閣重衾不怕寒。遺愛寺鐘欹枕聽，香爐峰雪撥簾看。匡廬便是逃名出，司馬仍為送老官。（顧學頡校點『白居易集』中華書局一九七九）。

＊12 「琴」的一種。比普通的「十三絃箏琴」小，七絃。

＊13 無気味に。もの悲しく。形容詞「すごし」的連體形「すごく」的「ウ」音變。

＊14 恋しさに耐えかねて。

＊15 意為，光源氏吟詩的聲音和詩句內容均十分精彩。

【譯文】

秋風感傷「須磨」

須磨，秋風陣陣，使人更加感傷。海邊，雖離此稍遠，但，浦波風聲夜夜送到耳邊。正如行平中納言「秋風已過須磨関」詩句中的「浦浪風聲傳」。如此哀傷情，獨有在秋色。身旁侍從已少，都去靜靜入寢。然而，光源氏卻碾轉反側，難以入眠。他把睡枕拍高，側耳傾聽四周的風聲。似乎浪聲拍打在枕旁，淚水不知不覺滾滾而落，枕頭竟被濕透。難耐寂寞，他翻身坐起，彈起琴來。然而，這琴聲聽著更感蕭瑟淒涼。於是，他停手撥絃，詠詩一首：

耳邊浦浪聲　何不是思念在哭泣　悲傷隨風傳

人們睜開睡眼，對如此佳作驚歎不已，思鄉之情油然而生。眾人一一坐起身來，有誰在泣聲抹淚。

這是「須磨」章段的第一節。描寫了光源氏遠離爭權奪利的是非之地——朝廷，來到平和祥靜的須磨。秋風掠過須磨，給主人公閒居的生活罩上了一層悲傷和寂寞。

這篇作品以哀傷之篇章尤其著名，自古以來深受讀者喜愛。文節以七五調構成，具有優美的旋律感，讀來十分上口。「如此哀傷情，獨有在秋色」，這些文句無疑表現出作品中人物的哀傷之情。

光源氏二十歲在一次「花宴」上，開始和情人邂逅。這位情人就是弘徽女禦之妹朧月夜。光源氏的父親桐壺帝駕崩後，第一皇子（朱雀帝）作代理禦帝。因此，其母弘徽女禦一派掌握天下大權。他們雖然一直把光源氏視為眼中釘，但是，又不可無視。當他們知道光源氏和朧月夜私下相好時，終於得到發洩的機會，並以此為由將光源氏流放於須磨。

這篇章節的開頭提示了須磨的自然環境，襯托了主人公的傷感之情，無不感染著眾多讀者。須磨也是當年在原行平被流放過的地方。行平當時在這裡也是惆悵滿懷，度過艱難歲月。作者紫式部引用了行平的古詩，為光源氏的孤寂更是抹上一縷愁雲。作者也引用了白居易在貶官之地詠誦的詩句，暗示了光源氏遠離政治，獨自悲傷的心情。在這些情節場面的銜接和描繪上，作者妙筆連連。用「浪聲」和「風聲」表達光源氏的內心。一個貴公子的「都戀」、「悲淚」交織的悲楚場面無不打動著每個讀者的心。

◉『源氏物語』梗概

『源氏物語』為平安時代物語。以「桐壺」卷為始，「夢浮橋」卷為終結。全卷共五十四帖（卷），由三部分構成。第一部描寫了光源氏的青春和榮華（誕生～三十九歲）。第二部描寫了光源氏的晚年和不幸（三十九歲～五十二歲）。第三部通過光源氏之子熏君，描寫了新一代的青春和愛情（熏君十一歲～二十八歲）。

在某位禦帝的時代，後宮擁有眾多女禦、更衣（妃子）。其中有一位深受禦帝的特別寵愛。她就是桐壺帝的更衣。她因為深受禦寵，遭到眾人嫉妒和懷恨。她和桐壺帝生了一位光彩如玉的小皇子，這小皇子就是後來的光源氏。小皇子三歲時，桐壺的更衣故去。帝傷心至極，每天甚至不去理政，把一腔深情傾注於小皇子。對此，第一皇子（後來的朱雀帝）之母弘徽殿懷恨在心。

當時的「攝政関白」政治，外戚勢力（皇妃家族勢力）非常重要。面對現實，桐壺帝為考慮第二皇子的未來，把他下降臣籍，賜姓「源氏」。光源氏二十歲成人儀式剛過，便和當時具有實權的左大臣之女葵上（十六歲）結婚。但是，在光源氏的心中，深藏著一位女性，她就是光源氏的繼母藤壺。

光源氏十七歲的夏天，他和朋友一起做「判定遊戲」，談論起女性問題。光源氏開始評價中流女性。他戀慕地方官的年輕妻子空蟬，遭到拒絕；帶著性格順從的美女夕顏外出幽會，夕顏又突然而死。等等。青春的愛情，屢遭不幸。但是，他卻始終沒有忘懷從小敬慕暗戀的藤壺。十八歲的春天，他身患熱病，去北山療養。這時他遇到藤壺的侄女紫上，一見鍾情。他為把她養育成未來的理想妻子，即刻帶回二條院。其間，他趁藤壺（二十三歲）在私屋之機，夜入其中，夢中結緣，致使藤壺懷孕。翌年出生酷似光源氏的小皇子（後來的冷泉帝）。從此，光源氏（十九歲）和藤壺（二十四歲）各自背負著沉重的不倫之罪度過一生。

光源氏面對和藤壺的禁愛倍受煎熬。二十歲的春天，花宴結束，和敵方右大臣之女，當時已被納入皇太子（後來的朱雀帝，光源氏同父異母兄）內宮的朧月夜幽會。光源氏二十三歲時，父桐壺帝讓位朱雀帝，右大臣一門迎來了政治上的繁榮。這年十月，桐壺帝駕崩。政治核心移到朱雀帝之母弘徽殿女禦一派。藤壺為光源氏的求愛感到困惑，作為皇太子之母，斷然拒絕並出家。光源氏傷心之余，在風雨交加的夜晚，和朱雀帝的尚侍朧月夜幽會，被其父右大臣發現並告知弘徽殿大后，她們對光源氏積下的多年怨恨終於到了發洩的時候。於是，光源氏被流放到遙遠的須磨。

翌年，光源氏根據父親桐壺的夢告，移住明石。在這裡結識了沒落貴族明石入道之女明石君並結婚。後接召還命令回京。光源氏回京後，藤壺所生冷泉帝繼位。因此光源氏開始步入順程。他和明石君所生的三歲女兒由紫上撫養。長大後被納入今上帝后宮，並升為中宮，成為使光源氏走向榮華富貴的核心人物之一。光源氏三十二歲時，他自幼慕愛的三十七歲的藤壺離世。同時，冷泉帝知道了自己的身世十分吃驚，並主動要讓帝位給光源氏。光源氏對此予以謝絕，開始擴建六條院，以紫上為首把與自己有關的女性們聚於一堂。光源氏享受上皇待遇，榮華富貴，幸福美滿。

第二部描寫了光源氏的晚年生活。朱雀院（光源氏異母兄）由於多病纏身，切望出家。但放心不下他和藤壺女禦（藤壺中宮之妹）所生第三女兒女三宮。於是，把夕霧、柏木等作為皇婿候選人物。但均不理想。朱雀院思前想後，決定把女三宮下嫁光源氏，成為他的正妻。由於正妻女三宮和愛妻紫上出現隔閡，六條院開始走向崩潰。紫上一方面極力控制對女三宮的嫉妒，另一方面開始對光源氏產生不信之感，在痛苦中度日，並試圖出家。光源氏在女三宮處期間，紫上病倒。光源氏急急趕到紫上處，後讓她在二條院療養。這期間，念念不忘女三宮的柏木趁機踩進六條院與女三宮強行結緣，致使她懷孕。光源氏在女三宮枕旁發現柏木的情書。知道自己的正妻與他人私通，深感這是對自己年輕時和藤壺的過失給與的報應。朱雀院賀席上，他對柏木進行諷刺挖苦。柏木良心受到譴責，病痛漸深。

女三宮在痛苦中出生了男嬰（後來的熏君）。她出於不堪忍受光源氏的冷漠相待和深痛的自責，二十三歲出家。柏木得知後托夕霧向光源氏道歉，死去。光源氏五十一歲，愛妻紫上病中度日，決意出家，未能得到光源氏允許。秋天，紫上病情加重，八月的一天，她握著養女明石中宮的手含淚死去，享年四十三歲。光源氏失去愛妻十分痛心。準備出家。

第三部描寫了熏君等新一代的青春和愛情。光源氏死後，他們的後代又活躍在宮廷的舞臺。明石中宮和夕霧右大臣兄妹是政治的核心。熏君（光源氏之子，實父為柏木）和匂宮（明石中宮之子，二十一歲）是有名的貴公子。熏君自知是不倫之子，性格閉守。而匂宮從小深受父母之愛，作為皇子具有交際且享樂式性格。

遠離京都的宇治山裡，住著已故桐壺院的破落皇子八宮。他是光源氏的同父異母兄弟，曾身份高貴。很久以前，弘徽殿大后曾把他立為皇太子候選，故意讓他對抗光源氏的皇太子（後來的冷泉帝），後破落。他出家後，一邊親自拉扯兩個沒有母親的女兒，一邊在俗修行。熏君把這位叔父當作佛道之師非常敬仰，經常訪問宇治。這年十月，叔父拜託他以後關照姐妹倆。匂宮聽說宇治有一雙美麗的姐妹，於是也開始往返宇治，並和妹妹中君（二十歲）交往。六十一歲的八宮給熏君留下不可讓女兒和輕薄之男交往的遺訓後故去。在八宮一周忌時，熏君向姐姐大君（二十二歲）求愛。然而，大君表示要做獨身，並勸他和妹妹中君結婚。他十分難過。之後，熏君為了得到大君，背著她，謀略使匂宮和中君完婚。對此，大君十分憎惡熏君，後悔自己違背父訓。一個冬天，她又一次拒絕了熏君。死去。

熏君因懷念大君再訪宇治，偶然遇到浮舟（大君、中君姐妹的異母妹，二十歲），一見鍾情，向她求婚。浮舟之母認為兩者身份懸殊，感到不安，把她安置到已和匂宮結婚的中君的二條院居住。沒想到院主匂宮總對她糾纏。於是，浮舟又輾轉隱住到京都三條的小舍。

熏君夢追大君找到浮舟，和她結緣，並帶她來到宇治。匂宮知道了浮舟的住地，偽裝成熏君潛入她的房間並結緣。浮舟衝破兩位貴公子的夾攻，投身宇治河。但是，她被一位僧侶救起，開始在比叡山麓的小野山裡修行。她終於擺脫了俗世間愛欲的漩渦，重新過上自己清靜的生活。熏君（二十八歲）知道後，托浮舟兄弟帶信給僧侶，試圖讓他說服她回來。浮舟雖然心亂一時，但最終斷然拒絕。

◉『源氏物語』主要人物解析

光源氏——桐壺帝第二皇子，母親桐壺帝的更衣。「光」為「光彩照人」，意為最理想的人。「源氏」為皇族降格臣籍。帝賜姓「源」，是眾多皇族出身之人的意思。

光源氏三歲時母親去世，父桐壺帝為使他將來有所著落降為臣籍。二十歲戴冠成人，娶左大臣之女「葵上」

(十六歲)為正妻。後與酷似生母的繼母藤壺密通,還與眾多女性持情愛關係。晚年享受准太上皇(相當於天皇)待遇。[*1]因愛妃紫上病故,悲泣出家,後死去。小說中的光源氏,形象為眾多人物的複合,前半部的主要形象背景是源高明,後半部是藤原道長。[*2]

物語中刻畫的眾多人物,均非凡而異常。光源氏也不例外。父親桐壺帝和母親桐壺帝更衣的關係,因身份的懸殊在當時的宮廷裡被視為大逆不道,但又是真正的純情之愛。他們之間誕生的光源氏可謂宮廷的「異常兒」——反叛的結晶(反叛的象徵)。象徵著未來的悲劇和哀亡。從此意義上來說,作者給他附上「光彩」「理想」,這裡正是作者在創作意圖上的特殊設計。

理想人物光源氏有兩大缺陷。其一,年幼喪母使其在心理上形成了失去母愛的心理缺陷。其二,父親桐壺帝把他降為普通貴族,使他存有喪失王權的政治上的缺陷。源氏物語力圖彌補主人公的這兩個缺陷。為此,作者在光源氏周圍安排了眾多女性,讓她們來發揮作用。從這點來說,源氏物語又可稱為是一部女性物語。為彌補光源氏的第一缺陷,第一個出場人物是藤壺(他們之間出生了後來的冷泉帝)。藤壺的替身是「紫上」。為彌補他第二個缺陷,出場人物是藤壺、六條禦息所(已故皇太子桐壺帝之弟妃)、明石君(所生光源氏之女明石中宮)等女性。因此,他才達到榮華富貴的頂峰。其中眾多女性無不作出犧牲。可以說,是她們用自己的人生悲劇換來了光源氏的榮華富貴。

源氏物語同時也是歷史文學的作品。正篇前半,光源氏降為臣籍。這一背景取于醍醐帝(第60代天皇)的皇子源高明,又融入好色貴族在原業平的故事,形成了作品中的光源氏。

作者紫式部本人就是藤原氏族的一員,又是藤原的中心人物藤原道長的女兒——中宮彰子的侍從女官。她的筆下,借用光源氏這個角色,描寫了受藤原氏所逼迫而破落的貴族們。這正是當時的重要史實。光源氏為填補自己的政治空缺,試圖恢復潛在王權,奪回榮華富貴。對此,小說第二部(正篇前半)用光源氏這一人物,描寫了中宮彰子之父藤原道長,反映了他的宮廷生活。作者通過光源氏這一形象,反映了當時的人生現實,取得了歷史性文學藝術的輝煌成果。

*1　源高明（九一四～九八二）醍醐天皇的皇子。九二〇年降為臣籍，賜「源」姓。九二九年戴冠成人。歷任從四位、權中納言、大納言、左大臣等。九六九年，因安和事變，左遷大宰權師，同日出家。被勒令不許留京，並流放築紫（現在的九洲）。九七二年，召還京城，未掌握政治權力。九八二年沒，六十九歲。其他簡歷有，『後拾遺和歌集』中，收有他所作和歌二十二首。歌人界並不出名，但政治事件使人驚歎。琵琶手。著有『西宮記』。

*2　藤原道長（九六六～一〇二七）平安中期公卿。攝政、大政大臣。藤原兼家第五子。歷任侍從、右兵衛權作、少納言、左京大夫等職。被稱為禦堂関白、法成寺入道前関白太政大臣。但並無擔任正式関白。藤原氏族鼎盛期的氏族長。長女彰子為一條天皇（66代）皇后，育有後一條（68代）及朱雀（69代）兩天皇。次女妍子為三條天皇（67代）皇后。三女威子為後一條天皇皇后。四女嬉子為朱雀東宮妃。建造法成寺。著有日記『禦堂関白記』。

藤壺——先帝的第四皇女，桐壺帝中宮，冷泉帝之母。光源氏的繼母，也是他永生的戀人。藤壺的名字為愛稱。來源於她住在藤花滿開的庭院名為飛香舍，又名藤壺，她由此得名。

源氏物語背景主要人物：桐壺的更衣——藤壺——紫上——女三宮。作品的人物關聯繪織方式為「夢追紫姬」。藤壺是桐壺更衣的替身。她雖然受到桐壺帝的寵愛，但她與光源氏私通並生有薄運皇子——後來的冷泉帝。桐壺駕崩後，她為躲避光源氏大逆不道的求愛，也為維護皇太子（後來的冷泉帝）的地位而出家。在光源氏流放須磨、明石期間，獨自一人守護皇太子。光源氏返京後，冷泉繼承帝位，她成了「女院」，並成為光源氏邁上榮華富貴臺階的堅強後盾。三十七歲離世。

從作品構思來看，作者把光源氏構圖為「理想之人物」。其反面，在對光源氏兩大缺陷的彌補上，藤壺起到了絕對作用。第一，藤壺是光源氏的繼母，作為母親代理，治癒喪失生母而留下的心理創傷，彌補了他的思母之苦。第二，光源氏降身為普通貴族。藤壺彌補了他喪失王權的政治上的缺陷。即，他們所生的冷泉帝繼承了皇位，也使他得到准太上皇的地位。從而使光源氏奪回潛在王權，獲得榮華富貴之最。

作者在藤壺的故事中，對她與相當於自己兒子的光源氏的私通逆道，似乎給與特別提示，意味著兩人將負罪人生。光源氏的贖罪流放，正妻女三宮和柏木的通姦生子等，在物語整體結構意圖上，均有很深的關係。

從女性論觀點來分析，藤壺和她的敵手弘徽殿女禦同樣，屬於理智型人物。同時意志堅強，政治上成熟。藤壺為躲避光源氏的求愛而出家，至終保護冷泉帝的地位，是地道的母愛形象。她犧牲自己的人生而選擇了護子，也就是說，她的人生是為政治而存在。在她不情願的私通下，不得不負罪而生，可以說這是不幸。但是，她在重罪人生的暗影中，賢明地活了下來，並實現了中宮的地位，作為女性，又是幸運的。她的一生雖然被罩著黑影，但更應該說是亮彩的。

六條禦息所——某大臣之女，已故皇太子（桐壺帝之弟）妃。光源氏情人。秋好中宮（光源氏養女）之母。因她住在六條（宅邸）禦息所（皇太子妃），由此而得名。她曾以皇太子妃而受世人矚目，生有女兒姬君（後來的秋好中宮）。二十歲時，皇太子故去成為年輕寡婦，美麗而高雅，也是當時才七歲的美少年光源氏的情人。她性格要強，注重面子，一直抱有充當正妻的願望。在一次祭日，由於和葵上發生衝撞，深受委屈，化生靈詛咒光源氏正妻葵上並使其致死。因受到光源氏不滿，和已是齋宮的女兒離開京城去了伊勢。六年後返京。後突然發病，於是，把女兒託付給光源氏照顧。三十六歲故去。她的登場對光源氏六條院的榮華做出了貢獻。當時年輕的光源氏，無姐姐這一外戚政治的重要條件，禦息所的女兒前齋宮納入冷泉帝后宮，並升為梅壺女禦，又升為秋好中宮，為光源氏奠定了榮華的基礎。書中經常提到的「六條榮華」，這座如同極樂世界的大宅院正因為接受了已繼承禦息所遺產的前齋宮為養女，才有了堅實基礎。可以說，六條禦息所起到了發展光源氏榮華的作用。

作品在對她的描寫上很有特色。禦息所對愛情具有執著的本能追求，浪漫而熱情。作品中把她作為高貴美貌，教養知深的化身。同時，也具有隱逸式的，愛欲式的本能（妒心，鬼心）。對此，本人也感到十分痛苦。因此，讀者對這一人物有正反落差的感覺。在執著的愛情中，也包涵著不得不去生存的宿命論。她的內心深處有座愛火燃燒的地獄。從這點來看，她是不幸的，悲劇式的人物。

朧月夜——右大臣六女兒。弘徽殿女禦之妹。作為其姐之子朱雀帝候補妃入後宮為尚侍。但深受朱雀帝之弟光源氏熱愛。名字來自『新古今集』中大江千里的和歌。她和光源氏相會時，曾口誦這首和歌：「雲月無邊盡　春宵朦朦朧月夜　怎比她容貌」。倆人幽會的甘美之夜，象徵著女性的奔放情熱，也象徵著她的朦朧人生。

朧月夜是父親藤原道長和姐姐弘徽殿女禦對她施展謀略婚姻的犧牲品。正當光源氏一心思念藤壺，為得不到回應而深陷苦境時，他們相遇，被父親發現。此事被他們在政治上所利用，成為流放光源氏到須磨的藉口。光源氏歸京後，她又倍加熱愛朱雀帝。為真誠之愛而毅然出家。

從作品構思來看，朧月夜作為朱雀帝妃候補而入宮。她雖一心期待作皇妃，但又接受光源氏與其密會，招致光源氏流放異地。右大臣一家是以長女弘徽殿為核心的政治的一家，圖謀以外戚政治掌握政權。因此，他們讓朧月夜和朱雀帝結婚，完全出於政治謀略。作為對此的叛逆，朧月夜逃避政略婚姻，與光源氏建立不該建立的關係，表達了女方對愛的奔放熱情和本能的自由追求。

她和姐姐弘徽殿的政治形式有所不同。作為女性，忠實于自己的感情，熱情表達自己的人性。她雖然代替了藤壺的作用，但在理知和政治上卻與藤壺截然不同，是屬於本能式的人物。她在兄弟二人（朱雀帝和光源氏）的愛情雙攻下，從對光源氏的既逃避又奔放式的愛情，轉向對朱雀院的真誠之愛，可以說在愛情上，從自由青春走向穩重和成熟。

空蟬——已故衛門督之女，地方官伊予介的後妻。光源氏情人。「空蟬」之名來歷于「金蟬脫殼」，意為人世間所有均為「短暫」。她年輕時失去雙親做了地方官伊予介的後妻。在伊予前妻之子——紀伊守的宅邸遇到十七歲的光源氏，後被他求愛。但她自認身份不配，對其拒絕。多少年後，丈夫故去，她為躲開前妻之子的糾纏而出家。晚年，光源氏接她住進二條東院度過餘生。

空蟬作為作品的烘托式人物第一個登場。她和其她女性瓜葛不多。作品對空蟬的描寫，提示了中流女性沒能從身份意識中解放出來，因此，她們的人生是悲哀的。反映了當時宮廷社會中多數女性的悲哀及現狀。

空蟬的人生幾乎是作者紫式部本人的寫照。可以說空蟬的藍本就是作者本人。她們有著以下的共同之處，1有濃厚的中流女性意識。2老地方官（藤原孝宣，築紫國司）的後妻。3受到高貴男子的求愛（空蟬：光源氏，紫式部：道長）。4失去老齡的丈夫。5受到前妻之子的靠近（糾纏）。6晚年出家（紫式部在推測範圍）。作者也試圖通過空蟬來表達挽回厄運的處世方法，但，正如「空蟬」之名所提示的那樣，人生必有缺憾。即，她曾有過光源氏的求愛，乘上禦車的可能，但由於身份意識的桎梏，沒有勇氣去面對，使自己的命運以悲哀而告終。

夕顏——已故三位中將之女，光源氏的情人，玉鬘之母。名字的由來，傍晚開花，清晨凋謝，意味著人生事物的短暫。早年喪父母。與頭中將相愛生女兒玉鬘。光源氏帶她幽會廢院，受禦息所詛咒中魔，斃命於十九歲。光源氏赴東山為她送葬，後病重臥床。一心想找到她的女兒玉鬘。

夕顏和空蟬一樣是故事中烘托式人物。光源氏對她非常癡情，卻致她于死。夕顏長光源氏兩歲。作者筆下的她性格十分柔順。夕顏和空蟬是對照式角色。性格上，空蟬是內向型，而夕顏是外向型。她和光源氏在愛情的表達上從來沒有明確過意思。空蟬沒有沖出身份意識的束縛，而夕顏卻是自由開放意識十分明確的人。但，作者為什麼要安排她死呢？如同文中所示，她如果拋開名字、身份、素性和自我，就會展現出赤裸裸的純愛，而這種純愛只有在非現實的假設中才會有。即，非現實的愛的苛酷和真實。

末摘花——已故常陸宮之女。光源氏的情人。「末摘花」是作染料用的紅花的別稱。書中人物的末摘花因鼻頭發紅，因此而得名。故事中，「紅色」的象徵和高貴的「紫色」相對稱，以此作為滑稽描寫。

末摘花在父宮舊邸生活非常孤寂，這時遇到光源氏。她寬頭闊額，鼻頭下垂，鼻頭常帶著如同染料的紅色，體形上長下短。如此醜貌必然使光源氏失望。但是，光源氏首先對她的古樸作風和對貧困的同情有好感。光源氏流放期間，她一邊艱苦度日，一邊癡心等他，堅信他會愛她。光源氏從明石返回後，他們時隔十二年再次重逢，仍然深受光源氏的愛戴。晚年，她被帶到二條東院平穩生活。

從作品構思看，末摘花的故事也是烘托性的，但是，她與空蟬，夕顏有所不同，是一組具有幽默感的故事。在光源氏周圍美女如雲的背景裡，出現了醜貌角色，這在重視美之諧調的宮廷社會裡無疑是罕見的。末摘花出身破落貴族屬悲劇式人物。在重視「美雅」的宮廷社會中，末摘花的出現是對這一「美雅」的致命反駁。光源氏對這一人物，在物語的前半部，持有批判嘲笑的態度，而在後半部則開始有同情和好感。可以說，光源氏通過須磨、明石的流放鍛煉，經過孤獨而艱苦的人生體驗和磨煉，觀念上有了轉變，也得到了成長。

明石君——明石入道之女，光源氏之妻，明石中宮之母。除「明石君」名外，還有之前原文中使用過的「明石の上」。「上」為對稱的「上」，「北の方」（正妻）之意。明石君與流放中的光源氏結婚，生有女兒——後來的明石中宮。她本人因出身微官之家而感到非常自卑。光源氏返京時勸她一起歸京，被回絕。後來，她移住京都大堰川山莊。女兒作為皇妃候補，成了紫上的養女。對此，她忍受了精神上的痛苦。移住六條院後，處處忍讓正妻紫上的位置，生活態度謙虛。終於，女兒升任為中宮，自己生活平安而幸福。

從作品構思來看，明石君屬於重要人物。她和光源氏結婚生了唯一的女兒。女兒成為中宮生了皇子，成了國母。以此確立了外戚政治勢力的根基。因此，她在光源氏的政治地位上起到了舉足輕重的作用。在光源氏的家庭生活中，她和紫上在負責養育光源氏之子的生活中，起到互補互助作用。光源氏和紫上在北山相遇，紫上為山女。光源氏和明石在海邊相遇，明石為海女。也可以說，光源具有靈性，意味著人生會很幸福。

女三宮——朱雀帝的第三皇女。母親是藤壺女御（藤壺中宮之妹）。光源氏正妻，熏君之母。和藤壺侄女紫上是表姐妹。

女三宮十三歲時，母親去世，父親朱雀帝因考慮到她的未來，將她以正妻下嫁光源氏，成了六條院的女主人。她使原來的女主人紫上陷入苦境。三十九歲的光源氏在長兄朱雀帝面前，必須把自己的愛妻紫上撇在一旁去厚待女三宮。結果，紫上心勞病倒。光源氏為照顧紫上，在離開六條院之際，柏木（內大臣之子，曾是女三宮婿候補人物之一）趁此與所愛的女三宮結緣，並使她懷孕。她在此事敗露的痛苦中生子，二十二歲出家。光源氏死後，已長大的熏君是她唯一的依靠。五十歲故去。

從故事的整體結構來看，作品的第一部描寫了光源氏榮華富貴的理想世界。而第二部，通過女三宮的故事，使這種理想主義世界走向崩潰的現實主義社會。即，以光源氏和紫上為核心的榮華世界——六條院，由於長兄朱雀帝年僅十三歲的皇女——女三宮的侵入，開始支離破碎。女三宮的私通如同當年的藤壺。這是對光源氏的因果報應，也揭露了六條院理想主義的創建者紫上的惰性式愛情。作者的這種對人及其人生觀的逆轉設想和思維，並試圖描寫一個人肩負著人生責苦方面，可謂非常成功。同時，對光源氏這一人物，從政治問題轉換到圍繞女性的私人家庭問題，這種主題轉換的寫作手法使作品又展現出新的局面。

女三宮是位被命運捉弄的悲劇式人物，是政治婚姻的犧牲品。十三歲的少女，僅僅是為了照顧將來，被父親朱雀帝許配給叔父作正妻；受到毫無情愛的柏木的侵犯；生下不意之子；帶著罪惡之感被迫出家。這些足以說明一個女性命運的悲慘和不幸。但，作者筆下的女三宮，在晚年過著安靜的修道生活，使人感到多少的慰籍。

紫上——兵部卿宮之女，光源氏之妻（正妻格），藤壺中宮的侄女，女三宮的表姐。『源氏物語』中被稱為「上」（北方、正妻）的，祇有葵妃和紫妃倆人。葵上年輕病亡。紫上以「正妻格」掌管六條院時間最長。

紫上在北山，從小由祖母撫養長大。由於光源氏的「夢追藤壺」，作為理想之妻被帶入宮中。在她的一生中，儘管享盡富貴和愛情，但，依然深受一夫多妻制所造成的哀苦。其中，身份比她高的女三宮以光源氏正妻下嫁六條院。種種現實使她產生了對丈夫的不可信。她忍受著無子的痛苦和寂寞，積勞成疾。最後，她的手被握在養女明石中宮的手中與世長辭。結束了四十三年波瀾壯闊的一生。

在作品的構思中，紫上依然是光源氏「夢中追紫」（桐壺的更衣→藤壺→紫上→女三宮）的核心人物，是光源氏身邊女性中最重要人物。同時，作者對她的場面設計也是最龐大的。『源氏物語』前半部，紫上是光源氏榮華富貴的象徵。她越過重重波亂和苦惱，支撐著六條院，使六條院達到鼎盛。她作為藤壺的替身理想地成長，以她的聰明美貌為六條院的興隆起到了根本的作用。相反，作品的後半部，在一夫多妻制的現實中，她又是瓦解六條院榮華富貴的象徵性人物。作品的如此設計，無疑表述了男性政治騰達的背後，女性們的明爭暗鬥以及她們的不幸。

紫上作為『源氏物語』的主角，是一個為愛而活著的女性，是以愛而得到幸福，又因愛而遭到不幸的象徵性人物。紫上的出現，使藤壺棄愛，是「不為愛情而活」的鮮明對照。倆人的人生，幸福與不幸各自參半。紫上從一個薄命孤兒到幸福至極的女性，根本在於她能夠擁有一個高貴而理想的男性，並傾注一生的深愛。紫上的不幸是她沒能作母親。雖然身份是正妻，但存在著愛中之絕望，這種「意外中的不幸」恰恰是女性人生的真實之處。

大君——宇治八宮的長女，薰君的戀人，中君的姐姐，浮舟的異母姐。

大君母親死後，由父親一手撫養長大，美麗而穩重，是一位成熟的女性。她雖然接受了薰君的求愛，但為遵守父訓而決意獨身一生。她為了躲避薰君的屢次追求，極勵勸其和妹妹中君結婚。而薰君出於謀略，使匂宮和中君結婚。對此，大君對薰君產生了不信任，以致決意拒絕。後因苦惱病重而離世。

大君出身沒落皇族。作品中，她完美地繼承了父輩的「家門」意志，具有人格精神。作者對她以及宇治十帖的故事舞臺，構築得十分貼切。所謂「宇治十帖」的舞臺，與以往京城宮廷社會的舞臺相比完全不同，一落轉入以沒落貴族為核心的舞臺背景，反差極大。以此形成了反貴族，非政治的局面。在作品的構思上，沒落皇族八宮的繼承人大君，她的厭世孤高以及家門的繼承精神具有一定的象徵性意義。但，她的這種精神是短暫的。

大君屬於傳統式人物，是一個誓死保持貞操的女性。在對她的刻畫上，作者試圖表達越過愛欲煩惱的禁欲式理性人生，這也許也是紫式部晚年的理想人生。本來，祇有結婚才可幸福，但現實並非如此。但是，不能接受愛情才是不幸。這點，大君這一角色為世人提供了一個課題。

浮舟——宇治八宮的三女兒（妾腹子）。大君、中君的異母妹妹。熏君和匂宮的共同情人。「浮舟」這一名字意為「宇治河上漂泊的小船」。即，「漂泊之人」，「憂鬱之人」，「命運悲傷之人」。

浮舟沒有得到父親的認可，隨母親去了東國（常陸國，現在的茨城縣）。二十歲返京。在宇治一個偶然的機會和熏君相遇。熏君對她一見鍾情。但她認為自己的身份和熏君有天壤之別。後到表姐中君的二條院生活。然而，二條院的姐夫匂宮開始對她糾纏不休，於是母親又讓她隱居三條院。後又在熏君的安排下安住宇治。匂宮追她至宇治。她被兩個男人挾中逼愛，苦悶至極，最終投身宇治河。她倒在岸邊，被一僧侶救起，隱住小野山，習字修行，安靜度日。熏君知道她的下落後，差浮舟弟小君帶信給僧侶，請他說服浮舟回轉。最終遭到拒絕。

從作品的構思來看，浮舟的故事，從反貴族的舞臺——宇治，到比壑山麓的小野山，也就是說，故事的背景最終移向宗教世界。浮舟到小野山為止，人生為漂流不定。即，出生後，從故鄉的宇治漂流到東國；歸京後，在熏君和匂宮兩個男人之間漂流不定；在小野隱居修行後，又漂流在此岸（現世）和彼岸（來世）之間。

「宇治十帖」既充滿黑暗和悲苦，又是一個多彩人生的世界。無論是精神至上主義的大君，還是在肉體與精神相克中而生的浮舟，從結果來看，她們的命運不得不是悲慘的。即，作者紫式部所暗示的是黑暗而具有色彩的宿命論式女性觀。

◉『源氏物語』的研究

『源氏物語』為日本古典文學的最高峰。對作品的構想論，成立論以及各卷章，特別對現行卷章等自然提出很多研究課題。在近代研究史方面，和辻哲郎「有關源氏物語」（『思想』大11，『和辻哲郎全集』4 岩波書店 昭37所收）的論文中，首次提出「帚木」的起筆說，以此成為上一世紀五十年代研究的核心課題，目前依然沒有定論。和辻哲郎認為，『源氏物語』首卷「桐壺」卷末和下卷的「帚木」卷頭連貫性不夠，提出了「起筆說」的疑問。對此，與謝野晶子（「紫式部新考（上）」『太陽』昭3）以及山岸德平的寸評（山岸德平校注『日本古典文學大系』「源氏物語」1 岩波書店 昭33）表示同意。但是，近年來，斎藤正昭（『源氏物語 展開之方法』笠間書院 平7）以「帚木三帖」藤壺存否等為論點，除以往的解釋外，對「帚木三帖」的完結性進行了論證。

昭和二十五（一九五〇）年後，主要研究的課題由有關源氏物語的成立論轉為作品的構思論。有關構思論以眾說風雲的成立論為出發點，對各卷展開了分析和論述。主要論述有，正篇（「桐壺」卷～「雲隱」卷）光源氏的年齡以每十年為一構成單位的所謂「十年單位構思論」（藤村潔『源氏物語的構思 第二』赤尾照文堂 昭46）。物語的成立與展開（伊藤博『源氏物語的原點』明治書院 昭55）有，主要登場人物桐壺帝，花散裡，朱雀院，紫上，六條禦息所故事的構思探究論（阪本升『源氏物語構想論』明治書院 昭56）等。

主要展望和問題點有，1『源氏物語』從何卷起筆。2「桐壺」卷末和「帚木」卷頭的不連貫性應該如何解釋。3「帚木三帖」中的藤壺是否存在。等。

六 古代文學末期 大鏡

1 文學史概況

『源氏物語』以後，宮廷的侍奉女官們接二連三創作了諸多物語，但在品質方面均不及源氏物語。由於攝関政治的[*1]衰退，寫作物語文學的宮廷女官們沒能達到創作上的發展。這一時期，雖然像『堤中納言物語』等短篇物語問世不少，但具有銳氣、才氣的文學作品卻寥寥無幾。但是，令人矚目的是和歌界出現了新的文學氣象。拾遺集以後，幾乎時隔一個世紀默默無聲的敕選集開始複出。拾遺集之後的敕選集連連誕生，圍繞和歌的競賽活動頻頻展開。歌人的作品不斷創作發表。從而掀起傳統文學的熱潮。此間，湧現出藤原俊成、西行等著名歌人。

敕選和歌集的傳統自形成開始，一直到室町時代的新續古今和歌集為止，涉及二十一集作品，被稱謂「二十一代集」。平安時代編撰了後撰、拾遺、後拾遺、金葉、詞花、千載六集。古今、後撰、拾遺叫做「三代集」。從古今集到鎌倉時代的新古今集為止，總稱為「八代集」。

＊1　輔佐天皇掌管政務實權。平安中期為「攝關政治」的最盛期。

「八代集」一覽

敕撰順序	集名	卷數	創作年代	撰者
1	古今集	二〇	九〇五～九三二	紀貫之等
2	後撰集	二〇	九五一	源順等
3	拾遺集	二〇	一〇〇〇前後	花山院，藤原公任等
4	後拾遺集	二〇	一〇八六	藤原通俊
5	金葉集	一〇	一一二七	源俊賴
6	詞花集	一〇	一一五一	藤原顯輔
7	千載集	二〇	一一八七	藤原俊成
8	新古今集	二〇	一二〇五	藤原定家等

2 歷史物語的誕生

如右所述，隨著虛構物語的衰退，歷史物語開始誕生。『榮華物語』描寫了從宇多天皇（59代）到堀河天皇（73代）二百年宮廷貴族的歷史，表述了對藤原道長全盛期的懷念，具有濃厚的抒情以及感傷色彩。上下部共由四十卷構成。

歴史小說『大鏡』和『榮華物語』為同一時期問世的作品，同樣記述了藤原道長時代前後攝関歴史的回顧。『榮華物語』和『大鏡』對比表示如左。

	榮華物語	大鏡
卷數	四十卷	五部八卷
形式	編年體	列傳體
內容	宇多天皇～堀河天皇（八八六）（一〇九二）	文德天皇～後一條天皇（八五〇）（一〇二五）
特點	懷念道長全盛期 抒情感傷色彩濃厚	對攝関政治的批判色彩濃厚

3『大鏡』

據推測，歴史物語『大鏡』創作于一〇〇〇年末至一一〇〇年之間。這部作品與六國史等純粹的史書不同，用假名撰寫而成，具有故事表現形式的特點。作者不詳。但，作者無疑對藤原氏族持批判態度。

『大鏡』是歴史物語「四鏡」的「第一鏡」

平安時代可謂日本文化的鼎盛期。中期過後，企圖一手掠攬天下的藤原氏族也隨著歴史的潮流走向衰敗。於是，又掀起了追思舊日美夢的風潮。這就是歴史物語的誕生。歴史物語不同于從前的『古事記』、『日本書紀』等漢字文體的史書。她最大的特點是用假名撰寫而成。最初的作品是『榮華物語』，故事主要描寫了藤原道長的榮華富貴。這部作品似乎出自女性之手。寫作手法特點為，對過去不加任何批判，而是進行一味讚美。之後，『大鏡』以及平安末期的『今鏡』，中世的『水鏡』、『增鏡』相繼問世。這些作品深受『榮華物語』的影響。因此，『榮華物語』被稱為歷史物語之先驅。「四鏡」按創作年序排列為「大今水增」。『大鏡』為最初的歷史物語，與『榮華物語』一樣，描寫了以藤原道長為中心人物的藤原門族的榮華勢力。但作品具有批判精神。作者似乎是有教養之人，他真正去探究歷史以及歷史中的人物。該作的撰寫方式為「紀傳體（結合帝王系譜和事蹟記述特定人物）」，文筆流暢，文體簡潔，描述剛勁有力。書名的「鏡」，意為去捕捉歷史真實之鏡頭。

『大鏡』選節

*1花山院御出家

次の帝、花山院の天皇と申しき。（中略）あさましくさぶらひしことは、人にも知らせたまはで、みそかに*2花山寺におはしまして、*3御出家入道*4せさせたまへりしこそ、御年十九。世を保たせたまふこと二年。そののち二十二年おはしましき。

あはれなることは、おりおはしましける夜は、藤壺の上の御局の小戸よりいでさせたまひけるに、*5有明の月のいみじく明かかりければ、「*6顕証にこそありけれ。いかがすべからむ。」と*7仰せられけるを、「さりとて、*8止まらせたまふべきやうはべらず。*9神璽・宝剣渡りたまひぬるには。」と、粟田殿の騒がし申したまひけるは、まだ帝いでさせおはしまさざりける先に、*10手づから取りて、*11春宮の御方に渡したてまつりたまひてければ、*12帰り入らせたまはむことはあるまじくおぼして、しか申させたまひけるとぞ。

さやけき影を、まばゆくおぼしめしつるほどに、月の顔にむら雲のかかりて、少し暗がり行きければ、「わが出家は成就するなりけり。」と仰せられて、歩みいでさせたまふほどに、弘徽殿の女御の御文の、日ごろ破り残して御身を放たず御覧じけるをおぼしいでて、「しばし。」とて、取りに*13入りおはしましけるほどぞかし、粟田殿の、「いか[*14]にかくはおぼしめしならせおはしましぬるぞ。ただいま過ぎば、おのづから障りもいでまうで来なむ。」と、そら[*15]泣きしたまひけるは。

さて土御門[*16]より東ざまに率て[*17]いだしまゐらせたまふに、晴明が家の前を渡らせたまへば、みづからの声にて、手をおびただしく、はたはたと打ちて、「帝おりさせたまふと見ゆるは。天変ありつるがすでになりにけりと見ゆるかな。参りて奏せむ。車に装束とうせよ。」と言ふ声聞かせたまひけむ、さりともあはれにはおぼしめしけむかし。「かつ[*18]、式神一人内裏に参れ。」と申しければ、目には見えぬ者の、戸を押しあけて、御後ろをや見まゐらせけむ、「ただいま、これより過ぎさせおはしますめり。」といらへけりとかや。その家、土御門町口なれば、御道なりけり。

花山寺におはしまし着きて、御髪おろさせたまひてのちにぞ、粟田殿は、「まかりいでて、大臣にも、変わらぬ姿、いま[*19]一度見え、かく[*20]と案内申して、必ず参りはべらむ。」と申したまひければ、「われをば謀るなりけり。」とてこそ泣かせたまひけれ。あはれに悲しきことなりな。日ごろ、よく御弟子にてさぶらはむと契りて、すかし申したまひけむが恐ろしさよ。東三条殿は、もしさることやしたまふと、危ふさに、さるべくおとなしき人々、なにがしかがしといふいみじき源氏の武者たちをこそ、御送りに添へられたりけれ。京のほどは隠れて、堤のわたりよりぞうちいでまゐりける。寺などにては、もしおして人などやなしたてまつるとて、一尺ばかりの刀どもを抜きかけてぞ守り申しける。

＊1　此段為第一巻本紀（天皇事蹟記述）中的一段，題為「六十五代花山院」。記述了花山天皇幼時繼承皇位，受到外戚勢力為篡奪皇權施展的陰謀詭計，而被迫出家的故事。

＊2　京都市山科區元慶寺的別稱。

＊3　剃度出家。

＊4 なさってしまわれたことは。冒頭「せ」，「サ變」動詞「す」的未然形。「り」，完了助動詞，這裡是助動詞連用形。

＊5 夜明けに空に残っている月。黎明的殘月。陰曆二十號左右的月亮。

＊6 あらわで。はっきりと。形容動詞「顕証なり」的連用形。這裡指形影會引人注目。

＊7 おっしゃったのを。「仰せ」，「仰す」的未然形，「言ふ」的敬語。「られ」也是敬語，助動詞「らる」的連用形。「仰せらる」是最高敬語。

＊8 お取りやめになってよいわけがありません。お取りやめなさるわけにはいきません。「せたまふ」為最高敬語。「べき」，強意助動詞「べし」的連體形。「はべら」是「ラ變」動詞「はべり」的未然形，「あり」的丁甯語。

＊9 神璽や宝剣が（春宮の方に）お移りになってしまったからには。這裡在強調「不是傳給」而是天意的「移向」。

＊10 副詞。1自分の手で。2自ら。文中為2。

＊11 皇太子。其宮殿位於內宮東側，也稱為「東宮」。引自中國古代的五行學說。

＊12 （帝も宮中へ）お戻りになるようなことはあってはならないと。「む」，婉言表現的助動詞。「まじく」，否定助動詞「まじ」的連用形。

＊13 お入りになられましたときですよ。「ける」，過去助動詞「けり」的連體形。

＊14 どうしてこのようなお気持ちにおなりあそばしたのか。「いかに」，疑問副詞，和完了助動詞「ぬ」的連體形「ぬる」為係助詞。

＊15 うそ泣きをなさったよ。句尾的「は」，係助詞的文末用法，表示詠歎語氣。

＊16 指京都的「土禦門大路」。「より」，表示經過場所的格助詞，現代文譯為「～を通って」。

＊17 お連れ出し申し上げなさるが。「まゐらせ」，下二段活用補助動詞「まゐらす」的連用形，謙讓語。「たまふ」，敬語的補助動詞。

＊18 取りあえず。急いで。副詞。

＊19 もう一度見せて。「見え」，下二段動詞「見ゆ」的連用形。「見られる」之意，但與現代語在感覺上有所不同，可譯為「見せる」。

【譯文】

花山院出家

話說這位禦帝花山院天皇。（中略）出乎預料的是，禦帝出家到花山寺卻無人知曉。他當時十九歲。在位兩年，出家後在世二十二年。

想來，他的命運很是悲慘。退位的那天夜裡，他是從藤壺上私屋的旁門走的。月光皎潔。禦帝說，「太惹人眼目吧，我該如何是好？」「所以，後退不得呀。神璽、寶劍都移轉東宮了。」粟田殿（道兼）催促禦帝上路。其實，早在禦帝未出宮之前，粟田就擅自取出神璽和寶劍親手移交給東宮。這時，如禦帝返回宮裡必然大事不好。因此，他極力勸說禦帝快快離開此地。

一片陰雲遮向月亮，大地罩上一層暗色。「我果然要出家嗎？」禦帝說著，欲起身上路。這時，他突然想起愛妃弘徽殿女禦的信，自己一直把它視為隨身之物。於是他說，「稍等。」禦帝說完欲回宮將它取來。「事到如今，怎麼還要惦記如此呀。機不可失，否則會節外生枝的。」粟田說著，裝出一幅痛哭流涕的樣子。

禦帝一行通過土禦門大路東行，路過陰陽師晴明家時，晴明大師一邊拍掌一邊大聲說，「禦帝退位，上天要變。我要立即進宮上奏。快快備車。」禦帝儘管決意出家，但聽此仍然感慨萬分。晴明又說，「先帶一名神差進宮。」這時，一柱眼看不見的神差打開屋門，大概是望見禦帝一行的背影，回話說，「禦帝一行剛剛通過此地。」「此地」是指土禦門大路和町口小路的交叉口。禦帝通過的是這裡對面的大路。

禦帝到達花山寺剛剛削髮，粟田便說，「自己先退出片刻，削髮前，還想讓父臣（兼家）再看一眼舊樣子。之後一定返回。」禦帝聽此立刻意識到，自己「已上圈套」。說著他流下悔恨的淚水。場面令人十分痛心。幾天前，粟田還多次發誓，要作禦帝弟子，一起修行渡世。口蜜腹劍之人，著實可怕。東三條殿（兼家）也許很是掛記粟田和禦帝是否一起出家。聽說為此還雇傭武力高強的源家武士加進護衛隊。眾武士公然出沒於京城賀茂川河堤一帶。兼家想，到了花山寺，萬一有人強迫粟田出家？為此，他手按一尺護刀，時刻防備。

十九歲的天皇，心中留下無限悔恨。

故事發生在九八六年。花山天皇失去了最心愛的皇妃，考慮出家。當時，他年僅十九歲，仍然是一位純情少年。出家的這天晚上，他仰望著空中明月，心中一籌莫展。他雖然決定出家，卻躊躇不前。他想起愛妃的信留在宮中，試圖回去取來。這時，一旁的道兼心急如火，千方百計想讓花山天皇快快上路出家。其實，他施展詭計早已把天皇的象徵物——神璽、寶劍移交給了春宮（東宮，後來的一條天皇）。此時，如天皇一旦返回宮中，有可能將此計謀暴露。於是，道兼裝出痛哭流涕的樣子，以此掩蓋真相。這一場面的兩個人物，一個是純情柔弱的天皇，一個是謀略多端的道兼，人物刻畫對比鮮明。還有，天皇出家後，道兼又如何呢？本來道兼發誓要陪花山天皇一起出家。然而，當他陪花山天皇來到花山寺後，沒過上一刻便要急急退下。這時，天皇才恍然大悟，說「我上當了。」但是，一切都無可挽回。花山先皇心中留下了永遠的悔恨。

兼家、道兼父子謀略得逞。

花山天皇的退位出家，完全出於道兼、兼家父子倆一手陰謀策劃所致。兼家絞盡腦汁想讓女兒詮子之子春宮（皇太子）繼承皇位。兼家的哥哥伊尹家僅僅是天皇的外戚。對此，他十分不滿。兼家和伊尹雖是同一藤原氏族而且是親兄弟。但是，自己是否外戚，會出現天壤之別。這是他們明爭暗鬥，施展謀術的根本原因所在。正如書中描寫，花山天皇出家，兼家外孫春宮繼承皇位，兼家如願攝政，道兼父子得到殊榮。

作者揭露了藤原氏族的陰謀。

『大鏡』的故事記載從八五〇年文德天皇（55代）開始到一〇二五年後一條天皇（68代）為止，描述了十四位天皇共一百七十六年的歷史史實。這種史實的記載方式無疑是模仿了中國的『史記』。作品以「紀傳體」形式記錄，描述了歷史人物及其故事。「本紀」（天皇的史跡記述）和「列傳」（主要人物的史跡記述，該書主要記載了藤原氏族）雖然有所不同，但，可以說『大鏡』也記載了道長家的隆盛歷程。作者從道長榮華繁盛時期起筆，到道長衰敗來臨前擱筆。作者筆下雖然沒有藤原氏族的衰亡，但筆鋒卻戳穿了藤原氏族的不善之心。書中表達了對天皇命運不幸的同情，也對藤原氏族的蠻橫加以譴責。作品的這種批判主義精神是『大鏡』的一大特點。

◉『大鏡』概要

『大鏡』以問答形式記述。該作品繼『榮華物語』之後講述了平安時代的歷史故事。『大鏡』之後的作品還有『今鏡』、『水鏡』、『增鏡』，被稱為「四鏡」。『大鏡』為後人取名，真正書名不詳。但『大鏡』這一書名在鎌倉時代業已成立。所謂「鏡」為中國思想的「鑑」，意為史實的寫照。

作者不詳。學界認為，撰寫此書的人精通道長氏族詳情，熟知陽明門院禎子內親王（後朱雀天皇的皇后，後三條天皇

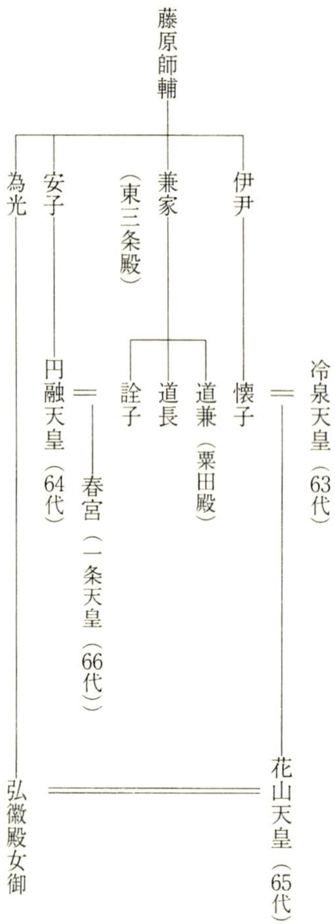

之母）及其母親妍子（道長次女、三條天皇的中宮）。推測為院政期之作。

萬壽二年（一〇二五）五月，在京都紫野的雲林院菩提講（法華經講說會）開始前，一百九十歲的大宅世繼和一百八十歲的夏山繁樹兩位老翁和一位博學的侍從以問答形式，講述了自己對歷史的親眼所見。侍從邊聽邊做筆錄，以此成為該作品的記述形式。作品設置兩位超高齡老人的出場，其表達意圖在於保證歷史的真實。

作品模仿司馬遷的『史記』，採取紀傳體形式撰寫而成。構成內容有以下五部，導入故事的「序言」；從第五十五代文德天皇開始到第六十八代後一條天皇為止的天皇們的「本紀」；從藤原冬嗣到藤原道長為止的大臣們的「列傳」；從藤原鎌足到藤原賴通為止的藤原氏通史「藤氏物語」；圍繞天皇、源氏、藤原氏種種的逸話集「昔物語」。全書的主題為道長的榮華富貴及其周圍。

藤原氏略系圖（括弧內數位為攝政関白就任順序）

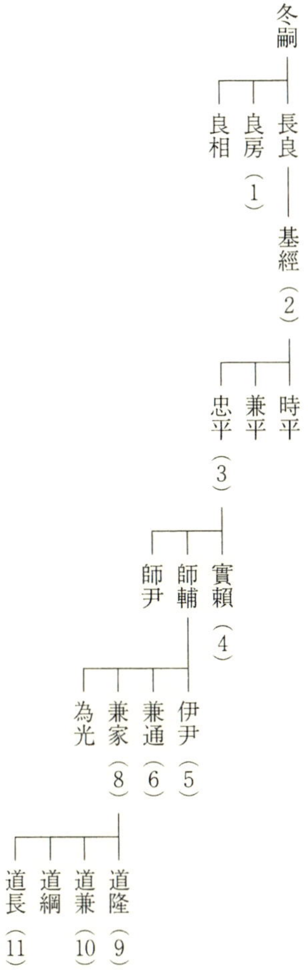

◉『大鏡』的研究

有關『大鏡』的創作時期，被認定為作品中「當今」的萬壽二（一〇二五）年之後。因為長承三（一一三四）年撰寫的『打聞集』中有『大鏡』章段的引用。但是，具體成立時期有諸多說法。有關『大鏡』的作者自古以來也是眾說紛紜。被推斷作品的寫作人物有，藤原能信（『日本紀私抄』，山中裕「大鏡的藤原道長批判」『文學』昭42 8『平安朝文學之史的研究』吉川弘文館 昭49），藤原為業（『大日本史』），源道方（井上通泰『南天莊雜筆』昭5），源俊明（山岸德平「大鏡概說」『岩波講座日本文學』昭8 1），大江匡房（迫徹朗「大鏡作者的條件和大江匡房」『國語國文學論集』5 昭42 2，『王朝文學之考證的研究』風間書房 昭48）等。

作品主題内容為主人公藤原道長政治與其富貴的生涯。對主人公的評價，有肯定和否定兩種意見。前者，最早有藤村作「有關大鏡考察」（『國語與國文學』大13 5~6）認為大鏡的本質在於對道長的讚美。而後者，北西鶴太郎「大鏡的研究—特別是有關批判—」（『日本文學講座』3改造社 昭9）則認為作品持批判態度。對作者創作思想的分析，到目前為止仍然兩說並存。但有關大鏡批判性的研究居多。藤村作提出，作品是具有美意識的批判。峰岸義秋『國文學之批評的研究』（山海堂出版部 昭17）指出人道主義的情趣主義式批判精神。人物研究有，阪口玄章「大鏡的「道長中心」意味著什麼」（『古典研究』昭12 11），伴利昭「有關大鏡道長中心主義」（『文庫』13 昭40 3），藤澤袈裟雄「藤原道長和大鏡—道長 伊周的權利之爭—」（『國學院雜誌』昭48 12）等。

研究課題有，1『大鏡』作者何人。2『大鏡』如何捕捉藤原道長的富貴人生。3『大鏡』書名之意及其由來。4『大鏡』如何塑造主要人物。5『榮華物語』和『大鏡』之關係。等。

第三章　中世文學

一　文學史概況

1中世是新時代文化的開始

十二世紀末，一場源平戰亂，平氏徹底敗北，源氏在鎌倉建立新政權。從此，鎌倉政權代替了以往的古代貴族，開始走進中世武士時代。這一時期在日本歷史上被稱為「中世」。經過的時代有南北時期、室町時代、戰國時代，約四百年，形成了日本封建時代的前半期。可以說，這四百年也是戰亂不斷的時代。其中，源平、南北朝兩亂規模為最。然而，面對如此狀況，文化、文學通過民族的經歷以及歷史的洗練，展現出新的局面。優秀的文學作品層出不窮。在美術界和建築界，『信貴山緣起』、『伴大納言繪詞』等繪卷問世。有佛師運慶的雕刻。後期有雪舟的水墨畫，造園技術的成熟，千利休茶道文化的創始等等。這些均成為日本傳統文化的寶貴財產。

尤其值得一提的是，這一時代的初期，佛教文化有了新發展。以親鸞、道元、日蓮為先驅開創了新宗派。佛教思想滲透民心，為日本人的精神世界開創了嶄新的思維領域。同時，為文學和藝術領域帶來了極大的影響。

2文學的百花齊放

在右述的環境中，琵琶師的說唱形式尤為活躍，例如『平家物語』。面對兵亂現實，無常觀思想在人們中興起，作品有『方丈記』、『徒然草』。作為民間藝能發展為舞臺藝術的有「能」、「狂言」，還有深受武士、民眾喜愛的「集體詩」、「連歌」等等。這些都是在中世這一時期中產生的具有代表性的文學藝術形式。中世文學不同于古代和近世文學的特點主要有，中世文學的產生來自城市貴族和新型的地方文化，並將其融為一體。全國多次反復的動亂給右記雙方帶來交流機會，而隱逸文人、僧侶階級在相互的傳承上起到很大作用。城市貴族們雖然失去往日豪勢，但畢竟還想保持並建強他們的傳統文化，為此極力汲取地方文化新生力量。而隱逸文人，僧侶階級就是他們的代行人。因此，中世文學的骨髓中滲透著佛教思想的「無常觀」。中世文學的眾多優秀作品在深受佛教思想影響的同時，也真實地反映著時代和人們的生活實況。

二　中世的說話集　宇治拾遺物語　十訓抄

新古今集以及平家物語創作的十三世紀也是眾多說話集編撰而成的時期。說話集中，首先誕生的作品是『宇治拾遺物語』。故事中有傳說、笑話，樸素而真實。其次是『十訓抄』、『古今著聞集』，內容以啟蒙教育為特點。這一時期的說話集如左覽所示。

時代	分類	作品	內容及特點
古代末期	世俗說話集	今昔物語集	＊說話文學的鼻祖 ＊用和漢混交文撰述
中世	世俗說話集	宇治拾遺物語	＊在內容上繼承了今昔物語集、故事多收自民間傳說
中世	世俗說話集	十訓抄	＊教訓、訓導色彩甚濃
中世	世俗說話集	古今著聞集	
中世	佛教說話集	寶物集　發心集	＊信仰佛教的故事
中世	佛教說話集	沙石集	＊用口語體撰述

1『宇治拾遺物語』

『宇治拾遺物語』為日本說話文學的頂峰，深受『今昔物語集』（十二世紀前葉，平安末期創作的「說話集」）影響。作品整體的一百九十七話中的四十八話，從內容來看，與今昔物語集相同，可以說兩作品有著密切的關係。但是，『今昔物語集』由天竺（印度）、震旦（中國）、本朝（日本）三國故事彙集而構成。與此相比，『宇治拾遺物語』中更多有佛教、藝能等故事，還有諸多關於滑稽、偷盜、失敗、悲哀等俗世話題。故事內容雜然多樣。故事內容以人物為主體，又進行了文學加工，生動描寫了當時社會和民眾的生活實像。比起今昔物語集的和漢混合文，宇治拾遺物語更加貼近于日式風格，讀來親切平易。『宇治拾遺物語』和『今昔物語集』均為日本「說話文學」的代表作品。

『宇治拾遺物語』作者不詳。有關作品創作年代眾說紛紜。但，一種有力說法認為，該作品創作于一二一二至一二二一年之間，之後又有內容上的增補。有關書名的由來，根據序言記述，原書名為『宇治大納言物語』。寫成後，又把散佚故事收集並編入其中，由此而得名為『宇治拾遺物語』。『宇治大納言物語』無現存版。

『宇治拾遺物語』選節1

児のそら寝

これも今は昔[*1]、比叡[*2]の山に児[*3]ありけり。僧たち、宵[*4]のつれづれに、「いざ、かいもちひ[*5]せむ。」と言ひけるを、この児、心寄せに聞きけり。さりとて、し出さむ[*6]を待ちて寝[*7]ざらむもわろかり[*8]なむと思ひて、片方に寄りて、寝たるよしにて、いでくるを待ちけるに、すでにし出したるさまにて、ひしめき合ひたり。

この児、さだめておどろかさむずらむ[*9]と、待ちゐたるに、僧の、「もの申しさぶらはむ[*10]。おどろかせたま[*11]へ。」と言ふを、うれしとは思へども、ただ一度にいらへむも、待ちけるかとも[*12]ぞ思ふとて[*13]、いま一声呼ばれていらへむと、念じて寝たるほどに、「や、な[*14]起こしたてまつりそ。幼き人は、寝入りたまひにけり。」と言ふ声のしければ、あな、わびしと思ひて、いま一度起こせかしと、思ひ寝に聞けば、ひしひしと、ただ食ひに食ふ音のしければ、すべなくて、無期ののちに、「えい。」といらへたりければ、僧たち笑ふことかぎりなし。

＊1 「今は昔」，物語、說話文學開頭語的表達形式（這種表達形式幾乎格式化）。
＊2 京都歷史中名山。現京都府和滋賀縣境界的比叡山。這裡指該山上的延曆寺。

＊3　當時，貴族或武士把自己的子弟送到寺院，讓他們學習知識掌握禮儀等。

＊4　一般指黃昏到深夜這段時間。

＊5　食物的一種。表面裹著豆沙的年糕團。也叫「牡丹餅」（日文的「餅」多指江米糕）。

＊6　「し出さ」，動詞，基本形「し出す」。現代文譯為「作り上げる」。「む」，推量助動詞，這裡是意志表現用法，相當於現代文的「～（しよ）う」。

＊7　「ざら」，否定助動詞，基本形「ず」，相當於現代文的「～ない」。「む」，推量助動詞，這裡是假定表現用法，譯為「～としたら，それは」。

＊8　「な」，完了助動詞，基本形「ぬ」。這裡是加強語氣表現用法。「む」，推量助動詞。「な＋む」相等於現代文的「きっとだろう」。児は寝ないで待つのはきっとよくないだろうと考えて、寝たふりをした。

＊9　「おどろかさ」，動詞，基本形「おどろかす」。相當於現代文的「（～を）目覚めさせる・起こす」。児は僧が自分を起こしてくれるのを期待して寝たふりを続けた。

＊10　客氣而溫和口氣的呼喚。

＊11　「おどろか」，動詞。基本形「おどろく」。相當於現代文的「目を覚ます」。「せ」，敬語助動詞，基本形「す」。「たまへ」，敬語補助動詞，基本形「たまふ」。僧侶對男童的敬語表現。

＊12　「も＋ぞ」意為「～たら困る」，文意為「危ぶみ不安に思う気持ちを」。児は「待っていたのだと僧が思ったら困る」と思って、もう一度呼ばれてから答えようとがまんした。

＊13　「思ひて」的略寫。

＊14　「な～そ」是「～（する）な」的「柔和禁止」表現。「たてまつり」，謙讓表現補助動詞，基本形「たてまつる」。相當於現代文的「～申し上げる」。

【譯文】

裝睡

很早以前，比叡山延曆寺有個修行男童。這天夜裡，眾僧感到無聊。於是有人提議，「做豆沙裹年糕吧。」躺著的男童豎耳傾聽。他想，自己就這樣等著不太體面。於是，他往旮旯挪挪身子裝成熟睡的樣子，等待年糕上桌。年糕好像做好了。男童心想，肯定會有人叫他起來。果然聽到有僧向著這邊呼道，「嗨，小後生，醒醒呀。」男童聽此，心中一陣歡喜。可轉念又想，叫一聲就立刻起身，豈不是讓大家覺得，是迫不及待？讓他們再叫一次吧。於是，他不與應聲繼續裝睡。這時，只聽到有人說，「不要弄醒他，人還小，讓他睡著吧。」男童聽此，心想不妙，再聽到叫一聲一定要起。這時耳邊卻傳來香香甜甜吃年糕的聲音。時隔一陣，男童實在忍耐不住，毫無辦法，應聲道，「唉。」眾僧們都憋不住笑起來。

這段講了一個修行男童為了保全面子反而卻丟了面子的故事。

夜裡，僧侶們無事可做，便開始做起豆沙裹年糕。男童感到自己躺著不太好，於是假裝熟睡。年糕做好了，有人叫他起來。可是，他卻認為，被人一叫就立刻起來實在不體面，等著再有人叫吧。結果，沒人再叫他，衹聽到大家在香甜品嘗的聲音。時隔一陣，男童實在忍不住，「唉」地應了一聲。眾僧侶都忍不住笑起來。

故事告訴人們，「面子所招致的失敗」的道理。

男童所希望的事情，應該直接面對，直接去追求。然而，事態的發展卻事與願違。當他逼得無可奈何時，再也無法克制自己的自尊和面子。欲望終於戰勝自尊。他的應答，引起了大家的哄笑。最滑稽的一幕在「時隔一陣」，過了一些時候，他才冷丁應了聲「唉」。他這一聲，僧人們都前仰後合地大笑，是因為，事情從一開始，人們就已經看穿男童的心理。男童為了保全面子，反而卻丟了面子。硬抻著脊樑表現自尊卻成了眾僧的笑料。但是，他們的笑聲卻充滿著溫暖的人情。

選節2

絵仏師良秀（良秀）

これも今は昔、絵仏師良秀といふ[*1]ありけり。家の隣より、火いできて、風おしおほひて[*2]、せめければ、逃げいでて、大路へいでにけり。人の書かする仏もおはしけり。また衣着ぬ妻子なども、さながら内にありけり。それも知らず[*3]、ただ逃げいでたるを事にして[*4]、向かひのつらに立てり[*5]。見れば、すでに我が家に移りて、煙炎くゆりけるまで、おほかた[*6]、向かひのつらに立ちてながめければ、「あさましきこと[*7]。」とて、人ども、来とぶらひけれど、騒がず。「いかに[*8]。」と人言ひければ、向かひに立ちて、家の焼くるを見て、うちうなづきて、時々笑ひけり。「あはれ[*9]、しつる所得[*10]かな。年ごろ[*11]は、わろく書きけるものかな。」といふ時に、とぶらひに来たる者ども、「こはいかに[*12]、かくては立ちたまへるぞ。あさましきことかな。物のつきたまへるか[*13]。」と言ひければ、「なんでふ[*14]物のつくべきぞ。年ごろ、不動尊の火焔をあしく書きけるなり。今みれば、かうこそ燃えけれと、心得つるなり。これこそ、所得よ。この道を立てて[*15]世にあらむには、仏だけよく書きたてまつらば百千の家もいで来なむ。わたうたち[*16]こそ、させる能もおはせねば、物をも惜しみたまへ。」と言ひて、あざ笑ひてこそ立てりけれ。

その後にや、良秀がよぢり不動とて、今に人々めで[*17]合へり。

＊1　相當於現代文的「という人が」。「いふ」是根據准體法的連體形，「いう人」之意。
＊2　風がおおいかぶさって。「おし」表示強意的接頭語，「おしおほふ」是一語四段動詞。
＊3　それも構わず。それも考慮せず。
＊4　よいことにして。這裡意為「衹顧」、「專心」。
＊5　通りに面した側。馬路對面。

*6　ひととおり。副詞。
*7　大変なことよ。對火災的發生表示吃驚的同時對良秀不以為然的態度有譴責之意。
*8　相當於現代文的「どうしたのか」。形容動詞「いかなり」的連用形。
*9　感動，感歎表現。
*10　（たいした）もうけものをしたものだなあ。「所得しつるかな」的倒置詞。
*11　長年の間。
*12　相當於現代文的「これは」，「これはまあ」。
*13　中魔。招邪。
*14　どうして～か。「なんといふ」。
*15　指自己人生中從事的「繪畫之路」。
*16　お前たち。有親切之感。
*17　褒めあっている。

【譯文】

佛像繪畫師良秀

很早以前，有一位佛像繪畫師叫良秀。有一天，他家鄰居著火，火勢順風燒了過來。於是，他逃出家門向大路跑去。家中放著別人託付繪製的佛像，還有未穿好衣服的妻兒。但，他對此卻全然不顧，只是站在馬路對過。眼見火燒自家，焰火竄天。他仍然若無其事，仔細觀望。許多人邊喊「不好了！」邊來觀望情況。良秀卻不急不慌。人們見此無不問道，「師傅怎麼像沒事呀？」而良秀面對自己家著火，卻一邊點頭，一邊時時露著笑容，說，「這下可要大賺了。以往，總是畫得不理想呀。」觀望火情的人不得其解，說，「到現在了怎麼還站在這兒呢！難道是中邪了？怪事。」良秀聽此，「我怎麼會中邪呢？這麼多年，不動佛尊周身的火焰就是畫不好。現在看到這火焰，我可明白了。這才是我要畫的。幹這行當，只要能畫好佛像，再蓋一百間房也不愁。你們這些人呀，沒啥能耐才可惜這點東西。」良秀嘲笑地說。

自那以後，良秀被稱為「歸然不動之人」。至今依然受到眾人稱讚。

這段故事敘述了一位藝道人的執著。

為使筆下的不動名王佛尊畫像繪出神采，主人公良秀一直在苦苦思索。然而，自家的起火卻意外地給了他靈感。他突然覺得，不動佛尊身後加上熾熱的火焰極為理想。他的眼中和心裡，已經展現出一幅火舌猛襲而歸然不動的佛尊畫像。在這種特殊的環境中，體現出名人的氣質和才華的無悔發揮。作者對故事環境的設定無疑是恰到好處。主人公說「這下我可大賺了」。聽起來似乎過於經濟計算。但是，故事中更重要的表現是，一個藝術家得到靈感的喜悅。後半部良秀的道白，表達了他為說服世俗人間的尺度。這和他對藝道的執著追求和價值觀是截然不同的。

◉『宇治拾遺物語』概要

『宇治拾遺物語』是鎌倉時代（一一八五～一三三五）問世的說話集。書名，因是拾撰於『宇治大納言物語』[*1]散佚故事而得名。正如該書序文中所提到的那樣，有關『宇治大納言物語』這本書，一位名叫源隆國[*2]的大納言在平等院的南泉房，把來來往往的人們所講述的故事都一一記錄下來而寫成。故事背景有印度、中國、日本。內容包羅萬象，有悲喜哀樂的，有聰慧愚昧的，有滑稽可笑的，有高貴嫻雅的，有低級趣味的，有可怕滲人的，有骯髒噁心的。『宇治拾遺物語』根據世間百態編撰而成。

全書由一百九十七話組成，故事構成內容無分類，混雜一體。文體為口語體，通俗易懂。代表故事有，「鬼除瘤的故事」，「麻雀報恩的故事」等。故事中涉及到人的性格、關係、行為並進行對比，說明除依靠神之力以外，還要靠自身之力等道理，表達了庶民百姓的聰明智慧，勤奮努力。以此形成了獨特的文學風格。更值得一提的是，比起歷代的王朝懷古，宗教式說教文學，該書充滿著現實和百姓的生活氣息，並對事例予以恰到好處的判斷。

＊1　平安後期，『今昔物語集』問世前創作。現無存版。

＊2　源隆國（一〇〇四～一〇七七）。源俊賢（九六〇～一〇二七）次子，後為冷泉天皇寵臣。宇治關白藤原賴通輔佐。編撰有『安養集』十卷。

◉『宇治拾遺物語』的研究

有關作品的創作。在過去的研究中，多數說法均以作品序言中提到的『宇治大納言物語』（已散佚）為立論根據。野口博久「有關宇治大納言物語的成立」（『言語與文藝』昭38 1日本文學研究資料叢書『說話文學』所收，有精堂 昭47 11）和『真言傳』、『異本紫明抄』中所見的『宇治大納言物語』佚文進行比較，推定隆國作『宇治大納言物語』的異本為後來的簡略化出本『宇治拾遺物語』的依據。小內一明「有關宇治大納言物語」（『語言與文藝』昭46 3）則不肯定認為，『宇治拾遺物語』是隆國作『宇治大納言物語』增補版的廣本，其抄出本為現存版等。

有關作品構成論。益田勝美「中世諷刺家的面影」（『文學』昭41 2）列舉作品冒頭文，提出「聯想線」關聯法之說，指出內容無分類，具有劃時代意義。該論文指出，這種手法是實態還原法。小出素子「有關『宇治拾遺物語』說話排列」（『平安文學研究』昭57 6）對上述論點表示贊同。指出，不可否認該論是對「聯想線」結構法在外型素材方面的確認。對此，西尾光一「宇治拾遺物語的連纂文學」（『清泉女子大學紀要』31 昭58 12）認為，小出的論點固然有所展開，但，應深層探究「內面的連纂文學」，也就是「文學的一種連接法」。「對立、反對、斷絕」雖不能成為說話文學關聯的佐證，但也可看到藝術的趣味性。

有關作品的「表現論」。近年來，對『宇治拾遺物語』表現論的考察具有主流傾向。在表現論的考察上，佐藤晃將作品作為「一個自律式表現體=作品」，來探究作品內部的表現形成。荒木浩「渡往異國的人們」（『國語國文』昭

61 1）對以往構成論上的直接的，不可逆式的讀法展開批判，認為，根據「目前說話」和「既出說話」形象的雙重層次來展闊說話文學領域，這是完全有可能的。此論為構成論和表現論兩視點起到搭橋架樑的作用。

今後的課題有，1編者何人？目前除藤原經范說以外尚無別論。是否還有效果方策。2有關出典不明的故事，應探究其出典。3應探索宇治大納言物語佚文部分。該物語版本是否存在著複數，是否為群小雜纂說話集的總稱。等。

2『十訓抄』

十訓抄是鎌倉時代說話集，世俗說話集。創作于一二五二年。編者有「六波羅二﨟左衛門」和「菅原為長」兩說。序文中提到，作品故事使用了古今賢愚兩種題材。賢話在於勸善，愚話在於警戒。告誡青年人道德向上，思慮從事，辨別是非。以此分類編撰十卷，故書名「十訓抄」。該作品用典故敘述的形式，作為十項訓誡教育青少年。每篇附有「序」，起頭文均為「有人說」，以此提示故事主旨。「十訓」各序主旨如左。

第一　施人與惠

有人說，君子不可討嫌拙者。山高壘土塊而高，海深合支流而深。有個叫明王的君主如同造車人，任何木材均不願廢棄，适才而用，直木做棟樑，曲木做車轅。人如厭惡擇食則體瘦。

第二　要離傲慢

有人說，世上人均願顯露高傲，而不願謙讓穩靜。這樣的人往往不認為自己微不足道，高傲自滿，蔑視對方，無視周圍或容易衝動，唯己正確。這樣之人，在世間潮流中是人倫的倒行逆施。雖勞苦功高，但衹是過去之事。要適應時代，重新學習。

第三　不侮人倫

有人說，蔑視，小瞧他人形式各样。有人蔑視貧弱，有人小瞧身份低微，有人甚至捉弄親朋好友。世間之人衹是被運氣左右。運氣好的人去蔑視捉弄運氣不好的人，此所為毫無意義，反而是無知之舉。

第四　人前慎言

有人說，有些人不加思索，滔滔不絕地講些不該講的話，揭人之短，亮人之醜，動輒非難。此為切勿可有。自己說不如給對方機會讓他去深思。否則，說人之人反而會造成意外的恥辱。

第五　擇友交往

有人說，遇良友，心想事成。『顏氏家訓』[*1]中說，與善人居如入芳蘭之室，久而自芳也。與惡人居如入鮑魚之肆，久而自臭也。

＊1　顏之推（五三一～六〇二？）中國南北朝時代學者。著書『顏氏家訓』，記述諸多寶貴的處世訓。

第六　忠實直言

有人說，孔子曰，順君子而不謂忠，順父母而不謂孝，非直言而不謂順。坦進直言才是真正的忠和孝。[*1]

＊1　『孝經』「諫諍章第十五」

士有爭友，則身不離於命名。父有爭子，則身不陷於不義。故當不義，則子不可以不爭於父。臣不可以不爭於君。故當不義，則爭之。從父之命。又焉得為孝乎。

第七　深思熟慮

有人說，人不論高低貴賤，要分清事理。從年輕時起就要奉使勤奮，反省自身，多思創業立家之道。無論做何事，均須刻苦磨練，珍視祖業。

第八　諸事忍耐

有人說，忍耐為高德。人都有惡思，對此要忍。人都有痛楚，對此要忍。年輕時要忍受饑寒，學人之道。這樣才會修身立道。

第九　勿生妒念

有人說，人不如意時，容易產生妒心，甚至包括對親朋好友。這些切勿可有。老子曰，知命者不怨天，知己者不怨人。

第十　力求才藝

有人說，各種行當相傳世代。藝能世家之人為繼承祖業要盡心努力，而非世家之人也要創造條件去努力。

藝道傳代是因素，自身努力才最重要。

如右所述，『十訓抄』的每訓序文提出了後敘內容的主旨，用一些生動的具體事例（故事）來說明這些抽象的倫理道德概念。從啟蒙思想教育的角度來看，內容通俗易懂。正如該書序言中指出，作品的特點，首先使用了假名文字，其次大量引用了中國『史記』、『漢書』中的古典故事。另外也引用了日本的「六國書」、『大和物語』、『江談抄』、『袋草紙』等眾多文獻。

『十訓抄』選節

「第三　人倫を侮らざる事」「小式部内侍の歌才」

[1]和泉式部、[2]保昌が妻にて、丹後に下りけるほどに、京に[3]歌合はせありけるに、[4]小式部の内侍、歌詠みにとられて、詠みけるを、定頼[5]の中納言たはぶれて、小式部の内侍ありけるに、「丹後へ遣はしける人は参りたりや。いかに心もとなくおぼすらむ。」と言ひて、[6]局の前を[7]過ぎられけるを、[8]御簾よりなからばかり出でて、わづかに[9]直衣の袖をひかへて、

[10]大江山[11]いく野の道の遠ければ
まだふみも見ず[12]天の橋立

と詠みかけけり。思はずにあさましくて、「こはいかに。かかるやうやはある。」とばかり言ひて、[13]返歌にも及ばず、袖を引き放ちて、逃げられけり。

小式部、これより歌詠みの世におぼえいできにけり。

これは、うちまかせての理運（りうん）のことなれども、かの卿（きやう）の心には、これほどの歌、ただいま読（よ）み出（い）だすべしとは、知られざりけるにや。

＊1 平安時代中期著名女歌人。小式部內侍是她初婚時期所生女兒。

＊2 和泉式部和地方首官藤原保昌國司再婚，隨丈夫居住在丹後國（現京都府北部）。

＊3 和歌比賽。參賽選手分左右兩組，輪流發表作品進行對決，評出優劣。

＊4 和泉式部的女兒，平安時代中期女歌人，一條天皇中宮彰子侍官。母親住在丹後國。

＊5 中納言，太政官次官。職務僅次於大臣，大納言。

＊6 宮殿中的私室。一般指高級女侍官的私屋。這裡指小式部內侍的房間。

＊7 「られ」，敬語的助動詞，基本形「らる」。現代文譯為，「お～になる」。

＊8 竹簾。

＊9 上流貴族平常穿的衣服。

＊10 從京都府到丹後國途中經過的山名。坐落在現今的京都市和京都府龜岡市交界處。「いく」是「生野」的「生（い）」和「行（い）く」的諧音詞，日文叫作「掛詞」，是和歌的創作技巧之一。和歌通過諧音詞的效果使歌意的表達內容更加豐富。

＊11 「踏（ふ）み」和「文（ふみ）」是「掛詞」。

＊12 丹後國的景勝地，位於現京都府宮津市。自古以來，經常用於和歌的「歌枕」（和歌技巧用語）。

＊13 當時和歌對歌的一種禮儀規則。接受和歌後要回贈「返歌」。文中意為，中納言沒想到小式部用如此即興佳作駁回他，吃驚異常，無法回贈返歌而慌張離去。

【譯文】

「小式部內侍的和歌才華」

和泉式部隨丈夫在丹後國居住期間，京城舉行和歌競賽大會。和泉式部的女兒小式部內侍被選為參賽選手。當小式部內侍在自己房間時，中納言定賴路過她處，用輕蔑的口吻說，「派往丹後的使者該回來了吧，是不是等不及了呀。」當他正要從房前走過時，小式部內侍半撩開竹簾，輕輕拽著中納言的袖口，即興賦歌一首。

大江山路遙　生野途中立天橋　怎能踏足行（包含型）

大江山路遙　生野途中立天橋　怎能讀親書（轉換型）

定賴中納言聽此，感到非常意外，驚慌失措地連連說，「這該如何，難道還有如此之事！」他竟然不及付返歌，甩袖而逃。

從此以後，小式部歌才揚世，深受讚譽。

這是一個極普通的道理。然而，在定賴這位大人眼裡，沒有認定小式部（年若功淺）會勝賽。

小式部用一首精彩的和歌駁回定賴輕率的玩笑。

小式部內侍的母親和泉式部是著名歌人。當母親離開京城之際，小式部被選入參加和歌比賽大會。定賴中納言走過小式部房間戲言說，你一定在等待母親的信，想商量和歌的事吧。定賴萬萬沒想到，小式部用一首絕妙的和歌給與反駁，否定了他的疑心。定賴驚慌失措，無言以對。小式部從此受到公認，成為一位能獨當一面的歌人。

有關定賴對小式部的戲言，「你母親在丹後國。派往那裡的使者回來了吧。」當時，許多人流傳並懷疑，小式部的和歌是由她母親，著名歌人和泉式部代作的。此次和歌大賽，歌題已事先發給選手。可以想像，小式部完全有可能借母親智慧來完成。女兒是否派人去向母親求教啦？使者是否帶回母親的代作啦？等等。在人們捕風捉影的傳言中，定賴也在犯疑。小式部面對定賴這樣聽信傳言，亂懷疑人的「玩笑」，又想起平日的紛紛揚言，便撩開竹簾，拽住中納言的袖口，即興用和歌反駁，「我既沒去那麼遠的地方，也沒有接到什麼信呀。」小式部即興所作的這首和歌，巧妙融合「掛詞」、「緣語」、「歌枕」為一體，非常優雅。她以和歌的功底和實力，有力地否定了傳謠。藤原定賴（九九五～一〇四五）中納言，是中古時代與和泉式部並駕齊驅的「三十六歌仙」之一，當時歌人之首藤原公任之長子，精通和歌創作的各種技巧。按理說，對小式部內侍的和歌，他完全可以即興回贈返歌。然而，由於中納言完全出乎預料，異常尷尬，沒能致返歌而去。

小式部和歌技巧解析如左（有關和歌修辭（技巧）解釋參照51～52頁）。

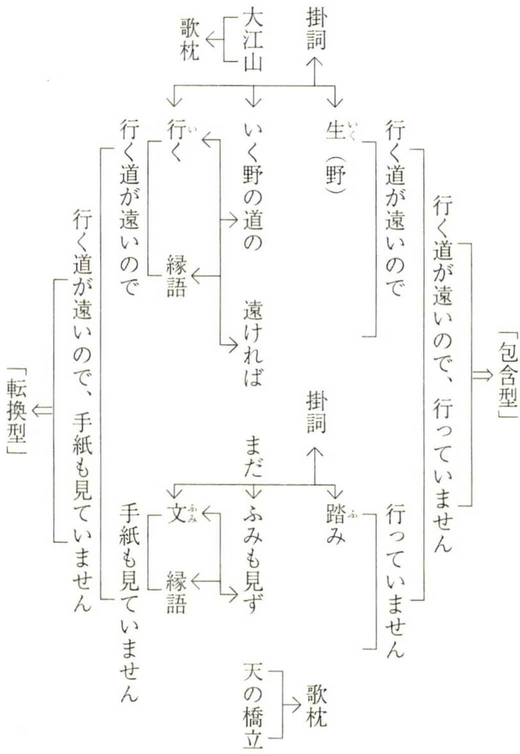

◉『十訓抄』的研究

藤岡繼平『十訓抄與道德思想』（日本精神叢書五 文部省思想局 昭11。昭15文庫判再版）等研究中，作為道德教育教材，主要指出該作品在儒教思想方面的影響。但是，永積安明在岩波文庫（昭17）的解說中認為，作品中「很多文章是對平安時代以後的詩歌、管絃、藝能方面佳話的讚歌」，十訓抄因此而被稱為說話集，這是該作品的實質。

有關編撰人。到目前為止，仍然為正徹『清嚴茶花』指出的「菅原為長」，以及本書傳本中提到的「或人雲，六波羅二﨟左衛門入道作雲々」兩說。

有關傳本。永積安明在岩波文庫解說中將諸本整理分為，三卷有缺本，片假名三卷本，補缺諸本，流布版本四類。泉基博則在「有關十訓抄傳本」（『武庫川國文』昭48 3）論文中，探討了佐久間本、狩谷本、塙本三版本的特點，在古典文庫中翻刻了片假名本的宮內書陵部本，併在『彰考館藏十訓抄第三類本』解說中指出，可以將平假名本分為三類。

有關影響關係。有，乾克己「宴曲抄「文武」「朋友」的成立」（『國學院雜誌』昭33 8），「宴曲抄「朋友」和十訓抄卷五「擇友交往」再說」（『國學院雜誌』昭37 5），武久堅「『發心集』『十訓抄』和讀本系平家物語」（『說話 物語論集』昭61 12）等論文。考察作品思想內容方面的論文有，福島尚「教訓書『十訓抄』的性質之一考」（『國語國文』平1 11）等。

有關注釋。石橋尚寶『十訓抄詳解』（明治書院 明35），岡田稔『十訓抄新釋』（大同館 昭2）等可謂重要文獻。

主要課題有，除編者外，有必要探討本書與其它文獻的影響關係。理出中世說話集編輯人的相互關係。即，對說話傳承圈的調查。進一步探討作品的文學價值以及性質等。

1新古今和歌及其歌人

平安時代末期，平氏滅亡西海。不久（一一九八年），第七部敕撰和歌集『千載集』誕生。在這前後，宮廷歌壇頻繁舉行「六百番歌合」，「千五百番歌合」等大規模「歌合」[*1]活動。與此同時，也有許多歌評、歌論、歌書問世。當時正值保元[*2]、平治亂兵[*3]之世，貴族們開始逐漸傾心于歌道。『千載集』凝聚並代表著當時「主為余情，美為幽玄」的和歌之理想。編撰人是藤原俊成。他的歌論『古來風體抄』點評了從萬葉集到當時的和歌傑作，具有獨特見解。寫有家集『長秋詠藻』。

同一時代還有一位值得注目的歌人——西行。西行的俗名佐藤義清，出身于地方豪族。但，由於其地盤被新武士階級逐漸吞噬，他極力試圖接近貴族，然而卻事與願違。於是，他二十三歲出家，開始了漂泊四方的徒旅生涯。其間創作和歌達兩千余首，被稱為「天成歌人」。寫有家集『山家集』。

『新古今集』於一二五〇年編輯創作。主要編撰人是藤原俊成之子藤原定家。當時，鎌倉幕府已經運作，武士政權日益穩固。在這之前，宮中已設有（一二〇一年）和歌所[*4]，核心人物除藤原俊成、定家父子外，還有少數歌人擔任「寄人」（相當於編委，由天皇親自任命）。當時舉行的大規模和歌競賽活動以及新古今集的撰定等均由此機構主管敲定。新古今集的歌風比起千載集更加體現出抒情的多樣化，充滿幻想式美的表現。自然，當時的歌人們在表現技巧方面也深下功夫，並已達到爐火純青的境地。代表歌人是繼承父業的藤原定家。

古今集中和歌的作者除俊成、西行、定家外還有藤原家隆、藤原良經、慈円。當時的著名歌人還有後鳥羽院、寂蓮法師，女流歌人有式子內親王等。

＊1　和歌競賽遊戲。參賽選手分左右兩組，輪流披露作品，由判官進行歌評，決定勝負。平安初期開始，這種活動在宮廷，貴族

之間十分盛行。

＊2　保元之亂　圍繞爭奪繼承皇位的事變。後白河天皇和不和的崇德上皇聯合藤原忠通及對立方（其弟）藤原賴長，糾集源為義等武士備戰，計畫討伐天皇派源義朝（為義之子）。結果，于一一五六（保元元）年反遭夜襲而大敗。

＊3　平治之亂　平安末期，因貴族之間的政權爭鬥在京都引起的一場內亂。保元之亂後，平清盛糾結藤原通憲擴大勢力。對此懷恨在心的源義朝聯合藤原通憲、政敵藤原信賴，于一一五九年（平治元）舉兵討伐平清盛。結果敗陣。源義朝在逃往東國途中被殺。從此，源氏失勢，平清盛開始登上掌政舞臺。

＊4　由天皇親自下令而設置的和歌敕撰機構，負責和歌的選定編撰等。

中世主要歌集一覽

時代	作品	主要作者	特點
平安末	千載集	藤原俊成　藤原俊賴　和泉式部	注重余情、追求幽玄
鎌倉	新古今集	西行　藤原俊成　藤原定家　藤原良經　後鳥羽院	主要體現幻想式以及技巧表現
南北朝	玉葉集	藤原為兼　伏見院	捕捉自然推移、具有新鮮感
	風雅集	永福門院	

2『方丈記』

曾經活躍于和歌競賽的歌人中有一位下等貴族，叫鴨長明。他寫的隨筆『方丈記』記述了自己對俗世的感慨，揭示了人間世態。他出身神官家庭，歌才出眾，成為和歌所的「寄人」。但，由於身份低下，並捲入同族間的權位爭鬥，最終出家，進入山林，開始隱逸生活。

鴨長明（一一五三?～一二一六），京都賀茂禦神社（下鴨神社）神官次子。著名和歌詩人，琵琶手。經後鳥羽上皇認可，任和歌所「寄人」（和歌撰定人），參加編撰『新古今和歌集』。然而，未能繼承「神官」職位，五十歲左右出家。起初隱居大原山，後在日野山結一茅屋隱居。沒前著隨筆『方丈記』。著有歌論集『無名抄』，佛教說話集『發心集』。

『方丈記』創作于鎌倉時代的一二一二年。該作與『枕草子』、『徒然草』被稱為日本三大隨筆。但，『方丈記』與其他兩作不同，整體作品突出一個主題。作品通過「火災」、「饑饉」、「疫病蔓延」、「大地震」、「福原遷都」等史實的敘說，暗示天地變遷，社會不安，反省自己，捕捉真正的人生，實屬自照文學之佳作。同時又是日本「隱逸文學」和「草庵文學」的代表作品。另外，書名以作者晚年居住的「面積僅方丈」之「方丈草庵」而命名。典故出自古印度佛教的中心人物「維摩」。傳說中的「維摩」為歸依在家佛教，居住方丈一室修行。鴨長明予以實踐。

『方丈記』以和漢混交文體撰寫而成。所謂「和漢混交文體」，是用假名、漢字、佛教語混撰而成的文章體。文章簡潔流暢，文中巧妙地編織著「對稱文」、「比喻文」等，格調十分高雅。

『方丈記』選節1

行く河の流れ

行く河の流れは絶えずして、しかも、もとの水にあらず。よどみに浮ぶ[*1]うたかたは、[*2]かつ消え、かつ結びて、久しくとどまりたるためしなし。[*3]世の中にある人と栖と、またかくのごとし。[*4]たましきの都のうちに、[*5]棟を並べ、甍を争へる、高き[*6]賤しき人の住ひは世々を経て尽きせぬものなれど、これをまことか尋ぬれば、昔ありし家は稀なり。或は去年焼けて、今年作れり。或は大家滅びて、小家となる。住む人もこれに同じ。所も変はらず、人も[*7]多かれど、いにしへ見し人は、二、三十人が中に、わづかに一人二人なり。朝に死に夕に生るるならひ、ただ水の泡にぞ似たりける。[*8]知らず、生まれ死ぬる人、いづ方より来りて、いづ方へか去る。また知らず、仮(かり)の宿り、誰(た)がためにか心を悩まし、何(なに)によりてか目を喜ばしむる。その主(あるじ)と栖(すみか)と、無常[*9]を争ふさま、いはばあさがほ[*10]の露(つゆ)に異ならず。或(あるい)は露落ちて花残れり。残るといへども朝日(あさひ)に枯れぬ。あるいは花しぼみて露なほ消えず。消えずといへども夕(ゆうべ)を待つことなし。

＊1　水泡。泡沫。
＊2　一方で。副詞。
＊3　この世に生きている人と住まい。
＊4　玉を敷いたように美しい。「都」にかかる枕詞。
＊5　屋脊。雕甍。
＊6　身份的高低貴賤。
＊7　多いけれど。「多かれ」＋接續助詞「ど」，為形容詞的已然形。但，一般應為「多けれ」形。
＊8　這裡為「倒置法」表現，表示強調文意。
＊9　世間一切事物都在不斷生成滅亡，變化，均無永恆。
＊10　牽牛花上的露珠。

【譯文】

江河流水

江河流水，絕無休止，且去無回。水流淤面浮水泡，時滅時現，不會長留。世間人事，住居棲所即為如此。

美麗京城，宅府相連，雕甍爭豔。家主身份無論高低，宅府世代相居。但試問其，過去房屋卻已剩無幾。或去年火災中毀，今年複修重建。或大戶破落，變為小戶。戶主也為如此。住居場所未變，人多熙攘，然而，昔日常遇的二三十人，如今卻祇剩一兩人。有朝日壽終，亦有暮日降世。這與河流水泡無兩樣。不知，生者何處來，死者何處去。又不知，寄身虛茫之世，為誰苦費心機，為何賞心悅目。居者、住居爭無常，可謂牽牛花上露水珠。或露水消失花猶在，花雖在而日出即枯萎。或花凋落而露珠未消，卻無一能待日暮。

這段是『方丈記』序章，自古以來十分著名。「人生、住居即無常」是作品的核心思想。作品以簡潔流利，雋秀優美的旋律為特點，使卷頭主體表現得自然明快。第一自然段已將主題表達完全。其主題解析如左。

河川的流水不會停息，河面的水泡不會消失。居高俯瞰，河水，水泡均似一成不變。人和住居也為如此。但是，事物一一去觀察，水流水泡時時刻刻都在不斷移變生滅，反復無窮。即，無常之存在。人和住居更不例外。

第二自然段具體敘述了人和住居營造是如何的虛空和短暫。

第三自然段反復一、二段的主題內容。人生短暫，而其住居也祇不過是臨時的棲身之處。因此，作者提出疑問，人為什麼要為這暫時的棲身之處而苦費心機，不惜勞力呢？

文章色調明快，具有旋律感，可謂麗文連篇。日文文章反復去讀，會感到語調明快優美，語句流暢，格調高雅。這種冠以優美格調的詞彙語句是如何編織的呢？這就是所謂的「漢文訓讀體」。進一步說，是「和漢混交文體」的特點。和漢混交文體，使和漢兩文在語調的強弱上起到了互補互襯的作用。

用日文讀漢文叫做「訓讀」。訓讀仍然可能感到漢文獨特的表現。這是訓讀文裡作為日文的不同特點。和這種訓讀文同樣的文體均被稱為「漢文訓讀體」，同時作品中的多用漢文表現也為特點之一。

『方丈記』中的漢文訓讀表現特點歸納如左。

1　漢文訓讀體獨特表現：「絶えず」（不絕），「かくの如く」（正如），「尽くせぬ」（不盡），「或いは…或いは…」（或…或…），「いへども」（雖）。

2　倒置法：「知らず…いづ方へか去る。」（不知…何去。），「また知らず…目を喜ばしむる。」（又不知…悅目。）

3　對稱文：「よどみに浮かぶうたかたはかつ消え、かつ結びて」（水流淤面漂浮的水泡，時滅時現）。

對稱文表現：

行く河の流れは絶えずして、しかも、もとの水にあらず。
（江河流水，絶無休止，且去無回）

よどみに浮かぶうたかたは
（水流淤面漂浮的水泡）

かつ消え
（時滅）

かつ結びて
（時現）

久しくとどまりたるためしなし。
（不會長留。）

對稱文及漢文訓讀體表現：

世の中にある
（世間）

人と
（人事）

栖と
（棲處）

またかくのごとし。
（即為如此。）

對稱文表現：

- たましきの都のうちに（美麗之京城）
  - むねを並べ（府宅相聯）
  - いらかを争へる（雕甍争豔）
    - 高き（高貴）
    - 卑（いや）しき（低賤）
      - 人の住まひは、…昔ありし家はまれなり。（住居…過去房屋已稀少。）

漢文訓讀體及對稱文表現：

- 或いは（或）
  - 去年（こぞ）焼けて（去年火災中毀）
  - 今年（ことし）作れり。（今年修復重建）
- 或いは（或）
  - 大家（おほいへ）滅びて（大戶破落）
  - 小家（こいへ）となる。（成為小戶）

對稱文表現：

- 所も変らず（地方未變）
- 人も多かれど（人多熙攘）
  - いにしへ見し人は、二、三十人が中にわづかに一人二人なり。（昔日常遇的二三十人，如今卻只剩一兩人。）

對稱文及比喩文表現：

朝(あした)に死に（朝日壽終）
夕べに生まるる（暮日降世）
ならひ、ただ水のあわにぞ似たりける。（這與水泡無兩樣。）

倒置文、對稱文及漢文訓讀體表現：

知らず（不知）
　生まれ（生者）
　死ぬる（死者）
人
　いづ方(かた)より来たりて、（何處來）
　いづ方へか去る。（何處去）

また知らず、仮(かり)の宿(やど)り（又不知，寄身虚茫之世）
　たがためにか心を悩まし、（為誰苦費心機）
　何によりてか目を喜ばしむる。（為何賞心悅目。）

對稱文及比喩文表現：

その
　主(あるじ)と（戶主）
　住みかと（住居）
無常を争ふさま、いはばあさがほの露に異ならず。（相爭無常，可謂牽牛花上露水珠。）

漢文訓讀體、對稱文及比喻文表現：：

或いは（或）
　露落ちて（露水消失）
　花残れり（花猶在）
　　残るといへども朝日に枯れぬ。（花雖在而日出即枯萎。）

或いは（或）
　花しぼみて（花瓣凋落）
　露なほ消えず（露珠未消）
　　消えずといへども夕べを待つことなし。（卻無一能待日暮。）

例文的「知らず」兩文及「残ると」「消えると」兩文均為「隔句對稱文」。『方丈記』裡的「倒置文」、「對稱文」可謂漢詩文的藝術傑作。漢文訓讀的語句、語法以及倒置法使內容表現緊湊且有力度。『方丈記』的最大特點是對稱文表現。對稱文從視覺上來說，使人感到文章的均齊美，從聽覺上來說，使人感到流利的旋律美。

作品對「無常觀」的具體說明，即，人生在世之短暫。這種意識來自佛教思想的無常觀。無常觀是日本中世文學的中流砥柱。鴨長明雖然不是草創者，但，『方丈記』以她的比喻表現，從效果上使讀者能夠對所謂無常觀這一抽象性概念得到具體的認識。無常觀的比喻表現例舉原文如左。

世の中にある人と栖と、またかくのごとし。
（世間人事、棲所即為如此。）

朝に死に夕べに生まるるならひ、ただ水の泡にぞ似たりける。

（有朝日壽終，亦有暮日降世。這與水泡無兩様。）

主と栖と、無常を争ふさま、いはばあさがほの露に異ならず。

（戸主、住居爭無常，可謂牽牛花上露水珠。）

如右所述，無常觀的抽象概念用身邊的具體現象來比喻，使讀者實實在在地感到人世的「短暫多變」。這段比喩文和例舉的對稱文同様，是『方丈記』文體表現的一大特點。

『方丈記』是新的文學形式的代表。

進入鎌倉時代，出現了新的文學形式。文學作品的風格和特點無論在文體還是在內容上都不同于平安時期的女性文學。這一新的文學領域被稱為「隱逸文學（草庵文學）」，特點為用和漢混交文體記述。這一時代，一些貴族們看破紅塵，棄離俗世，隱居深山。這些遁世者探求人的真正生活方式，嚴肅審視自我。於是，又產生了新的文學形式——自照文學。「隱逸文學」是中世文學的主流。先驅者為鴨長明，其後繼承該主流的是吉田兼好法師等。另外，鴨長明完善了「和漢混交文體」。此文體又由後來的『平家物語』等「軍紀物語」所繼承。文體簡潔流利，鋼勁有力，奠定了日本文學獨特的文體表現形式。

選節2

閑居(かんきょ)の気味(きび)

[*1]おほかたこの所に住みはじめし時はあからさまと思ひしかども、今すでに五年(いつとせ)を経(へ)たり。仮(かり)の庵(いほり)もやや[*2]ふる[*3]さととなりて、軒(のき)に朽葉(くちば)ふかく、土居(つちゐ)に苔(こけ)むせり。おのづからことのたよりに都を聞けば、この山にこもりゐ

て後、やむごと[*4]なき人のかくれ[*5]給へるもあまた聞こゆ。ましてその数[*6]ならぬたぐひ、尽[*7]してこれを知るべからず。たびたびの炎上にほろびたる家またいくそばく[*8]ぞ。ただ仮の庵のみのどけくしておそれなし。ほど狭しといへども、夜臥す床[*9]あり、昼ゐる座あり。一身を宿すに不足なし。寄居[*10]は小さき貝を好む。これ事知れるによりてなり。みさご[*11]は荒磯にゐる。すなはち人をおそるるがゆゑなり。われまたかくのごとし、事を知り、世を知れれば、願はず、わしらず[*12]、ただ静かなるを望みとし、憂へ無きを楽しみとす。（中略）

それ三界[*13]はただ心ひとつなり。心もしやすからず[*14]は象馬七珍[*15]もよしなく、宮殿楼閣も望みなし。今、さびしき住ひ、一間の庵、みずからこれを愛す。おのづから都に出でて身の乞匃となれる事を恥づといへども、帰りてここにをる時は他の俗塵[*16]に馳する事をあはれむ。もし人この言へる事を疑はば、魚と鳥とのありさまを見よ。魚は水に飽かず、魚にあらざればその心を知らず。鳥は林をねがふ、鳥にあらざればその心を知らず。閑居の気味もまた同じ。住まずして誰かさとらむ。

＊1　だいたい。いったい。そもそも。接續詞。

＊2　次第に。だんだんと。副詞。

＊3　住み慣れた土地。他には、1古い都・もと都であった所。2以前住んだり行ったりしたことのある土地。3生まれた土地、の意もある。

＊4　形容詞。1身份高貴。2學識廣、世評高。3貴重。

＊5　動詞「隠れる」。1隱蔽。避開。2（天皇、高貴之人）駕崩。仙逝。

＊6　取るに足りない人々（に至って）は。

＊7　その数を知り尽くすことはできない。

＊8　どれほどであろうか。軽く問いかける形になっているが，「さぞや大変な数にのぼるだろう」の意を込めたもの。

＊9　睡床。
＊10　寄居蟹。
＊11　睢鳩。魚鷹。
＊12　「あくせくしない」意。
＊13　佛教用語。他世。指欲界、色界、無色界。
＊14　穏やかでないなら。係助詞「は」，接續形容詞或否定助動詞連用形，表示順接假定條件。
＊15　指金、銀、珊瑚等七寶。
＊16　在俗世間為名譽、利益、地位而奔波。「塵」指名利。

【譯文】

居住於此，未感長久，然已時過五年。棲身茅庵已漸習慣。屋簷上鋪有厚厚朽葉，屋簷下生滿青苔。偶爾聽到城裡風聲。自從隱居深山老林，不少貴人離世。死去的庶民百姓更多。火災不斷，毀壞的房屋又有多少？衹有我這草庵茅舍平安無事。雖說地窄面小，然夜有睡床，晝有座處。歇身之處無一不足。寄居蟹喜住小殼，因它知道安身重要。睢鳩常在荒礁，因它知道無人襲擾。我也如此。深知此理，熟曉世間，無所欲，非奔忙，衹求閒靜安逸，以無憂為樂。（中略）

三界之中，吾心唯我。心緒不安，金銀財寶無價值，樓閣宮殿無可求。如今，孤寂之庵，草舍一間，心滿意足。偶爾進城，乞討之身雖感屈辱，但回到茅屋又感，塵世間為滿足欲求而奔波之人才為可悲。如有人對此持疑，就請他去看魚和鳥。魚從不厭水，非魚者而不知其樂。鳥喜棲林間，非鳥者而不知其悅。閒居之幽情，非居此者，怎能開悟？

一切在於心緒。

鴨長明所處的時代並非水深火熱。而在平安末期戰亂時，人們的命運風雲難測，加上發生的「大火災」、「饑饉」、「疫病蔓延」、「地震」等等，城裡的人眼睜睜倒斃在地，屍骨成山，充滿惡臭，盜賊四起，人心惶惶，境況慘不忍睹。面對如此真實的史實，鴨長明的「無常觀」漸漸得到確固。他出生在濁惡之世，加上懷才不遇，命運的捉弄使他看出俗世間永遠無自己棲身之地。然而，他在深山隱居，仍然感到不會成為真正的開悟隱者，世俗心緒時而浮現腦中。當他來到城畔時，自己如同乞丐不覺感到自卑恥辱。正因為他有過這樣的心理動搖，他才在結文中寫道，「三界之中，吾心唯我」，以實感接受了佛教的哲學思想。

◉『方丈記』概要

『方丈記』創作于鎌倉時代。作者鴨長明沒于一二一六年，生年未詳。早年喪父。因未能繼承其父的神官之職而出家。法名「蓮胤」。出家前，曾師事歌林苑主宰俊惠學習和歌。深受後鳥羽院賞識，任和歌所「寄人」。他的和歌，收進『千載集』一首，『新古今集』十首。『方丈記』是他出家後於一二一二年寫成。一般認為，『方丈記』的「方丈」指作者隱遁於日野外山的「方丈草庵」。「記」，被解釋為史實的記錄。

該作前半部用「人」和「住居」這一主題，列舉了安元大火[*1]，治承旋風[*2]，福原遷都[*3]，養和饑饉[*4]，疫病蔓延，元曆大地震[*5]等史實中的天災人禍。後半部，以敘述自己閒靜樂趣以及欣求淨土的心境，表達了作者「諸行皆無常」的觀點。

＊1　安元三年（一一七七），京都城發生毀滅性大火災。

＊2　治承四年（一一八〇），京都中禦門京極一帶發生龍卷風。

＊3　治承四年，遷都福原，棄掉近四百年的平安城。但，因新都地利不適，同年冬季，又返還京都。結果，京城已是一片廢墟。

＊4　養和年間（一一八一～八二），連續兩年發生乾旱、大風、洪水等自然災害。據文中記載，京城屍骨遍地，腐臭沖天，疫病蔓延，如同地獄。

＊5　元曆二年（一一八五），京城發生大地震。據文中記載，地震發生，山崩地裂，水從地縫湧出，房屋廟宇倒毀，人們流離失所。三個月中，餘震不斷。

◉『方丈記』的研究

作者鴨長明以及『方丈記』的作品研究從江戶時代開始，已有三百多年的歷史。有關現代研究動向，伊藤博之「方丈記」（東京大學中世文學研究會編『中世研究入門』至文堂 昭40），從「諸本的性格與成立論」，「注釋」，「作品論與文體論」，「複製本 翻刻」等角度進行了整理。佐佐木克衛、關口忠男「解說 方丈記」（日本文學研究資料叢書『方丈記』『徒然草』有精堂 昭46），在「研究史的展望」及「今後的研究展望」方面也進行了整理。佐佐木、關口「方丈記研究史」上・中・下（『古典遺產』昭47 9，48 6，53 10），淺見和彥「參考文獻解說 方丈記」（三木紀人 鑑賞日本的古典『方丈記』『徒然草』尚學圖書 昭55）列出「原本、注釋」，「成立、內容」條項，在廣本與流布，古本與流布本，意義與執筆動機，末尾的解釋和虛構性等方面加以詳細解說。簗瀨一雄『鴨長明研究』（中道館 昭55），關口忠男「『方丈記』研究的現階段」（『國學院雜誌』92 1，平3 1）中，在本文、諸本論，永積安明、西尾實論爭，構想、構成論，文體論、思想、終章論等六方研究史方面進行系統分析和整理。

在佛教、主題思想等方面的研究上，今成元昭「佛教文學的構想―論『方丈記』―」（新典社 平8）等認為，方丈記為純粹的佛教文學。而細野哲雄『鴨長明傳之周圍 方丈記』（笠間叢書93 笠間書院 昭53），張利利『方丈記日中文學比較研究』（翰林書房 二〇〇九）等則從老莊思想影響的角度進行展論。在『方丈記』和日中先行文學的比較研究方面，學界公認『方丈記』的撰寫方法模仿了平安時代慶滋保胤、兼明親王的『池亭記』以及間接模仿了中國唐代詩人白居易『池上篇並序』、『草堂記』。先驅研究為金子彥二郎『平安時代文學和白氏文集』（講談社 一九四八）。該論將『方丈記』和右述先行文學進行比較並指出共同點。張利利『方丈記日中文學比較研究』（同右）又從其共同點中，對方丈記的獨特性進行探究。

今後主要課題有，必要深探『方丈記』文學性無常觀思想；對『方丈記』結章，過去的研究中多數為天臺淨土教系統，而法然以後的思想影響又為如何；中國思想影響的程度等。

3『徒然草』

『徒然草』創作於一三三一年左右。創作時期雖有諸說，但根據文中史實記載，推測該作品寫於一三三〇年末至翌年秋。『徒然草』創作時期，也是鎌倉幕府衰敗（一三三三）前夕。

作者吉田兼好（一二八三～一三五二（桑原　兼好法師））活躍于十三世紀末至十四世紀，著名歌人，隨筆家。俗名卜部兼好。出生京都吉田神社神官家族，因此姓吉田。他為自由生活，三十歲左右出家，號仍用俗名，音讀兼好。以著名歌人著稱，為當時「和歌四天王」之一。

『徒然草』作為日本隨筆文學，與三世紀前創作（約一〇〇〇年）的『枕草子』被稱為隨筆文學的雙璧。包括一世紀前創作（一二一二年）的『方丈記』，『徒然草』是日本三大隨筆之一，中世文學的代表傑作。內容豐富多彩，從人生觀、自然觀的角度精闢展開趣向性論述，廣泛涉及掌故史實、故事等。富有對人的溫情理解，具有極高的智慧和素養。在語言文字的表達上，和諧明快地使用了「和漢混交文」以及典雅的「和文」，以此博得極高評價。自古以來，該作品被視為「訓導書」、「趣向書」、「教養書」而深受讀者喜愛。

『徒然草（つれづれぐさ）』選節1

序段　つれづれなるままに

つれづれなるままに[*1]、日暮らし[*2]、硯（すずり）[*3]に向かひて、心[*4]にうつりゆくよしなしごとを、そこ[*5]はかとなく書きつくれば、あやし[*6]うこそ[*7]ものぐるほしけれ。

＊1　～にまかせて。形式名詞「まま」＋格助詞「に」。任憑。
＊2　整日。終日。
＊3　提起筆來。
＊4　「うつる」，有「移る」、「映る」兩種解釋。意為不斷浮現在腦海。思緒萬千。
＊5　どうしようというあてもなく。「其処は彼となく」ということで。「そこはどこそこだとはっきりしない。」
＊6　妙に。変に。不思議に。形容詞「あやし」的連用形「あやしく」的「ウ音變」。
＊7　ただごとでない感興を覚えることだ。妙に感興が湧いてきて、心の興奮する状態を言ったもの。強意係助詞「こそ」表示心情的強調。「ものぐるほしけれ」是形容詞「ものぐるほし」的已然形。

【譯文】

序段

徒然之時，任憑徒然。終日持筆在手，心緒萬千，毫無所向。筆落紙上，卻如此心感盡致。

這段是『徒然草』全卷總序，表達了作者的深刻意念。「徒然之時」，解釋為「無所適從」是不夠的。這裡意味著，作者主張要保持閒靜清澄的心境以及要有主觀的自由時間。在這種狀態中，去思索，去寫作。寫作中的思索，靈感會再生不竭。因此，作者的眼睛和心靈就會清澈亮潔，就會產生「非同小可的興致」。這就是作者所內涵的「心高亮潔」。『徒然草』雖然受到『枕草子』、『方丈記』的一些影響。但是，作者筆鋒下的意念卻主張自由，這點，與先行兩作有所不同。兼好的「自由」，即不受宮廷的束縛，又不拘泥於佛教意識，衹是用文字來表達自己的所見所聞和感受。可謂恰如其分的「隨想」。正因為如此，作品所具有的批判精神為隨筆的價值所在。作者所說「無所適從」，衹不過是一種謙遜和反意的表達方式，是說「時時所想或感受」。這才是『徒然草』「無所適從」的真意所在。

選節2

第十一段　神無月のころ

[1]神無月(かみむづき)のころ、[2]栗栖野(くるすの)といふ所を過ぎて、ある山里に尋ね入(い)ることは[3]べりしに、はるかなる苔(こけ)の細道を踏(ふ)み分けて、心細く[4]住みなしたる庵(いほり)あり。木(こ)の葉にうづもるる[5]懸樋(かけひ)のしづくならでは、[6]つゆ[7]おとなふものなし。[8]閼伽棚(あかだな)に菊・もみじなど[9]折り散らしたる、さすがに住む人のあればなるべし。

かくても[10]あられけるよと、[11]あはれに見るほどにかなたの庭に大きなる柑子(かんじ)の木の、枝もたわわになりたるが周りを[12]きびしく囲ひたりしこそ、少しことさめて、この木[13]なからましかばとおぼえしか。

＊1　陰曆十月。

＊2　現京都市山科區的某一地名。

＊3　「あり」的丁甯語。「し」，表示過去時態的助動詞，基本形是「き」。

＊4　「たる」，表示過去時態的助動詞，基本形是「たり」。這裡為存續用法，相當於現代文的「～ている」。

＊5　用於引水的竹筒水道。

＊6　副詞。後文與否定語呼應。相當於「少しも～ない」。

＊7　這裡表達「無聲」，「無人來訪」兩意。

＊8　置放供佛的水或花的架子。

＊9　「たり」同4。

＊10　「れ」，可能助動詞，基本形是「る」。現代文譯為「～ことができる・～れる」。「ける」，過去時態助動詞，基本形「けり」。

這裡是詠歎用法，譯為「～だなあ」。

＊11　作者兼好離開俗世後，看到山裡的閒居表示感慨。

＊12　係助詞「こそ」與句尾動詞的已然形呼應，表示強調文意。句尾的「しか」和「こそ」呼應，是過去助動詞「き」的已然形。
＊13　與事實相反的假設表現。這裡意為「如果沒有這顆橘樹～」。

【譯文】

第十一段　舊曆十月的一天

大概陰曆十月的一日，路過叫「栗棲野」的地方，去訪問山裡人。值此，踏著佈滿青苔的小路。這裡有座茅屋草庵。被落葉埋著的竹筒，傳來恬靜的水滴聲。除此之外，既無他聲又無人訪。閼伽棚上散落著菊枝和紅葉，竟然還有人住在這裡。

能有如此閒居闊靜之處，令人神往。展視望去，院中有棵巨大柑樹，樹枝彎彎，果實累累。然而，樹的周圍，卻圍著嚴嚴實實的柵欄。委實遺憾，如果沒有這棵樹呢？

這段文章表達了作者對理想住居的感慨與失望。

作者訪問山裡人，他看到一座遠離俗世，閒靜的廬屋，認為是一所理想的住所。然而，當他發現院裡一棵果實累累的柑樹被柵欄嚴實地圍著，頓時又感到失望。

住在栗棲野的人也許是作者的朋友。兼好對這所住居感到十分理想。遠離俗世而閒靜的住居，正合中世隱士的心願。當然也是兼好的最理想住居。

作者用反實假設的手法表達心情。文中最後寫到，在這理想的住居環境中，有一點卻不盡如意。「如無這棵樹。」之後，省略了「就好了」。意為「如果沒有這棵柑樹，那才是理想的最佳住居。（遺憾呀遺憾）」

句型「…ましかば…まし」，表示「反實假設」，即，假設與事實相反的想像，相當於現代日語句型的「もし…だったら…だろうに」（如果…的話就好了），是一種心情的表達方式。作者看到果實累累的柑樹被柵欄嚴實地圍起來，無論

如何讓人感到，生怕橘柑被人拿走。在兼好看來，樹的主人雖是棄塵之人，卻仍然沒有捨棄「私欲」。兼好對住居充滿理想的同時，卻又因住居主人的私欲之舉而遭到理想的破滅。

選節3

第三二段　九月二十日ころ

九月二十日(ながつきはつか)のころ、ある人にさそはれたてまつりて、明(あ)くるまで[1]月見ありくことはべりしに、[2]おぼしいづる所ありて、[3]案内(あない)せさせて入(い)りたまひぬ。荒れたる庭の露しげきに、[4]わざとならぬにほひ、しめやかにうちかをりて、[5]しのびたるけはひ、いと[6]ものあはれなり。

[7]よきほどにていでたまひぬれど、なほことざまの[8]優(いう)におぼえて、物のかくれよりしばし見ゐたるに、[9]妻戸(つまど)を[10]いま少し押しあけて、月見る気色(けしき)なり。[11]やがて[12]かけこもらましかば、[13]くちをしからまし。あとまで見る人ありとは、いかでか知らん。かやうのことは、ただ[14]朝夕(あさゆふ)の心づかひによるべし。その人、ほどなく失(う)せにけりと聞きはべりし。

＊1　外出賞月。「ありく」，四段動詞，意為「あちこち動き回る」。
＊2　想起來～。相當於現代文的「お思いだしになる」。下二段動詞「おぼしいづ」的連體形，「思ひいづ」的敬語體。
＊3　吩咐（侍從）聯繫，安排。「案内せ」，「サ變」動詞「案内す」的未然形。「させ」，使役助動詞「さす」的連用形。
＊4　無意。「わざと」，「とくに・わざわざ」之意的副詞。「なら」，斷定助動詞「なり」的未然形。
＊5　遠離塵世。隱居。四段動詞「しのぶ」的連用形＋存續表現的助動詞「たり」的連用形。
＊6　說不盡的情趣。難以表達的情趣。
＊7　時間上的恰到好處。

＊8　無盡之優雅。十分優雅。
＊9　平安時代貴族宮邸結構。宮邸四角的「角門」。
＊10　副詞。「さらに」、「もう」。
＊11　副詞。（送走客人後）立刻～。
＊12　如（立刻回身）上緊門閂。
＊13　遺憾。可惜。
＊14　素日習慣。教養。

【譯文】

第三十二段　陰曆九月二十日

陰曆九月二十日，應某人之約，與其外出徹夜賞月。途中，此人忽有所思，欲訪友人之家，即請隨從轉告前往。庭院荒蕪，灑滿露水，自然飄來陣陣清香，如此（遠離塵世）幽香之中，閒靜之居，情趣無盡，令人感慨致深。

恰到適時，此人告辭。身在暗處一望，眼前情景尤為雅潔：女主人送客後，稍敞旁門，悉心賞月。若送走客人立即關門上栓，則會是件憾事。女主人非知此舉會有人看到。她自然所為，完全出於素日之教養。自此不久，即聞其離世。

在這段文章中，作者表達了嚮往王朝之「優雅」的心情。

秋末，在一個月亮很美的夜晚，貴人漫步賞月之際，來到一婦人家。這家並非豪宅，不如說，庭院一派荒蕪，遠離塵世。然而，庭院裡飄著陣陣清香。這清香並非專為客人所備。「荒蕪的庭院：靜靜的周圍」。這是兼好最中意的所謂「優雅世界」。即，閒靜而安逸，古樸而自然之情趣——考究的王朝貴族之情趣。當我們讀到這一段時，會沉浸在王朝物語的意境之中。

作者甯立在靜謐的庭院，神怡意境之中，加之被主人的高雅之舉所吸引。久久望她，「貴人」與「優雅」的精神是如此融洽。這優雅之人送客後，沒有匆匆回到屋裡，卻以安閒賞月來目送客人。這難道不是人情所在嗎?在她自然的舉動中，表現出優雅的品質和善待人意的柔情。深受感動的作者寫道，「這樣的舉止完全在於平日之心跡」，心境深邃的品格才是令人嚮往的。此段的結句含有作者的深意。

選節4

第五二段　仁和寺にある法師

仁和寺（*1にんなじ）にある法師、年寄るまで、石清水（*2いはしみづ）を拝まざりければ、心うく（*3）おぼえて、ある時思ひ立ちて、ただひとり、徒歩（かち）より詣（まう）でけり。極楽寺（*4ごくらくじ）・高良（かうら）などを拝みて、かばかり（*5）と心得て帰りにけり。さて、かたへ（*6）の人にあひて、「年ごろ思ひつること、果たしはべりぬ。聞きしにも過ぎて、たふとくこそおはしけれ。そも（*7）、参りたる人ごとに山へ登りしは、何事かありけん、ゆかしかりしかど、神へ参るこそ本意（ほい）なれと思ひて、山までは見ず。」とぞ言ひける。

少しのことにも、先達（*8せんだつ）はあらまほしき（*9）ことなり。

＊1　「仁和寺にある法師」的「ある」為現代文的「いる」。「仁和寺」在京都市右京區禦室，是真言宗禦室派本山。

＊2　石清水八幡宮。在京都府八幡市男山。

＊3　心につらく思われる。情けない。辛い。悲しい。

＊4　石清水八幡宮的下屬寺社。前者是寺院，後者是神社。兩者鄰接，均位於男山。

＊5　これだけ。副詞。
＊6　「かたへ」，(僧侶) 同僚。
＊7　それにしても。接續詞。
＊8　指導。內行。
＊9　「ラ變」動詞「あり」的未然形＋希望助動詞「まほし」的連體形。ありがたい。あってほしい。あることが願わしい。

【譯文】

第五十二段　仁和寺法師

仁和寺有位已有年歲的法師，至今還沒參拜過石清水八幡宮。對此他感到是件憾事。一天，他單獨徒步去參拜。他參拜完極樂寺、高良神社後，以為「石清水八幡宮」的參拜就此完成，便返入歸程。他逢人(同僚)便說，「我多年的夙願終於實現。那神社比聽說的更是尊貴。不過，那些參拜的人盡往山上走，什麼事呀?我也想去，可是參拜神社是我的本意。所以，我沒上山。」

即使是小事，也應聽取先行指教。

「即使是小事，也應該聽取先行者指教」。這段的結尾文是兼好表達的要點。雖是批判，但能使人輕鬆地去接受。這段故事，兼好也自認為「有趣」。這也許是他寫作此段的意圖。兼好認為小事也可汲取教訓，這也是兼好的一個附加感想。

我們还要去理解文中的詼諧。老法師因為自己一次也沒去參拜石清水神社而感到憂慮。於是獨自一人去參拜。然而，卻以失敗告終。當然這樣的結局他事前一無所知。他要為實現自己的夙願，參拜「八幡宮」，法師滿足而歸。沒想到，他參拜的卻是末社。此話就此沒有打住，而又去和眾僧大談感受。使讀者啼笑皆非。

末社祇不過是本社的附屬。老法師再不懂事理，他所說「看到的比聽說的還尊貴」和「本意」並非一致。但是，自己的所見所聞講得津津是道，這也可以說是一種人情。話說得越來越超出邊際，卻沒有發現自己決定性的失誤，反而得意洋洋。更有甚者，法師還指畫別人的長短，試圖鼓吹自己的認真。然而，作者把他的得意用「未及見山」一語，將這滑稽可笑刻畫到頂峰的程度。法師的心理描寫惟妙惟肖，詼諧的筆韵層次更勝一籌。

選節5

第百三七段　花は盛りに

花は盛りに、[*1]月はくまなきをのみ見るものかは。雨に向かひて月を恋ひ、これこめて[*2]春のゆくへ知らぬも、なほ[*3]あはれに[*4]情(なさ)け深(ふか)し。咲きぬべきほどのこずゑ、散りしをれたる庭などこそ[*5]見どころ多けれ。歌の[*6]詞書(ことばがき)にも、「[*7]花見にまかれりけるに、[*8]早く散り過ぎにければ」とも、「[*9]さはることありてまからで」なども書けるは、「花を見て」と言へるに劣(おと)れることかは。花の散り、月のかたぶくを慕(した)ふならひは[*10]さることなれど、ことにかたくなる人ぞ、「この枝、かの枝散りにけり。今は見どころなし。」などは言ふめる。（中略）

[*11]望月(もちづき)のくまなきを千里(ちさと)のほかまでながめたるよりも、暁(あかつき)近くなりて待ちいでたるが、[*12]いと心深う、青みたるやうにて、深き山の杉のこずゑに見えたる、木(こ)の間(ま)の影(かげ)、うちしぐれたるむら雲隠(くもがく)れのほど、またなくあはれなり。[*13]椎柴(しひしば)・白樫(しらかし)などのぬれたるやうなる葉の上にきらめきたるこそ、身にしみて、心あらん[*14]友もがなと、都恋しうおぼゆれ。

すべて、月・花をば、さのみ目にて見るものかは。春は家を立ち去らでも、月の夜は閨(ねや)の内ながらも思へるこそ、いとたのもしう、をかしけれ。[*15]よき人は、[*16]ひとへに[*17]好(す)けるさまにも見えず、興(きよう)ずるさまもなほざりなり。片田舎(かたゐなか)の人こそ、[*18]色濃くよろづは[*19]もて興(きよう)ずれ。花のもとには、[*20]ねぢ寄り立ち寄り、あからめもせず[*21]まもりて、酒飲み、連歌[*22]して、はては、大きなる枝、心なく[*23]折り取りぬ。泉には手・足さし浸して、雪にはおり立ちて跡つけなど、よろづの物、よそながら[*24]見ることなし。

*1　月光普照大地。「くまなし」，1陰がない。雲りがない。2何事にも通じている。何でも知っている。
*2　暮春到來。春が暮れ（桜が散っ）ていくのを。
*3　感慨致深。しみじみとして。
*4　情趣致深。
*5　欣賞價值。值得欣賞。
*6　和歌的前書。創作和歌時的動機前書。
*7　参りましたが。「まかれ」，四段動詞「まかる」（「行く」「来」的謙讓語）的命令（已然）形。「り」，完了助動詞的連用形。
「に」，表達逆接確定條件的接續助詞。
*8　「とっくに」。「もう」。副詞。
*9　「差支えること」。「差支え」。「障る」。
*10　「もっともなこと」。「さる」，「然ある」的略寫形，連體形。
*11　滿月。圓月。陰曆十五的月亮。
*12　非常。
*13　椎樹。
*14　友があったらなあ。終助詞「もがな」「もがも」「もが」，表示包含詠歎的希望。
*15　身份，教養高的人。
*16　「むやみに」。「いちずに」。副詞。

＊17　好みにふけっている様子。風流心を持っている様子。「好け」，四段動詞「好く」的命令（已然）形，意為「風流心を持つ」。
＊18　名詞＋形容詞。しつこく。濃厚に。
＊19　おもしろがる。もてはやす。「もて」，接頭語。
＊20　（為靠近而）擠來擠去。
＊21　凝視。定睛觀望。
＊22　和歌的一種形式。一首和歌分上句和下句，分別由兩人輪誦。
＊23　不加思索。
＊24　副詞。それとなく。離れて。

【譯文】

第一百三十七段　花開時節

櫻花盛開，明月當空才值得去欣賞嗎？渴望雨中之月，垂簾居室而不覺花落春去依然情趣致深。花蕾滿枝，落花鋪滿庭院也多有欣賞之處。和歌之序詞中寫有，「前去賞花花卻落」，「因故而未能賞花」等，比起「賞花」之說未必不好。繁花凋落，月亮西斜，此謂憾事固然在理。尤其不明情趣之人卻總說，「這枝那枝，花落空空，無有所看。」（中略）

比起眺望千里星空之皎潔明月，焦盼等待臨晨月容出現更富有情趣。朦朧的月光穿過杉樹枝葉，樹木林間，月容時而躲進陣雨積雲之中，景致無窮。月光灑在托著露水的椎樹、白樫等植物葉片上，閃射著瀅瀅亮光，沁人心脾。如有情趣道合之友，實為幸事，他所在的那都城，不禁讓人深深懷念。

月和花，僅是用眼來欣賞嗎？春天到來，不出家門，圓月之夜，閉居室中，盡情想像月花情景，氣氛更濃，景致更佳。頗有教養之人好事不沉溺而淡泊處之。而鄉下粗人諸事樂求盡興。例如，花下擁來擠去，看上沒完沒夠；又是飲酒，又是輪誦連歌，臨走時暢心折根大花枝帶走；夏天避暑，把手腳侵入清泉，冬天見雪，上去踩個腳印。諸如此舉，均無所顧忌。

作者提出新的審美意識和美之情趣。

此段無論內容還是文章都十分精彩。我們在瞭解兼好的思想及他的趣向觀上，此段至關重要。首先要重視開場文使用的反問表現。對盛開的櫻花和圓月之美，古往今來，多少文人墨客以詩文讚頌。對此，作者在予以充分肯定之上，又有新的提倡，那就是對花蕾，落花之美的情趣。還有，隱雲之月的美。一般來說，任何事無非是「始終才重要」。在其趣向觀上，從事物的始終所具有的不完全，不完美中去尋味美。不完全的東西亦即完全。要去如此預想。凋落的曾有過盛榮，去想像它的最盛期，以此試圖認識其中的情趣，這種心理的傾向比起現實更要優先想像。這也可稱為是一種浪漫。

第二段落十五的明月……，實為清新的表達，印象極深的描寫。這裡蘊含著作者敏捷的觀察和思考。

第三段落，作者涉及到觀賞觀。即，美的觀賞法，情趣的體驗法。「貴人」觀賞自然景物時，以爽快的態度，相間一步去觀賞。而「鄉里人」卻萬事草草而行，不會「相間觀賞」。這一主張說到底是「無常觀」。去感覺事物始與終的情趣，主張觀察事物要相隔一定距離。也就是說，世上的所有事物都非一成不變，事物的變化才是真實所在。兼好正因具有無常觀的思想，才能超越他所嚮往的王朝貴族之趣向，才能構築一個深邃的，嶄新的美的世界。

選節6

第百四二段　心なしと見ゆる者も

心なし[*1]と見ゆる者も、よき一言(ひとこと)言ふものなり。ある荒夷(あらえびす)[*2]の恐ろしげなるが、かたへ[*3]にあひて、「御子(おこ)はおはすや。」と問ひしに、「ひとりも持ちはべらず。」と答へしかば、「さては、もののあはれ[4]は知りたまはじ。情(なさ)けなき御心(みこころ)にぞものしたまふらんと、いと恐ろし。子ゆゑ[5]にこそ、よろづのあはれは思ひ知らるれ[6]。」と言ひたりし、さもありぬ[7]べきことなり。恩愛(おんあい)[8]の道ならでは、かかる[9]者の心に慈悲ありなんや。孝養(けうやう)[10]の心なき者も、子持ちてこそ、親の志(こころざし)は思ひ知るなれ。

世を捨てたる人の、よろづにするすみ[11]なるが、なべて[12]ほだし[13]多かる人の、よろづにへつらひ望み深きを見て、むげに思ひくたす[14]は僻事(ひがこと)なり。その人の心になりて思へば、まことに、かなしからん親のため、妻子(さいし)のためには、恥をも忘れ、盗みもしつべき[15]ことなり。されば[16]、盗人(ぬすびと)を縛(いまし)め、僻事をのみ罪せん[17]よりは、世の人の飢(う)ゑず、寒からぬやうに、世をば行はまほしきなり[18]。人、恒(つね)[19]の産(さん)なき時は、恒の心(こころ)[20]なし。人、窮(きは)まりて盗みす。世治(よをさ)まらずして、凍餒(とうたい)[21]の苦しみあらば、とがの者絶ゆべからず。人を苦しめ、法を犯さしめて、それを罪[22]なはんこと、不便(ふびん)[23]のわざなり。

さて[24]、いかが[25]して人を恵む[26]べきとならば、上(かみ)の奢(おご)り費やすところをやめ、民(たみ)を撫(な)で農を勧(すす)めば、下(しも)[27]に利あらんこと、疑ひあるべからず。衣食尋常(よのつね)なる上に、僻事せん人をぞ、まことの盗人(ぬすびと)とは言ふべき。

＊1　形容詞。1思いやりがない。無情だ。2思慮がない。無分別だ。3情趣を解する心がない。教養がない。趣がない。

＊2　荒武者(あらむしゃ)。粗魯的鄉下人。多指城裡人對「東國人」的蔑稱。

＊3　對自己周圍的人。旁邊的人。

＊4　對某事物所激起的感慨之情。

＊5　正因有了子女才～。

＊6　(自然)懂得。「るれ」，自發助動詞「る」的已然形，和係助詞「こそ」為呼應尾句。

＊7　いかにもあるにちがいない。まことにもっともな。「さも」，副词。「ぬ」，表示強意助動詞的終止形。「べき」，強意助動詞

「べし」的連體形。「ぬべき」，相當於現代文的「きっと~にちがいない」。

＊8　指母子之情。「恩愛（おんあい）」，最先為佛教用語，指父母兒女、夫妻、姐弟兄妹之情。

＊9　このような者。こんな（荒くれ）者。「荒夷」を指す。

＊10　兒女對父母的孝敬。

＊11　名詞。指既無親屬有無財產。一無所有。

＊12　副詞。一般に。総じて。すべて。

＊13　足手まといになる妻子や親・兄弟・姉妹。係類。

＊14　蔑視。瞧不起。

＊15　しかねない。「つ」，表示強意助動詞的終止形。「べき」，推量助動詞「べし」的連體形。現代文譯為「きっとするにちがいない」。

＊16　接续词。そうであるから。だから。

＊17　罰するよりは。「ん」，婉轉表現的助動詞。

＊18　天下を。国政を。政治を。

＊19　一定的財產，資產。固定的職業。

＊20　一定不變的道義心。一定的良心。『孟子』「梁惠王上」「無恆產而有恆心者，惟士為能。若民則無恆產因無恒心。苟無恒心，放辟邪侈，無不為及，及陷於罪。然後從而刑之，是網民也。」

＊21　饑寒之苦。

＊22　処罰するのは。「罪なは」，四段動詞「罪なふ」的未然形。「ん」，婉言及假定表現的助動詞。

＊23　かわいそうなこと。

＊24　それでは。接續詞。

＊25 どのようにして。どのようにしたら。
＊26 人民に恵みを与えることができるかということ。「べき」，可能意志表現的助動詞「べし」的連體形。「なら」，斷定助動詞「なり」的未然形。
＊27 下々の人民に利益が及ぶだろうことは。下々の人民が利益を受けるだろうことは。

【譯文】

第一百四十二段　粗魯之人

似乎粗魯之人，有時也會道出佳言。有位粗魯之人，看上去令人生畏。他向身旁人問道，「你可有兒女？」。「一個也沒有。」對方答。於是，他說，「那，你是不會知道人之常情的。不懂人情實為可畏。有兒女，才始知天下之情。」此話確實有理。無恩愛之道，怎會有慈悲之心？無孝心之人，生兒育女才懂父母之情。

棄世離俗之人，無係累牽掛。蔑視拖家口之人，人前低下，欲望無盡。此未必是妥。若以當事者看，完全為父母妻子所為，故忘恥辱，做盜賊。僅捕盜懲惡，不如滅除人間饑寒，治理天下。人，無恆產則無恒心，人窮則盜。世不獲治則有凍餒之苦，罪人不絕。受苦之人，使其犯法，卻治其罪，實為悲憐之事。

如何施惠與人？上要禁奢侈，講勤儉，撫民勸農。下要受利而無疑慮。衣食富足而再行惡事，可謂真正盜人。

這段文章表達了作者主張的「恩愛之道」。

被當作「粗魯」之人的一句話，展開了對社會的批判。所謂「粗魯之人（荒夷）」，是指東國的荒武者。當時的城里人完全把他們看作是怪人，是蔑視的對象。荒夷說，有了孩子才能懂得真正的人之常情。這句話，深深打動了作者。「恩愛之情」（母子情），僅是具備一種本能的東西才最強。懷著蔑視的心理，面對即無知有無教養的荒夷，作者卻從對方那裡受益匪淺。即，恩愛之情，含有從慈悲昇華到至高無上的精神。自古以來，根據佛法，恩愛之情是開悟的阻物，兼好不拘泥于此，自由地去觀察，去思考。常說要解脫煩惱，而在另一面，肯定那些被煩惱束縛的人，批判一部分出家遁世之人的觀念偏見。兼好的思考更廣，更深，更具有人情味。

本段的後半部是根據孟子的思想，對製作罪人的惡政加以批判。雖沒跨出儒教思想的範疇，但強調有妻兒的人不可拋棄親情的常人之理，僅如此立論足以說明具有一定的現實意義。

選節7

第二百三十六段　上人の感涙

[*1]丹波に[*2]出雲といふ所あり。[*3]大社を移して、めでたく造れり。しだの[*4]なにがしとかやしる所なれば、秋のころ、聖海上人、そのほかも、人あまた誘ひて、「[*5]いざ給へ、出雲拝みに。かいもちひ[*6]召させん。」とて、[*7]具しもて行きたるに、おのおの拝みて、[*8]ゆゆしく信起こしたり。

御前なる獅子・狛犬、背きて後ろさまに立ちたりければ、上人いみじく感じて、「あなめでたや。この獅子の立ちやう、いと珍し。深きゆゑあらん。」と涙ぐみて、「[*9]いかに殿ばら、[*10]殊勝のことは、[*11]御覧じとがめずや。[*12]無下なり。」といへば、おのおのあやしみて、「まことに他にことなりけり。」「都のつとに語らん。」などいふに、上人なほ[*13]ゆかしがりて、おとなしく[*14]物知りぬべき顔したる神官を呼びて、「この御社の獅子の立てられやう、定めて[*15]習ひあることに侍らん。ちと承らばや。」といはれければ、「そのことに候ふ。[*16]さがなき童べどものつかまつりける、奇怪に候ふことなり。」とて、さし寄りて、すゑなほして往にければ、上人の感涙[*17]いたづらになりにけり。

＊1　現京都府中部和兵庫縣東北部地方。

＊2　文中指現京都府龜岡市的地名。

＊3　將島根縣出雲大社的神靈分移此地。

＊4　なんとかいう人。

＊5　さあいらっしゃい。招呼人光臨的固定用語。

＊6　ごちそうしましょう。「召さ」，四段動詞「召す」的未然形，「食ふ」的敬語。「せ」，使役助動詞「す」的未然形。「ん」，意志表現助動詞「ん（む）」的終止形。

＊7　連れて行ったが。「具し」，「サ變」動詞「具す」的連用形。「もて」，接續和強意表現的接頭語。

＊8　形容詞「ゆゆし」的連用性。

＊9　なんと皆さん。「ばら」，付在人稱名詞之後，表示複數的結尾語。

＊10　特に素晴らしいこと。

＊11　お目にとまりませんか。「御覧じ」，「サ變」動詞「御覧ず」的連用形。「とがめ」，下二段動詞「とがむ」的未然形。「ず」，否定助動詞的終止形。「や」，疑問係助詞。

＊12　あまりにひどい。情けない。

＊13　知りたがり。四段活用動詞「ゆかしがる」的連用形。

＊14　きっと分かっていそうな。「ぬ」，強意表現助動詞的終止形。「べき」，推量助動詞「べし」的連體形。

＊15　いわれ。いきたり。言い伝えられてきた由来。由動詞「ならふ」的連用形轉變而來的名詞。

＊16　たちの悪い。よくない。いたずらな。形容詞「性(さが)なし」的連體形。「性」，指天生的性格、性質。

＊17　無駄に。形容動詞「いたづらなり」的連用形。

【譯文】

第二百三十六段　上人的感動淚水

丹波國有一地謂出雲。出雲大社之神靈分移此地，神社殿堂建造宏偉壯麗。神社建在名叫志太的領地。秋季時節，此人約聖海上人等眾人說，「誠請光臨參拜，還敬豆糕款待。」眾人成行，一一虔誠仰拜。殿前置有獅子、獅狗，背對相立。上人見此忙說，「這可精彩，獅狗如此立法，實為珍奇，必有深意。」上人感動至深，淚水瀅瀅。又號召道，「諸位，不去欣賞這殊勝之物，會是莫大憾事。」眾人見此，個個費解其意，「真是非同他處呀。」「定要歸告城裡人。」此時，上人更想知其根底，叫一似通曉諸事的神官，問道，「貴神殿前這雙獅狗置法必有說道，能授予我聽？」「原來如此。是何等頑童所為，恕非禮。」神官說著，隨手將獅狗擺回原位，揚手而去。上人感淚徒勞一場。

上人的感動淚水白流一場。

聖海上人去參拜出雲神社。他看到背對相立的獅子和獅子狗，便含淚感慨，激動致深。他以為祇有自己才能發現奇跡，為自己的眼力而感到自豪。於是，他號召別人來觀察。其他人也都提起興趣，說要把這見聞帶回去講給家人聽。因此，上人愈加想知底細，去問神官。然而，神官卻說，這是小孩們調皮，擺成這樣。說著，立刻將一對獅狗面對面擺回原位。上人對獅狗的站相不斷升級的疑問和神官的說明及舉動，成詼諧的對照。上人的眼淚被捉弄。兼好這句淡淡的表達作為結文，值得落目。

◉『徒然草』概要

『徒然草』是鎌倉時代隨筆文學作品。全篇由二百四十三章段構成。作品創作年代不詳。甚至不明作品名稱是否是作者所定。關於作品的創作年代，一說執筆于元德二年（一三三〇）十一月到元弘元年（一三三一）秋的一年間。序段至二十四段為著者在俗期間撰寫。時經十餘年後，又於元德二年秋開始花了一年時間完成寫作。而右記內容至今沒有定論。但，元德二年秋季至翌年期間完成該書主要部分之說基本無異議。

作者吉田兼好出生神祇名家，父親治部少輔卜部兼顯，兄為天臺大僧正慈遍。兼好法師往往被人們認為是著名隨筆家，思想家。但他更以著名歌人而著稱。他曾師事二條為時學習和歌。當時，兼好、阿頓、淨辯、能譽被稱為和歌四大天王。

有關內容，作品中可看出具有虛構交織的王朝物語風格。作者真摯求道，憧憬王朝，在懷古中繼承了傳統美，充分反映出中世歌人的意識。他通過散文形式，在獨特的批判精神的基礎上，以寬闊的視野觀察人和事物。換句話說，作者具有豐富的知識和敏捷的思維，以此如饑似渴地去探究人的精神及其趣向。整個作品內容豐富多彩，涉及到社會、歷史、政治、文學、美學、人生等多方領域。

◉『徒然草』的研究

有關作品評價和本質的研究。室町時期的歌論集及連歌論書中業有對『徒然草』的美意識和歌學知識方面的評價。江戶時期的注釋書籍評價為儒老佛兼備的文學作品。秦宗巴『徒然草抄（壽命院抄）』（慶長九年（一六〇四）刊）首卷概說中指出，1兼備儒釋道三家。2模仿『枕草子』，多有『源氏物語』用語。3以老佛為根本，觀無常，離名聞，一心勸悅無為，玩風景，通曉物情。昭和時期，石田吉貞『中世草庵文學』（河出書房　昭16）、『隱者文學—苦悶之美』（塙書房　昭43）兩書提出，要注重隨筆文學的本質——自由式和藝術性，把徒然草看作草庵生活的內在性紀錄，在探求人生的真實生活方面，主要特點體現在修道、隱遁、清貧、閑寂、風雅、懷思之意念。小西甚一『日本文藝史Ⅲ』（講談社　昭61）對徒然草文體進行評價並指出，中唐期的韓愈、柳宗元創始的新文體，由北宋中期的歐陽修予以復興。這種文體具有論理構築之美。而徒然草真正具有如此特點。支那隨筆以知識性趣味為主體，而徒然草也具有同一性質。還有，在和宋代哲學特點的佛教、老莊思想的關係上，徒然草同樣也試圖在儒學方面去發現統一性的「理」。作者總括了各方知識以及經驗，形成了具有整體性「理」（人生智理）。即，確立「道」的理念正是徒然草的魅力所在。

有關無常觀和人生觀的研究。徒然草的「無常觀」是重要主題。山田恭道「無常觀」（日本佛教學會編『佛教與文學藝術』平樂寺書店 昭48所收）指出，漢譯佛典對「原語未詳」的「無常觀」解釋說，觀世相無常，意為觀法之一。「所謂無常的看法」，即，「無常觀」一語作為世界觀和存在觀，至今依然使用。

視點和認識的研究。桑原博史『徒然草研究敘說』（明治書院 昭51）的「徒然草的兩區」提出，「具有素材的會話區和執筆區，要分別考慮這兩種不同次元的性質」，有必要將此作為一個論題進行深討。

展望與課題有，研究徒然草，應該如何選擇原文；『徒然草』創作年代的確立以及過程；徒然草在近代文化上所具有的意義；『徒然草』在中世文學史上如何予以定位（世阿彌的能和藝術的比較）。

四　軍記物語　平家物語

1軍記物語的誕生

新古今集美好的世界在社會的現實中逐漸達到爐火純真的境地，形成了詩一般的，獨特的藝術領域。宮廷的歌人們一轉常態，開始正面收集歷史的亂世題材進行寫作。由此，最初的作品是『保元物語』、『平治物語』，之後是『平家物語』。於是，在文學領域中形成了「軍記物語」。平安朝也曾出現過『將門記』、『陸奥話記』等軍記故事。但是，進入中世時代而創作的軍記物語作為歷史的借鑒和文學，可謂文學藝術的結晶。可以說，軍記物語從古代走向中世經過了時代的磨煉，也經過了巨大的變革時期。

2平家物語

『平家物語』是部長篇軍記物語小說。描寫了在動蕩的歷史時代中，平氏一族的興衰。該作品從平忠盛出人頭地，其子平清盛榮華橫暴起筆，有描寫木曾義仲入京，平氏敗北，一谷、屋島、壇浦合戰等故事，最後以平氏一族滅亡西海為故事終結。特別是故事中出現的主要歷史人物平清盛和木曾義仲均被描寫得惟妙惟肖。『平家物語』在作品造型

軍記物語作品一覧

時代	作品	素材	特點
平安	將門記（約九四〇）	將門之亂	＊地方合戰紀錄 ＊用漢文體撰作
	陸奥話記（約一〇六三）	前九年之役	＊與當時宮廷文學風格不同
鎌倉	保元物語（一二二〇）	保元之亂	＊以紀錄文學的形式、描寫武將人物 ＊用和漢混交文體撰寫、鋼勁有力
	平治物語（一二二〇）	平治之亂	
	平家物語（約一二四二）	源平爭亂	＊充分反映歷史的動蕩 ＊日本敘事詩式文學的最高峰 ＊以平曲廣為人知
	源平盛衰記（約一二四八）	源平爭亂	＊平家物語異本、敘述詳細但缺乏迫力
	太平記（約一三七一）	南北朝之亂	＊以文學形式對「亂」的再現 ＊紀錄、報導文部分描寫尤其精彩
	曾我物語（約一三八八）	曾我兄弟討敵	＊主要描寫主人公英雄形象
室町	義經記（約一四二〇）	源義經傳說	＊對近世的淨琉璃、歌舞伎影響很大

上，也體現出惡僧們對權威和傳統的破壞。他們主張，「軍之討伐，不分親屬家眷。面對死亡，就要決一死戰。」如此觀念尤其體現了團體意識。這種意識的體現可謂平家物語的獨特之處。

『平家物語』的雛形大約在承久二（一二二〇）年左右。作者被推斷為信濃前司行長。故事由琵琶法師以「平曲」的形式在各地巡迴說唱。作為「口誦藝術」廣為人知。在此基礎上，根據故事情節的流傳以及聽眾的需求，內容不斷得到補充加工。作品用「和漢混交文體」撰成，一些章節根據場面使用方言口語的表達方式，使讀者感到親見其人。作品描寫場面宏偉，內容豐富。故事整體的統一性為作品創作的成功之最。

『平家物語』的思想以無常観為基調，是「軍記物語」的傑作。琵琶說書被稱為「平曲」，流傳甚廣。說唱原平家的過程中，故事情節逐漸擴大，最後整理有十二卷（加之灌頂卷為十三卷）。該書記述了，繼藤原氏族之後，平家一門到達榮華頂峰的興衰史。即，表述了歷史的變遷。該故事將佛教無常觀作為思想主線，以編年體形式（明確記載年月，按歷史事件順序記述）陳述歷史，並提出歷史的重要人物進行描述。描寫合戰部分使用「和漢混交文」，敘述愛情部分使用和文。作品整體無論構成還是表現形式以及文體均變化無窮，是一部敘事詩的宏圖，對後時代的文學給與極大影響。

『平家物語』選節1

祇園精舎（巻第一）

[1]祇園精舎の鐘の声、[2]諸行無常の響きあり。[3]娑羅双樹の花の色、盛者必衰のことわりをあらはす。おごれる人も久しからず、[4]ただ[5]春の夜の夢のごとし。[6]たけき者もつひには滅びぬ、[7]ひとへに風の前の塵に同じ。遠く[8]異朝をとぶらへば、[9]秦の趙高、[10]漢の王莽、[11]梁の朱异、[12]唐の禄山、これらはみな旧主先皇の政にも従はず、楽しみをきはめ、いさめをも[13]思ひ入れず、天下の乱れんことを悟らずして、民間の憂ふるところを知らざつしかば、久しからずして、亡じにし者どもなり。近く本朝をうかがふに、承平の[14]将門、天慶の[15]純友、康和の[16]義親、平治の[17]信頼、これらはおごれる心もたけきことも、皆[18]とりどりにこそありしかども、ま近くは、[19]六波羅の入道前太政大臣平朝臣清盛公と申しし人のありさま、[20]伝へ承るこそ、[21]心もことばも及ばれね。

＊1　祇園精舍，釋迦牟尼的說法寺。病僧臨終時，精舍四隅之鐘自然敲響，示為「諸行無常」，以此使病僧忘記痛苦。「涅槃經」偈文「諸行無常　是生滅法　生滅滅己　寂滅為樂」的第一句。「精舍」意為寺院之意。

＊2　諸行。萬物。過去、現在、未來的一切事物。

＊3　娑羅雙樹。「娑羅」，印度樹名。釋迦入滅時，臥床四周各生有兩棵樹黃色的花變為白色。

＊4　まるで。ちょうど。副詞。

＊5　比喻短暫。

＊6　形容詞。「猛(たけ)し」。勇猛な。勢いが盛んな。

＊7　まったく。ただもう。副词。

＊8　外國。當時的「外國」指中國。與「本朝」為對稱句。

＊9　秦代始皇帝大臣。始皇帝駕崩後，胡亥二世帝時，亂用權勢，後被殺。

＊10　前漢成帝皇后之父。殺害平帝篡奪皇位，國號為「新」。在位十八年。後被殺。

＊11　梁武帝大臣。亂用權勢，企圖滅梁，後自殺。

＊12　唐代玄宗皇帝大臣安祿山。企圖反叛，自稱皇帝，後被殺。

＊13　深く考えて聞き入れようとせず。心にかけず。

＊14　平將門。九三五年，殺害叔父國香，企圖謀反。後敗亡。

＊15　藤原純友。九三九年，和將門勾結起亂，在四國、山陽地方培植勢力。後被滅除。

＊16　源義親。一一〇一年，在出雲國起亂，被滅。

＊17　藤原信賴。一一五九年，和源義朝起平治之亂。被平清盛滅除。

＊18　それぞれに大変なもので。形容動詞「とりどりなり」的連用形。さまざまに様子が違うさまを表す。

＊19　指平清盛。其官邸在京都市東山區六波羅蜜寺附近。「入道」指剃度入佛門而未出家。

＊20　伝え聞いてみると。「承る」是「聞く」的謙讓語。作者表示對清盛的敬意。

＊21　想像力。想像してみること。

【譯文】

祇園精舍（第一卷）

祇園精舍之鐘聲，諸行無常聲聲響。娑羅雙樹之花色，盛者必衰是道理。驕橫奢侈無長久，只屑春夜夢一場。強勇猛士終會滅，如同風頭塵土揚。遠聞異朝，秦代趙高，漢代王莽，梁代朱異，唐代祿山。他們不從舊主先皇統治，享盡榮華富貴，無視忠言良告，非悟天下大亂，不顧民眾之苦，故無長久終衰亡。近觀本朝，承平年間平將門，天慶年間藤原純友，康和年間源義親，平治之亂藤原信賴。他們專橫驕奢，勢力凶強。最終難免滅亡。再看眼前，有稱六波羅入道太政大臣平清盛公，其之所為，比所聞所觀更有甚者，罄竹難書。

這段文章是平家物語的開場白。提出了作品主題，即，「諸行無常，盛者必衰」之理。『平家物語』的原形以「說話」形式來表現，特別對戰亂場面的描寫十分精彩。因此，該作品的開場白以精練佳文而著稱。「諸行無常，盛者必衰」是貫穿整個作品的主題思想。人世間無一成不變之物。作者說，所有一切均在變遷，勢力強大必定會衰亡。但是，從開場白後來的附加文來看，此作品除表現「無常觀」思想外，正如日本現代著名評論家小林秀雄所認為，還要強調作品所具有的敘事詩的特點。

開場白第一節格調十分高雅，素稱與方丈記是珠聯璧合。最初的兩文由五七調旋律組成，格調莊重，十分典雅。下麵來看原文對稱句表現。

① 祇園精舍（ぎおんしょうじゃ）の鐘の声、諸行無常（しょぎょうむじょう）の響（ひび）きあり。
② 沙羅双樹（しゃらさうじゅ）の花の色、盛者必衰（じゃうしゃひっすい）のことわりをあらわす。
③ おごれる人も久しからず、ただ春の夜（よ）の夢のごとし。
④ たけき者もつひには滅びぬ、ひとへに風の前の塵に同じ。

⑤　遠く異朝をとぶらへば、…ま近くは、

⑥　近く本朝をうかがふに、…ま近くは、

①和②文，③和④文各為對稱句，第一對文突出佛教的無常觀，第二對文承前啟後，訴說盛者必亡之理。接著用⑤「遠聞異朝…」⑥「近觀本朝…」的對稱句，作為實例表現。另外，第一組對稱句的前半，第二組對稱句的後半是比喻表現。第三組對稱句的「遠聞」「近觀」到「再看」表達，咄咄逼人，十分精彩。

以對稱句表現諧和的旋律美，以七五調表現的韻律美，又以和漢混交文的文體，使文章簡潔俐落。以此巧妙襯托和展現出無常觀思想的實踐。古往今來，這一思想哲理的表達使讀者深受啟示。

選節2

木曾最期（巻第九）

[*1]今井四郎、[*2]木曾殿、主従二騎になつて、[*3]のたまひけるは、「[*4]日ごろは何ともおぼえぬ鎧がけふは[*5]重うなつたるぞや。」今井四郎申しけるは、「御身もいまだ[*6]疲れさせたまはず。御馬も弱り候はず。[*7]何によつてか、[*8]一両の[*9]御着背長を重うは[*10]おぼしめし候ふべき。それは、御方に御勢が候はねば、[*11]臆病でこそさはおぼしめし候へ。兼平一人候ふとも、余の武者千騎とおぼしめせ。矢七つ八つ候へば、しばらく[*12]防ぎ矢[*13]つかまつらん。あれに見え候ふ、[*14]粟津の松原と申す。あの松の中で[*15]御自害候へ。」とて、打つて行くほどに、また、新手の武者五十騎ばかり出で来たり。「君はあの松原へ[*16]入らせたまへ。兼平はこの敵防ぎ候はん。」と申しければ、木曾殿のたまひけるは、「義仲、都にて[*17]いかにもなるべかりつるが、これまでのがれ来るは、汝と一所で死なんと思ふためなり。ところどころで討たれんよりも、[*18]ひとところでこそ討死をもせめ。」とて、[*19]馬の鼻を並べて駆けむとし

たまへば、今井四郎、馬よりとびおり、主[20]の馬の口に取りついて申しけるは、「弓矢取りは、年ごろ日ごろいかなる高名候へども、最期[21]の時不覚[22]しつれば、長き疵にて候ふなり。御身は疲れさせたまひて候ふ。続く勢は候はず。敵に押し隔てられ、いふかひなき[23]人の郎等に組み落とされさせたまひて、討たれさせたまひなば、『さばかり日本国[24]に聞こえさせたまひつる木曾殿をば、それがしが郎等の討ち奉つたる[25]。』なんど申さん[26]ことこそ口惜しう候へ。ただあの松原へ入らせたまへ。」と申しければ、木曾、「さらば[27]。」とて、粟津[28]の松原へぞ駆けたまふ。

＊1　今井四郎兼平。「木曾殿」乳母之子。兩人為乳兄弟，幼時一起長大。以此結下最忠實的主僕關係。

＊2　源義仲。在木曾（現長野縣西南部）山中長大。也被稱呼為木曾義仲。

＊3　「のたまひ」，「言ふ」的敬語，基本形「のたまふ」。現代語譯為「おっしゃる」。該文是作者對主語人物木曾義仲使用的敬語。

＊4　木曾義仲在木曾舉兵後，將平家追討出京。被譽為「朝日將軍」。後由於他的橫暴行為失去眾心，又被追討軍打敗。這裡是他戰乏後的微弱道白。

＊5　「重う」是「重く」的「ウ音變」。「なつ」是「なり」的促音變。音變多用是平家物語表現的特點之一。

＊6　「させ」，敬語助動詞，基本形「さす」。「たまは」，敬語的補助動詞，基本形「たまふ」。「させ＋たまふ」相當於現代語的「お～になる」。

＊7　「か」表示加強語氣的反語係助詞。現代語譯為「～か（，いや～ない）」。根據係助詞結句規則，「か」在文中使用時，句尾動詞要以連體形結句。這裡的「べき」是結句語，推量助動詞「べし」的連體形。

＊8　對戰裝（盔甲）使用的數量詞。一套（戰裝，盔甲）。

＊9　大將身著的盔甲。

＊10　「おぼしめし」，「思ふ」的敬語，基本形「おぼしめす」。現代語譯為「お思いになる」。

＊11 「こそ」，表示強意的係助詞。「こそ」在文中使用時，句尾動詞要以已然形結句。這裡的「候へ」為結句語，補助動詞「候ふ」的已然形。
＊12 這裡指防衛。今井四郎為保衛木曾，試圖以自身為盾，來拖延時間。
＊13 「つかまつら」，「す」的謙讓語，基本形「つかまつる」，相當於現代語的「いたす」。
＊14 現滋賀縣大津市粟津町一帶的松樹林。
＊15 勸說名譽自決。古代武士被敵方討亡為「不譽」。
＊16 「せ」，敬語助動詞，基本形「す」。「せ＋たまふ」，現代語譯為「お～になる」。
＊17 どのようにもなるはずだった。這裡意為「死ぬはずだった」。
＊18 「こそ～め」是係助詞的呼應關係。「め」，推量助動詞「む」的已然形。這裡是表示意志用法。
＊19 木曾義仲將自己的馬頭和今井四郎的馬頭並列，表示，自己榮譽自決不如和四郎一起去迎戰。
＊20 「馬の口」，馬嚼具。今井四郎靠緊馬頭，以此制止木曾和自己去迎戰，堅持讓他榮譽自決。
＊21 生命的終結。生命的最後時刻。
＊22 由於疏忽而造成的失敗。這裡指「落入敵手而恥辱死去」之意。
＊23 「いふかひなき」，形容詞。基本形「いふかひなし」，現代文譯為「取るに足りない」。
＊24 「聞こえ」，動詞，基本形「聞こゆ」。現代語譯為「評判になる・有名になる」。
＊25 「奉つ」，「奉り」的促音變。「奉り」是謙讓補助動詞，基本形「奉る」。相當於現代文的「～申し上げる」。
＊26 「こそ～候へ」，係助詞的呼應關係。「候へ」，補助動詞「候ふ」的已然形。
＊27 それでは・それならば。這裡無「さようなら」之意。
＊28 「ぞ」，表示強意的係助詞。文中使用「ぞ」時，句尾動詞要以連體形結句。這裡的「たまふ」是結語，是補助動詞「たまふ」的連體形。

【譯文】

木曾的最後時刻（第九卷）

只剩今井四郎、木曾殿主從二騎。木曾說，「平素，這盔甲並不覺什麼，今天為什麼這麼沉。」今井四郎說，「您身體並未疲憊，馬力依然尤存。一身盔甲怎會沉重呢？莫非是因我軍失勢，有些氣餒吧。即使還剩兼平我一人，也會抵得過千騎武士。現還剩七八支箭，足能抵擋一陣。你看那邊，是粟津松林。請您到那裡自決。」今井說完欲策馬前行。這時，又出現新敵五十騎。今井道，「快去松林，兼平護您禦敵。」對此，木曾說，「義仲我本在京城就要決一死戰。如今遁逃此地，要和你共死一處。我倆各方討敵，不如一起戰死。」義仲說著，將自己的馬頭與今井的馬並列，試圖沖向敵陣。今井見此，立刻跳下馬來，靠緊主人的馬頭說，「武士之身，弓箭強手，名聲遠揚。而臨終失態是世代恥辱。您身體已經疲憊，也無後援，如敵軍把我們隔開，死入狼党手中，日後世間眾人會說，堂堂日本豪傑、戰將，竟然死於鼠輩之手，那才是千古遺憾。別猶豫，快去松林。」木曾聽此說，「好。」便策馬向粟津松林馳去。

這段故事描寫了迎來生命終結的主僕之情。

從京城敗下陣的木曾義仲和心腹部下——乳兄弟今井四郎兼平，現在只剩他們兩人。今井鼓勵義仲，勸他榮譽自盡。然而，義仲卻寧可和敵軍同歸於盡。今井四郎為保護主人的聲譽，不可讓他死在無名鼠輩手中，說服他去粟津松林自盡。

故事通過主僕二人的對話，表達了今井四郎對主人的真誠實意。故事前後，今井四郎兼平對木曾義仲說「您身體並未疲憊」。「您已疲憊」。兩次說的截然意思相反。這裡可以分析和體味他當時的兩種不同心情。也就是說，兼平既不希望他完全失去心力和體力，又不希望他去和敵人最後交一死戰。他的意圖是，希望義仲把留下的最後一點氣力用於選擇名譽之死，這是唯一的出路。

「兼平立刻跳下馬來，靠緊主人的馬頭」。這一簡練的描寫可以想像到兼平為保護主人的名譽而做出了悲壯的決心。用自己的身體，勸告主人自決，用這無悔的結束作為對主人的最後奉獻。

武士的結束應該是潔白無瑕的。這也是武士的哲理觀。今井四郎兼平極力勸告主人自盡。然而，他的內心卻痛苦至極。今井四郎的母親是義仲的乳母。兩人是竹馬摯交。然而，今井四郎的念願卻是一場空。之後，義仲到底落入敵手，結束了歷史苦澀的一幕。

木曾義仲　原名源義仲。久壽二年（一一五五），義仲兩歲時，父親源義賢被殺。母親懷抱幼小的義仲去了信濃國（現長野縣）。義仲在兼遠手下練就一身強功。性格剛烈的義仲成長為一名武功高強的武將。當他知道源賴朝要舉兵征戰平氏時，自己也在當地聚兵並攻落平氏。以此和源賴朝並肩，被稱為「日本雙將」，受到人們仰視。壽永元年（一一八二），因源氏內部發生矛盾，兩人之間產生敵意。後，由於他缺乏京城文化素養，沒能繼續攻打西進的平氏，而他的部下卻在京城進行掠奪行為，以此失去世人眾望。他和後白河法皇對立，並取得與法皇的合戰之勝。翌年，源賴朝派其弟源范賴、源義經帶兵六萬余騎討伐源義仲。源義仲因兵力不足而失戰。「木曾的最後時刻」這段故事就是描寫他生涯終結的一個場面。

選節3

忠度都落（巻第七）

[*1]薩摩守忠度は、いづくよりや帰られたりけん、侍五騎、童一人、わが身ともに七騎とつて返し、[*2]五条三位俊成卿の宿所におはして見たまへば、門戸を閉ぢて開かず。「忠度。」[*3]と名のりたまへば、「落人帰り来たり。」とて、その内騒ぎ合へり。薩摩守馬よりおり、みづから高らかにのたまひけるは、「[*4]別の子細[*5]候はず。三

位殿に[6]申すべきことあつて、忠度が帰り参つて候ふ。門を開かれずとも、このきはまで立ち寄らせたまへ。」とのたまへば、俊成卿、「[7]さることあるらん。その人ならば[8]苦しかるまじ。入れ申せ。」とて、門をあけて対面あり。[9]事の体何となうあはれなり。

　薩摩守のたまひけるは、「年ごろ申し[10]承つて後、おろかならぬ御事に思ひまゐらせ候へども、この二、三年は、[11]京都の騒ぎ、国々の乱れ、[12]しかしながら当家の身の上のことに候ふ[13]あひだ、[14]疎略を存ぜずといへども、常に[15]参り寄ることも候はず。君すでに[16]都をいでさせたまひぬ。一門の運命、はや尽き候ひぬ。[17]撰集のあるべき[18]由承り候ひしかば、生涯の面目に、一首なりとも[19]御恩をかうぶらうど存じて候ひしに、やがて世の乱れいできて、その沙汰なく候ふ[20]条、ただ一身の嘆きと存ずる候ふ。世しづまり候ひなば、勅撰の[21]御沙汰候はんずらん。これに候ふ巻き物のうちに、さりぬべきもの候はば、一首なりとも御恩をかうぶつて、草の陰にてもうれしと存じ候はば、遠き御守りでこそ候はんずれ。」とて、日ごろ詠みおかれたる歌どものなかに、秀歌とおぼしきを百余首書き集められたる巻き物を、今はとて、うつ立たれける時、これを取つて持たれたりしが、[22]鎧の引き合はせより取りいでて、俊成卿に奉る。

　三位これをあけて見て、「かかる忘れ形見を給はりおき候ひぬる[23]うへは、[24]ゆめゆめ疎略を存ずまじう候ふ。御疑ひあるべからず、さてもただいまの御渡りこそ、[25]情けも[26]すぐれて深う、[27]あはれもことに思ひ知られて、感涙押さへがたう候へ。」とのたまへば、薩摩守喜んで「今は西海の浪の底に[28]沈まば沈め、山野にかばねをさらさばさらせ、浮世に思ひおくこと候はず。[29]さらばいとま申して。」とて、馬にうち乗り、甲の緒を締め、西をさいてぞ歩ませたまふ。三位うしろをはるかに見送つて立たれたれば、忠度の声と[30]おぼしくて、「[31]前途ほど遠し、思ひを雁山の夕べの雲に馳す。」と、[32]高らかに口ずさみたまへば、俊成卿いとどなごり惜しうおぼえて、涙を押さへてぞ入りたまふ。

その後(のち)、世しづまつて、千載集(せんざいしふ)を撰ぜられけるに、忠度のありしありさま、言ひおきし言(こと)[33]の葉(は)、いまさら思ひいでてあはれなりければ、かの巻き物のうちに、[34]さりぬべき歌いくらもありけれども、[35]勅勘(ちよくかん)の人なれば、[36]名字(みやうじ)をばあらはされず、[37]「故郷花(こきやうのはな)」といふ題にてよまれたりける歌一首ぞ、「詠み人(びと)知らず」と入れられける。

[38]さざ波や[39]志賀の都は荒れにしを
[40]昔ながらの山桜かな

その身朝敵(てうてき)となりにしうへは、[41]子細(しさい)に及ばずといひながら、恨(うら)めしかりしことどもなり。

＊1　平忠盛末子，平清盛之弟。隨平家一族逃出京都，後在一谷之戰中陣亡。優秀武將，同時熱愛和歌，師事藤原俊成。他的和歌選入『千載集』等敕撰集十六首。

＊2　藤原俊成。藤原定家（『古今和歌集』撰集人）之父。宅邸在京都五條京極，官職為正三位，因此稱其「五條三位俊成卿」。「卿」為尊稱。平安末期歌壇第一人。

＊3　おっしゃったことには。

＊4　特別の事情は。別に深いわけは。

＊5　ございません。「候ふ」，「あり・おり」的丁甯語。

＊6　お願い申し上げたい。這裡的「申す」是「願ふ」的謙讓語。

＊7　しかるべきこと。もっともなことが。訪ねて来られるだけのわけが。

＊8　さし支えあるまい。「まじ」，否定推量助動詞。

＊9　その場の様子は。

＊10　（歌について）お教え戴いてからは。「申し承る」，「指導を受ける」的謙讓表現。

＊11　不斷發生動亂。「国々」，指京都周邊各地。
＊12　すべて。そっくりそのまま。副詞。這裡為非接續詞用法。
＊13　～ので。表示理由、關係等形式名詞。這裡是接續助動詞的用法。『平家物語』語法現象特點之一。
＊14　（歌の修業を）なおざりには存じ上げていないが。「疎略」，おろそかにすること。「存ず」，「思ふ」的謙讓語，「サ變」動詞。「といへども」，～だけれども。
＊15　参上することもございません。参上することも出来ませんでした。「候はず」，根據上下文內容可譯為「不能夠」。
＊16　指安德天皇。與平家一門同命運。壇浦之戰中入水駕崩，享年八歲。母親平清盛女兒德子。和安德天皇一同入水。後無意得救。餘生在京都大原寂光院度過。
＊17　敕撰集的撰定。藤原俊成為後白河院任命的撰定人。這裡指『千載集』的撰定。
＊18　～とのこと。這種形式名詞的用法衹在平家物語中出現。
＊19　賜ろうと。
＊20　こと。此用法衹在平家物語中出現。
＊21　ございましょう。「んず」和「らん」均為推量助動詞。
＊22　鎧甲右腋下設有的縫口，可伸手取出內衣袋裡裝的東西。
＊23　～からには。和「は」伴隨使用。「うへ」，接續助詞用法的形式名詞。衹在平家物語中出現。
＊24　決して（～ない）。副詞「ゆめ」的重疊使用。表示加強語氣。下文伴隨否定或禁止表現。
＊25　趣向心。指忠度對歌道的情熱。
＊26　いちだんと。副詞。
＊27　情趣も特別に感じられて。忠度の歌への情熱に感動した俊成は、永久の別れを予感して、しみじみあわれの情を催したのである。

＊28 沈むのなら沈んでも構わない。「沈め」，動詞命令形。
＊29 それならば。それでは。では。接续词。
＊30 思われて。「おぼしく」，形容词「おぼし」的連用形。
＊31 『和漢朗詠集』中大江朝網所作詩句的前半部。全詩為：

前途程遠　馳思於雁山之暮雲
後會期遙　霑纓於鴻臚之曉涙

詩意：來自渤海國的使者，你將踏上遙遠歸程。神往途中的雁山，黃昏的彩霞。何時才能相會？拂曉餞別鴻臚舘，冠纓不禁沾滿涙水。
＊32 （声）高らかに。この世に思い残すことなくなった忠度の晴れ晴れとした気持ちが表わされている。
＊33 言葉。1言葉。2和歌。
＊34 ふさわしい。勅撰集に入れてよさそうな。
＊35 朝敵。一一八三年七月，後白河院下達追討平家院宣，平家成為朝敵。
＊36 名前を。強意表現助動詞「は」接續格助詞「を」時，成為濁音「ば」。
＊37 古都。指天智天皇會執政的古都——志賀都。
＊38 「さざ波や」，在這首和歌中為「枕詞」，起到後文「志賀」的導出作用。
＊39 天智天皇六年（六六七），從飛鳥岡本宮遷都志賀大津宮。現大津市內。壬申之亂（六七二）後廢都。
＊40 昔のままの長等の。「ながら」，「昔ながら」的結尾語和「長等山」（琵琶湖西岸的山）的「長等」為諧音詞。
＊41 あれこれ事情を申し立てるまでもない。なんともしかたのないことだが。「子細に及ばず」で、「あれこれ事情を申し立てるまでもない」の意。「ながら」，逆接的接續助詞。

【譯文】

忠度敗逃離京（第七卷）

薩摩守忠度不知從何處返回京來。他帶著五騎武將，一名侍童共七騎。他們來到五條的俊成三位卿宅邸前。門緊閉著。「我是忠度。」忠度敲門報名，「敗陣在外，現從外地趕回。」院內一陣騷動。薩摩守翻身下馬高聲說，「沒啥要事，祇是有一事和三位殿相告。忠度為此返回京城。無須開門，您到門邊足夠。」聽此，門裡的俊成說，「我知道你定有事要來。無妨，快進來。」他說著打開院門。兩人面對，無不感慨萬分。

薩摩守說，「幾年來，恩師膝下師事歌道。但自愧沒能深研細磨。這兩三年，京城騷然，諸國動亂。這些和本家不無關聯。因此，未能親臨請教。此次京城情況緊迫，帝已離京，一門命運已在旦夕。聽說敕撰集選定之事，拙作哪怕選入一首，也是一生榮譽。今後更會事爭國亂。至今未接候選之命，是永生憾事。將來，國泰民安，會有敕撰命令。今帶來拙作一卷，其中一首也好，敬請蒙賜過目。如能選入，我即便走去他世，也將感恩不盡，含笑九泉。」忠度說著，伸手從盔甲右側裡拿出一卷行李，呈與俊成。裡面包著和歌百余首，均為從日常所作中選出的秀作。

俊成三位打開行李看著說，「這是難忘之物（這裡指「遺物」），不可忽視。兵荒馬亂之時為此而來，你對歌道的熾熱之心實在催人淚下。」薩摩守聽此萬分高興，「現在，即使沉入西海之底，屍骨抛到荒野也心甘情願。在這無常之世已一生無悔。」忠度說完，跨上馬背，系緊盔甲束帶，手臂指向西方，策馬而去。俊成三位目送遠去的背影，耳邊傳來忠度高頌，「前途程遠，馳思于雁山之暮雲。」俊成倍感惜別之情，橫抹淚面，轉身家門。

後來，世間平定，俊成編撰千載集，想起忠度生前所為和臨別之言依然感人肺腑。百余首之中，傑作甚多。然而，忠度被視為朝敵，因此不便明示作者姓名。於是祇選入一首，歌題為『故鄉之花 歌一首 歌人未詳』。此歌如左。

志賀古都城　當今一片廢墟景　長等山櫻樹　不減當年映山紅

忠度被作為朝敵，千載集中如此記錄，令人感到悲憾。

這段故事描寫了一位平家武士對歌道的熾熱之情。場面動人。作品分前後兩段。第四自然段為後日談。故事打動人心的焦點自然是俊成和忠度見面的情景。兩人見面時有三個場景高潮。

第一場景高潮　忠度來到俊成宅。武士忠度身處朝敵被追討離京。因他悄悄返回都城，俊成家一片慌亂。城裡一派狼籍。忠度來到俊成宅前，自然被當作亂兵，宅內騷然。這是一場師徒重逢的動人場面。俊成早有預感，知道忠度要來。因此他邊說「知道你要來」，邊把忠度迎進來。

第二場景高潮　忠度來此是為了託付俊成將自己所作和歌選入敕撰集。當時，對歌人來說，作品被選入敕撰集是無上的榮譽。老師俊成看到忠度對歌道傾注熱血，捨生忘死，感動不已。於是，立刻應諾。

第三場景高潮　在此，忠度已沒有任何牽掛。他口詠『和漢朗詠集』中的詩句，暗示自己今後仍將面臨重重困難，以及和恩師永別的心情。俊成聽此，感慨萬分，不禁淚流滿面。

最後這一場面，自古以來深受讀者喜愛。黃泉路上的武士竟然如此熱愛歌道；師徒之間情深意長。這些無不深深打動著成千上萬顆讀者的心。能夠深解「諸行無常」之理法，敗者之悲哀，給人們留下不可磨滅的印象。「留下千古之恨」，這不僅是作者，也是成千上萬的人們所共有的感慨。文武雙全的豪傑最終戰死于峽谷。正因為懂得了其中之理，才更加感覺到心的顫動。

平　忠度　平忠盛末子，平清盛之弟。享年四十一歲。隨平家一門遁逃離京，一谷合戰中，戰死疆場。該人文武雙傑。和歌師事藤原俊成。他的和歌被選入『千載集』等敕撰集達十六首。

藤原俊成　没於元久元（一二〇四）年，享年九十一岁。藤原定家之父。任正三位皇太後宮大夫。後出家，法名釋阿。和歌師事藤原基俊。曾活躍于崇德院歌壇，多次任和歌大賽審評，立于歌壇指導地位。對後世歌界有極大影響。為敕撰集『千載集』撰者（相當於總編）。著有『長秋詠藻』，歌論集『古來風躰抄』等。

◉『平家物語』故事背景

作者未詳。據『徒然草』第二百二十六段記載，「後鳥羽院在位時，信濃前司行長……寫下平家物語。他請生佛盲師口傳。」就是說，「平家物語」是，琵琶法師生佛口述，信濃前司行長寫作。但尚無確定說法。物語原形有三卷本。據推測，該卷本經過眾多之手傳抄。創作年代約為十三世紀前半。原平家成立於源平動亂平定後的鎌倉時代初期，十三世紀前葉。經過增補，修改，也出現了一些異本。『源平盛衰記』也是異本之一。

這是一部記錄大和民族由律令奴隸制國家走向封建制國家的史詩般作品。十二世紀末，日本平安王朝統治已經衰亡，各地新興的武士集團在經濟上，軍事上已經壯大。在保元、平治兩次動亂中，武士階級開始登上政治舞臺。『平家物語』就是從這裡開始撰寫武士階級歷史的。

平家原本是個地方武士，父平忠盛因受到鳥羽院器重，成了上層貴族並升為太政大臣，不可一世。後白河院感到平家權勢太大，有威脅之感。於是在鹿谷與近臣密謀清除平家。不料事情被一近臣出賣，後白河院被監禁。平家的權勢更大，影響遍及全國。身在地方的源賴政對平家的專橫跋扈不滿，舉兵討伐平家。信濃的木曾義仲是源家後裔，從南部發起重兵征討平氏。一一八三年，平家終於被義仲擊潰，棄丟京都。在源氏諸軍中，義仲屢建戰功。他在一谷戰役擊潰平軍，又在屋島會戰中打敗平軍。終於在壇浦海戰中予以平氏殲滅性打擊，使平家從此一蹶不振。

『平家物語』結構複雜，人物繁多，場面龐大。故事主要圍繞平清盛、源義仲和源義經三個中心人物展開。平忠盛的兒子平清盛是物語的主要人物。平治之亂平息後，他攝政地位堅實，然而，卻看不出效力天皇的忠心，反而顯示天下歸我的勢態。他不僅粗野踐踏王法，破壞王朝統治，還燒毀廟宇，踐踏佛法。最終如書中「入道死去」描寫的那樣遭到報應。從歷史的角度來看，源義仲死于貴族勢力的謀略。物語中源義仲是悲劇式英雄。他不僅顯示了武士的勇敢無畏，也表現出樸素的性格。

源義經的故事出現在最後三章，是物語整體的重要人物。他是源義朝的第九個兒子，源賴朝之弟。一一八四年，新帝後鳥羽繼位。可是，象徵天皇權威的三神器還在敗走的安德天皇手裡。第二年，九郎判官源義經肩負討伐平家重任。他常常以少勝多，勇猛衝殺。一谷戰役中，源義經奇襲消滅十萬平兵。屋島大戰獲勝空前。義經終於奪回神鏡、玉璽，只有神劍和安德天皇一起沉入海底。但由於他人讒言，當他凱旋回到鐮倉時，源賴朝卻拒絕會見。後來，義經遭到賴朝襲討，敗逃奧州（現岩手県内陸南部地区）。

從一一三一年到平家被滅絕，物語描寫了近七十年的日本歷史。武士階級取代了王朝貴族的地位，歷史成了兩家武士爭奪天下的舞臺。這一歷史過程，正反映了奴隸制國家的衰亡和封建制國家的興起。『平家物語』的傑出之處在於，她以鮮明的畫卷反映了日本歷史的轉折。

另外，作者還通過物語故事說明世間諸種事變，最終衹不過是宿命的無常罷了。正如物語序章裡寫道：

祇園精舍之鐘聲　諸行無常聲聲響
娑羅雙樹之花色　盛者必衰是道理
驕橫奢侈無長久　衹屑春夜夢一場
強勇猛士終會滅　如同風頭塵土揚

◉『平家物語』構成

故事的展開，先用比喩，再以史書，具有兩種形式的撰寫方法。歷史物語和軍記物語，一般來說，慣于將事件按年月順序撰寫。即，以編年體形式貫穿作品整體。另一方面，把登場人物作為特定角色，並非拘限於年月日期的先後。也就是說，敘述關聯事件為紀傳體形式。從這點來看，有關作品構造說法不一。多數認為，1作品兩部說。全卷十二卷。一至六卷為前半部，描寫平清盛。七至十二卷為後半部，描寫平家之興衰。2作品三部說。根據人物分為各卷。

一至五卷描寫平清盛。六至九卷描寫源義仲。十至十二卷描寫源義經。3作品六部說。按事件推移分為如左。

1、全盛期的平家（卷一、二）

2、平家衰亡原因（卷三）

3、平家衰亡前兆（卷四、五）

4、平家遁逃京城前後的混亂（卷六、七、八）

5、衰退的平家（卷九、十）

6、滅亡的平家（卷十一、十二）

「灌頂卷」總結敘述平家衰亡全貌，為獨立卷，是整體故事的總括。

◉『平家物語』文體

『平家物語』用「和漢混合文體」撰寫。和漢混合文體是『將門記』、『陸奥話集』等文學作品的漢文體和王朝期文學作品『竹取物語』、『源氏物語』的和文調融合而成的文體。『今昔物語集』為該文體的完成。

和漢混合文體，吸收了王朝期假名文學優美細膩的抒情表現，又揉進了漢文體簡潔而富有活力的描寫以及詠歎優美的表達。即，根據故事情節和場面的不同予以不同文體的巧妙表述。合戰場面用流利的五七調和文，再配有和歌進行描述，富有王朝氣氛。

用語方面，漢文、佛語、方言、武士用語、俗語等交織穿插，體現出故事內容的變化多端，情節氣氛的頓挫起伏。加之，在語法上，多處可見音變形、俗語混用、擬聲詞、擬音詞、數詞等，使讀者如同親臨現場。頻繁出現和漢詩歌，通過「緣語」（關聯詞）、「掛詞」（諧音詞）、對稱詞、對稱句，重複表現，七五調等技巧表現，達到了內容豐富多彩，人物形象生龍活現的藝術效果。

◉『平家物語』梗概

『平家物語』取材于平家興衰的事實，訴說並強調了「諸行無常」，「盛者必衰」的道理。作品通過社會的動蕩變革，如實描寫無常世像。故事如同用錦緞編制的一幅歷史畫卷。橫絲繪織了平家興衰的歷史，而縱絲則繪織了各個場面的人間世像，以「無常觀」的色彩呈現在人們的面前。

前篇故事首先突出描寫主人公平清盛，其次是重盛、義仲、義經，還有忠盛、宗盛、忠度、敦盛、智盛、教盛、熊谷直實、那須與一、成經、俊寛等人物。敘述篇幅各有長短。通過故事敘述，生動地烘托出人物性格及其亂世人生。描寫史實涉及到的事件有，忠盛入殿，清盛榮升，鹿谷事件，安德帝誕生，重盛之死，後白河院幽禁鳥羽殿，高倉宮舉兵，福原遷都，賴朝舉兵及平軍敗北富山川，義仲舉兵及北陸各戰，清盛之死，逃遁京城，義仲入京及和法皇的衝突，木曾滅亡，一谷戰役，屋島之戰，壇浦合戰，宗盛處刑，義經破落，斬除六代。

從「忠盛入殿」的天承元年（一一三一）到「斬除六代」，即平家子孫被斬盡殺絕的建久十年（一一九九），故事的歷史跨度約七十年。中心人物平清盛從命任太政大臣的仁安二年（一一六七）到平家一門滅亡壇浦疆場的文治元年（一一八五），故事的歷史跨度約二十年。

◉『平家物語』的研究

『平家物語』的研究史。首先有論點認為，在探究作品的古態、原態和創作年代的確立問題上，作為文藝作品，與其本質論有著密切關係。其原因為，存有眾多異本。現存流傳本均經過複雜的生成過程變化而形成。有關『平家物語』本質的議論，通過現存各傳本，如何考證創作年代以及原態問題十分重要。武久堅日本文學研究大成『平家物語整體像Ⅰ』（國書刊行會 平2）解說中提到，「本質論要朔及創作年代確立論，而此確立論則告示本質論。」也就是說，創作年代的確立論、原態論要從本質論開始去追朔，探究。本質論對創作年代確立論所提示的生成發展軌道影響非同小可。對此研究方法的一部分，小西甚一「『平家物語』之原態和古態——本文批判和作品批判之接點」（『日本文學的特性』明治書院 平3）展開批判並指出要慎重。

有關諸本系統論。近代，在作品研究上，山田孝雄初步嘗試對諸本進行全面調查，有關論文有『平家物語考』（國語調查委員會 明44 昭43 勉誠社復刊），調查補充結果「平家物語考續說」（『國語學雜誌』大7 4，『叢書』所收）。他以「灌頂卷」為軸心，將七十余傳本進行分類，奠定了平家研究的堅實基礎。

作者及創作年代研究。有關平家物語的作者及創作年代，除徒然草第二百二十六段中記載的「後鳥羽院禦時（承久三（一二二一））」信濃前司行長—僧佛合作說以外，還有『尊卑分脈』藤原業室家的時長說，『醍醐雜抄』「佐渡院之禦時」（承久三年以前）的葉室時長二十四卷本說等。在此研究上，右述山田孝雄『平家物語考』進行了作者名歷史出典的特定考證。該考證認為徒然草之說為力說。

昭和四十年代後期，圍繞延慶本創作年代成為研究主流。

敘事詩論。在研究平家物語文學藝術的本質方面，最先有生田長江、岩野泡鳴等。他們通過和西洋敘事詩的概念進行了比較探究。論著有生田長江「國民的敘事詩平家物語」（『帝國文學』明39 2～3），岩野泡鳴「敘事詩的平家物語」（『文章世界』明43 11）。之後有津田左右吉『文學中表現的國民思想研究』（岩波書店 大6），高木市之助「軍記物的本質」（『國語與國文學』昭2 4），小林秀雄「所謂無情」（『文學界』文化公論社 昭17 7）等。

人物論。先行研究有，高山樗牛對平清盛的研究「平相國」（『現代日本文學全集』13 改造社 明34），小林智昭對平重盛的研究「平家物語的理論構成—重盛論」（『國語與國文學』昭23 11『中世文學的思想』所收），谷宏對木曾義仲的研究「平家物語的享有」（『中世文學的達成』），鈴木則郎對源義經的研究「『平家物語』源義經的人物像」（『文藝研究』56 昭42 7）等。

展望和問題點。目前，對平家物語的研究課題多而細，列舉十分困難。試舉，1所謂讀本作者及創作年代。2有關延慶本以外的研究。3對各個原版的注釋作業，特別對讀本創作背景的解析，在故事的發生、傳承、出典等有關背景的研究方面，有必要有廣度和深度等。

第四章　近世文學

一　文學史概況

1 近世社會及文化的大眾化

經過中世末的長期戰亂，室町幕府及其守護的陳腐權力被打破，德川信長以及豐臣秀吉開闢並實施中央集權的封建制度。德川以制度上的完善，鞏固了持續近三百年的幕藩封建體制。這一時期在日本歷史上被稱為「近世」。

戰亂結束，和平之中，全國的交通運輸網進一步整備，商業開始興起，並逐漸發展起來。大阪、京都、江戶等地作為商業城市不斷得到繁榮發展。隨之，這些城市的市民也成了文化發展的主要力量。文學之力不再掌握貴族武士之手，而開始轉向民眾。這是不同于以往任何一個時代的最大特點。

在制書方面。過去，書歷來由人筆書。進入近世，由於印刷技術的發達，書可以大量出版。因此，在庶民中擴展並普及教育。隨之，文學也在民眾中生根開花。在演劇藝術方面，近世之前，演劇藝術主要限於貴族以及神社寺院範圍。進入近世時代開始發生變化。演劇藝術走向民眾，融入商業各行，並迅速得到發展。即，文學演藝大眾化是又一個特點。

2 近世文學的推移

近世文學，特別從十七世紀後半開始到十八世紀初，隨著產業的發展，市民成為社會的主要力量，自然為時代背景增色添彩，迎來了文學百花盛開的時代。元祿文學中，湧現出井原西鶴、松尾芭蕉、近松門左衛門等優秀作家。但是，由於幕府封建制度矛盾激化，反動政策的強化，文化和文學沒能得到健康發展。近世前期，文學活躍的中心主要在京阪地區，十八世紀中葉開始，移向新型的政治及消費城市——江戶。可以說，近世前期被稱為「上方文學時代」，後期被稱為「江戶文學時代」。

近世後期，文學和演藝，從表面來看十分繁榮，但在內容上享樂和頹廢程度很深。這一時代的作家，幾乎都去迎合封建道德意識，或選擇了「逃避」和「遊戲」態度，這類文學被稱為「戲作文學」。

另外，幕府在思想上為了加強封建意識，激勵提倡儒教，把朱子學作為官學。這時，國學開始興起。國學思想波及面十分廣泛，與此同時，也推進了古典文學的研究。

二　國學　玉勝間　雨月物語

德川幕府作為封建制度的支柱，極力推行儒教。特別是，德川家康啟用藤原惺窩（一五六一～一六一九）、林羅山（一五八三～一六五七）等人以來，朱子學以官學受到重視。但是，到了十七世紀後半開始有了新的動向。儒學家內部對朱子學觀念論產生新的看法，即，主張如實掌握古文獻實據，肯定人的自然欲望。主要代表學者有古學派的伊藤仁齋（一六二七～一七〇五）和古文辭學派的荻生徂徠（一六六六～一七二八）。朱子學派的儒學家中有貝原益軒（一六三〇～一七一四）、新井白石（一六五七～一七二五）等。其中，白石在歷史、地理、語言等廣泛領域的研究上，主張要持有合理主義態度。

十七世紀後半，下邊河長流（一六二六～一六八六）、契沖[*1]等人興起了歌學革新運動，開始研究日本的古典。契沖完成著書『萬葉代匠記』，以此探索並確立了古典文學研究的證實方法。在古典的學問研究上，荷田春滿（一六六九～一七三六）、賀茂真淵（一六九七～一七六九）等人又進一步提出要探究古道之精神。以此為契機，掀起了國學運動。而繼承真淵學問並取得巨大成就的國學家為本居宣長。

*1　契沖（一六四〇～一七〇一），江戶時代前期的古典文學研究學者。十一歲出家，十三歲上高野山修行。歸納研究萬葉假名，著有『萬葉代匠記』等。該作為日本國語學史上的不朽之作。

1 本居宣長和『玉勝間』

本居宣長（一七三〇～一八〇一），伊勢松阪人。曾因志向醫學而離開故鄉。後返回故里做兒科大夫。在遊學期間深受荻生徂徠的學問影響。徂徠通過古文語法研究，從經典中探究「先王」之道（聖人之道）。對此，宣長認為這種儒學的新動向，無疑對國學的促進發展是巨大的刺激。他潛心研究並完成了『古事記傳』、『源氏物語玉小櫛』等，傾注心血研究古典。這些著作在對古典考證的方法等方面，均為珍貴的研究文獻。可謂空前絕後的重大成果。他以『玉小櫛』，剖析源氏物語，暫且放開儒教學、佛教學，而注重于解釋物語的本質——「哀美之趣」。他的這種對古典文學的解釋及見解，委實精闢。宣長的思想在民眾中影響甚廣，震撼極大。但是，宣長等在當時封建社會的矛盾中，並沒有指出改革的方向。面對封建社會以及制度，僅滯於從古代的理想化、幻想化、憧憬化，到「神之道」的主張。

作為國學家所著隨筆，宣長的『玉勝間』，村田春海的『後琴集』等均十分著名。這些作品模仿古代平安時期和文方式撰寫而成。被稱為「擬古文」。

『玉勝間』

作者本居宣長。十九世紀初刊行。作品表達了作者對人生、學問、文學的見解。其中，涉及到對古典文學研究的意見以及對學問的態度，貫穿著要持有思想嚴肅和態度認真的提倡。這種提倡接近于近代的證實式學風。作品思路清晰，論理整然，實為近世隨筆之傑作，也是近世擬古文體的代表作。

『玉勝間（たまかつま）』選節

師の説（ときごと）

大方（おほかた）[*1]、古（いにしへ）を考ふること、さらに[*2]一人二人の力もて[*3]、ことごとく明（あき）らめ[*4]つくすべくもあらず。またよき人の説(ときごと)ならんからに、多くの中には、誤りもなど[5]かなからん。必ずわろきことも混じらではえあらず。そのおのが心には、今は[6]古の心ことごとく明らかなり。これをおきてはあるべくもあらず、と思ひ定めたることも、思ひの外に、また人の異なるよき考へもいでくるわざなり。数多(あまた)の年を経(ふ)るままに、さきざきの考への上を、なほよく考へ究(きは)むるからに、つぎつぎに詳しくなりもてゆくわざなれば、師の説なりとて、必ず[7]なづみ守るべきにもあらず。よきあしきをいはず、ひたぶるに古(ふる)きを守るは、学問の道には、言ふかひなきわざなり。

また、おのが師などのわろきことを言ひあらはすは、いともかしこくはあれど、それも言はざれば、世の学者その説に惑ひて、長く良きを知る[8]期(ご)なし。師の説なりとして、わろきを知りながら、言はず包み隠して、[9]よさまに繕(つくろ)ひをらんは、ただ師をのみ尊みて、道をば思はざるなり。[10]宣長(のりなが)は、道を尊み古を思ひて、ひたぶるに道の明らかならんことを思ひ、古の意の明らかならんことをむねと思ふが故(ゆゑ)に、わたくしに師を尊むことわりの欠けんことをば、[11]えしも顧みざることあるを、なほわろしと、そしらん人は[12]そしりてよ。[13]そはせんかたなし。我は人にそしられじ、よき人にならんとて、道を曲げ、古の意を曲げて、[14]さてあるわざはえせずなん。これすなはち我が師の心なれば、かへりては師を尊むにもあるべくや。

＊1　だいたい。そもそも。轉換話題的接續詞。
＊2　下接否定，相當於現代文的「少しも（〜ない）」「決して（〜ない）」。副詞。
＊3　力でもって。「もて」，「もちて」的略寫，表示手段。
＊4　（古代のことを）明らかにつくすことが出来ない。「つくす」はその極みに達する意。「べく」，表示可能助動詞的連用形。
＊5　どうしてないことがあろうか。「などか」，下接否定，為反問表現。副詞。
＊6　古代の人の心。古代の精神。
＊7　拘って守る。固執する。

＊8　機会がない。
＊9　よいように。形容詞「よさまなり」的連用形。
＊10　指作者本人。
＊11　どうしても顧みることができないことがあるのを。「えしも」，副詞「え」＋副助詞「し」＋係助詞「も」，下接否定，相當於現代文的「どうしても～できない」。
＊12　非難せよ。「てよ」，完了助動詞「つ」的命令形。
＊13　それはどうしようもない。「そ」は、師を尊ばないと非難されることを指す。
＊14　そうしていることはできないのである。「え～ず」，副詞的呼應關係，現代文譯為「～できない」。

【譯文】

師說

說來，研究古代並非一人兩人之力就能探明的事情。學說精闢，其中也會有誤差，有不當之處。依其本人，自以為探明古人精神，再無他論。然而事實卻與其相反，他人會有更好見解。經過多年研磨，對以往學說，更會湧現新見，使研究日積月累。只因師說，而欲求維護，不可行之。是非視而不顧，一味維護權威學說，從學問之道而言，可謂無任何益處所為。

還有，指出吾師學說之誤，固然多有後顧之憂。但，對誤說聞之任之，眾多學者就會迷茫，就會長時無可得到益述。師說，如明知有錯，不去指摘，有意包藏，以次充好，謂表面尊師，而實為踐踏學問之道。宣長以為，尊學問，敬古典，潛心學問之道固然重要，而領會探明古典精神更為重要。因此，有人指責，個人尊師不去顧及欠缺自然在理，但總歸不佳。請如此之人再去指責吧。這是無法之事。我以為，不去讓人指摘，盡做好人，是對學問之道之歪曲，對古典精神之曲解，切勿行之。此為吾師之慮。這才是真正之尊師。

這篇文章是『玉勝間』卷二「非拘泥于師說」的第一節。師之說有誤時，作為學生、弟子予以指出。這才是探究學問之真實。作者主張，研究古典要持如此態度。這也是本居宣長之師賀茂真淵的思慮。

作品中陳述了宣長作為學者所持有的信念。探究學問並非一人兩人所能夠做到的事情，而是眾多學者多年研磨，努力，並且經過相互批判才能成立，才能取得成果。雖然是師之說，但應該做到有錯必糾，有誤必明。這才是追求學問的真摯之念。

這一論斷雖然正確，但從中世時代以來，弟子對師說絕對繼承，已自成使命。對於這種風氣，宣長的主張看出了時代的進步。「讓那些說不妥的人繼續去指責吧。」這句話實際上是對古代舊的傳統意識展開的挑戰。這種挑戰才是對老師的真正的繼承精神。

『玉勝間』刊行于一七九四年至一八一二年之間。本居宣長隨筆集，全書共十五卷。內容為古歌的解說、評論、物語評論以及地方風俗等，涉及範圍十分廣泛。

◉本居宣長的研究。

包括宣長的有關國學參考文獻首先有『國學者傳記集成』（名著刊行會　明37刊　昭9續編刊，昭47復刊）。該書詳盡整理江戶至明治期間國學者的有關傳記資料。野村八良『國學全史上・下』（関書院　昭3　昭4）記述有荷田春滿、賀茂真淵、本居宣長、平田篤胤四大國學家傳記及日本戰前國學史。村岡典嗣以現代研究者的視點著有『本居宣長』（岩波書店　昭3），後又發行『日本思想史研究』（四冊，岩波書店　昭15～24），指出，宣長是近世時期儒學領域的新思想。

戰後，丸山真男『日本政治思想史研究』（東大出版會　昭23）指出，宣長學問多處與徂徠學合致，宣長批判儒學之學問實際上是對徂徠的繼承。這之後，宣長研究基本按此方向展開。宣長學問的整體體現之作『玉勝間』，被收進日本思想大系『本居宣長』（岩波書店　昭53）並加校注。該著作中還收有吉川幸次郎、佐竹昭廣、日野龍夫的論文。

早期文學論『紫文要領』、『石上私淑言』收進新潮日本古典集成『本居宣長集』（日野龍夫校注 昭58），該書中的「宣長讀書生活」是有關宣長青年時期探究學問的珍貴資料。在這之前，近似『源氏物語玉小櫛』總論的一部分收進日本古典文學大系『近世文學論集』（岩波書店 昭41）。有關『玉勝間』的出版，杉戶清彬「有關『玉勝間』版本一考察」（『國語和國文學』昭54 3）中涉及甚多。另外，一九八四年設立了鈴屋學會並每年在本居宣長紀念館舉行有關學術討論，在宣長研究上取得一定成果。

今後的展望與課題主要有，宣長學問的總體把握十分重要，不可操之過急。即，對宣長著述的理解有必要引申探討時代背景以及宣長自身學說的變遷。特別是，要研究探討近世儒學和宣長的研究對象——上代文獻的知識等。

2上田秋成和『雨月物語』

隨著封建社會的根深蒂固，儒家及國學者中間，詩文書畫等文人趣向性藝術傾向開始明顯。主要體現有，與謝蕪村等天明時期俳人的出現；以國學家為主而撰寫的雅文以及擬古文的誕生等。這給當時的文學帶來各種影響。文人中，中國的白話小說深受喜愛。並出現了這些小說的翻版或以此為藍本的作品。這些被稱為「讀本」。都賀庭鐘（一七一八～約一七九四）的『英草紙』（一七四九）為先驅之作。其次是作家建部綾足（一七一九～一七七四），再就是上田秋成（一七三四～一八〇九）。

上田秋成出身大阪，是位娼婦的私生子。四歲時作了富商上田家的養子。由於患過嚴重天花，身留殘疾。這使本人性格變得反逆孤僻，甚至是自虐型的。

秋成開始在八文字屋學習浮世草子，後深受中國白話文小說的刺激，開始探究古典歷史，並創作了名作『雨月物語』。該作品由「菊花之約」、「夢應鯉魚」、「貧福論」等九個短篇組成。這些作品的登場人物均為亡靈幽魂的化身。故事情節充滿奇怪幻想。這部作品通過鬼怪故事的描寫，貫穿著作者對純粹人性的嚮往以及對現實社會進行尖銳的批判精神。例如，「菊花之約」描寫了人與人之間遵守信義的故事。「貧福論」，作者通過愛錢如命的武士和黃金精靈的對話，批判一味追求富貴的思想，主張清貧主義的新的經濟理念和價值觀。

『雨月物語』選節

＊1菊花の約

＊2青々たる春の柳、＊3家園に種ることなかれ。交りは＊4軽薄の人と結ぶことなかれ。＊5楊柳茂りやすくとも、秋の初風の吹くに耐めや。軽薄の人は交りやすくして＊6亦速なり。楊柳いくたび春に染れども、軽薄の人は絶て訪ふ日なし。

＊7播磨の国加古の駅に＊8丈部左門といふ＊9博士あり。清貧を＊10憩ひて、友とする書の外はすべて＊11調度の＊12絮煩を厭ふ。老母あり。＊13孟氏の操にゆづらず。常に＊14紡績を事として左門がこころざしを助く。其の＊15季女なるものは同じ里の＊16佐用氏に＊17養はる。この佐用が家は頗富さかえて有りけるが、丈部母子の賢きを慕ひ、娘子を娶りて親族となり、＊18屢事に托て物を＊19餉るといへども、「＊20口腹の為に人を累さんや」とて、敢て承ることなし。

＊1　指陰曆重陽節。重陽之約。
＊2　這裡引用了中國明代白話小說『古今小說』十六「范巨卿雞黍死生交」冒頭文。
＊3　家的庭院。
＊4　人や世を軽くみて，常識を外れたり，慎重さを欠く人。
＊5　楊柳。
＊6　交わりがなくなるのもすぐである。
＊7　兵庫縣加古川市。山陰道的宿棧。
＊8　作品中人物，相當於「死生交」的張元伯。

＊9　儒學學者。
＊10　甘受して。
＊11　家財。
＊12　煩わしい。
＊13　這裡指孟子之母。
＊14　紡線織布。
＊15　「季」為「末子」之意。這里指「妹妹」。
＊16　「佐用」，兵庫縣佐用郡佐用町地名。這裡為人名的「姓」。
＊17　出嫁。嫁給。
＊18　屢次。屢次再三。
＊19　送。
＊20　生計度日。

【譯文】

菊花之約

青青春柳，勿栽家院。識朋交友勿為輕薄之人。楊柳繁茂卻經不住初來秋風。與輕薄之人交往不會長久。迎春楊柳，婀娜枝葉。輕薄之人絕往卻有去無回。

播磨國加古驛棧有位儒家學者，叫丈部左門。喜好清貧，樂書為友，卻厭惡理財治家。其身旁老母，紡線織布，勤治家業，支撐左門學業，抵上當年孟母。左門之妹嫁給同鄉的佐用氏。佐用家生活富足，敬重丈部母子德行，娶其妹過門。以此，他們成了親家。佐用家時時送來物什。對此，左門家卻以「生計度日，不可煩於他人」

而拒之無留。

這段是「菊花之約」的開場白，以美文而著稱。用楊柳和輕薄之人做對比。春天的楊柳青綠婀娜。自古以來，眾多文人都願意把楊柳作為春色去讚美。而在這段文中，作者卻一轉為反，認為，春色楊柳，葉茂繁緑，多姿多彩，但秋風初來就會失色枯落。美卻無實，不經洗練。作者以此來對照，不可交往輕薄之人。即，人與人之間的友誼、交往要建立在「信義」之上。作者通過描寫的故事表達了這一主題。

這篇作品的出典為中國明代馮夢龍之作『古今小說』、『喩世名言』第十六卷「范巨卿雞黍死生交」以及香川正矩、宣阿著『陰德太平記』卷二一「尼子經久立身事」。故事背景為室町時代文明八（一四八六）年。地點在播磨國加古（今兵庫縣加古川市）出雲國富田城下（今鳥取縣安來市）。

◉「菊花之約」梗概

丈部左門是位志向於學問的青年。在一次偶然的機會，遇到旅途中不幸病倒的武士赤穴宗右衛門。經過他的精心護養，赤穴病癒。於是，兩人成了好友，並拜把為兄弟。一日，赤穴要返回出雲故里，兩人相約在九九重陽之日再會。到了這天，左門迫切等待，卻久久不見人來。而赤穴因被幽禁故鄉之城無法脫身。他想，古人說，「千里一日之行，人無可做到，而鬼魂可做到」。於是，他為誓守相約選擇了死，化作鬼魂按時赴約。

◉『雨月物語』的研究

至今，『雨月物語』的研究範圍之廣，數量甚多。根據「上田秋成研究文獻目録」（『讀本研究文獻目録』溪水社 平5）記錄，在秋成傳記研究方面，首有明治時期的福笑門等。藤井乙南「上田秋成傳」（『秋成遺文』修文館 大8）為先驅研究。高田衛『上田秋成年譜考說』（明善堂 昭39）在以往研究成果之上包括新見，以編年體形式進行了系統整理。該著被視為秋成傳研究的重要文獻之一。

有關秋成研究的主要作品之一『雨月物語』，校注方面有中村幸彦『日本古典文學大系 上田秋成集』（岩波書店 昭34），鵜月洋、中村博保『雨月物語評釋』（角川書店 昭44）。

其他重要文獻還有，鷲山樹心『上田秋成的文藝境界』（和泉書院 昭53），萱沼紀子『秋成文學的世界』（笠間書院 昭54），木越治『「菊花之約」私案』（『國語通信』昭59 6），小椋嶺一「秋成『菊花之約』論」（『女子大国文』昭61 12），高田衛『江戸幻想文學誌』（平凡社 昭62），元田與市『雨月物語探求』（翰林書房 平5）等。

展望和課題有，為更準確捕捉秋成整體形象，首先有必要精讀原始讀本等。

三 俳諧 松尾芭蕉 與謝蕪村 小林一茶

俳諧的發展，過去的山崎宗鑑（日本室町後期連歌師、俳人、俳諧之祖）等人儘管作了不懈的努力，但最終沒越出連歌師的余技範籌。然而，松永貞德（一五七一～一六五三）的出現，使俳諧得到迅速發展。松永貞德，和歌師事細川幽齋，連歌師事裡村紹巴，是當時屈指可數的和歌學者。他厲行把俳諧歸入連歌，以此試圖普及俳諧。他被稱為「貞門派」。但是，松永貞德的俳諧並沒有跨出理智式語言遊戲的圈子。因此，沒能達到庶民文學的滿足和要求。對此，西山宗因（一六〇五～一六八二）揭起「談林俳諧」之大旗。宗因是肥後八代藩士，由於主家沒落，成為浪人，開始學習連歌，後成為著名俳諧師。他的俳風和貞德相比比較自由，被稱為「談林派」。

1 松尾芭蕉

當談林俳諧處於停滯不前的境況時，也是開始進入探索俳諧新路的時期。延寶末到天和（一六八〇～一六八三）時期，是俳諧歷史的轉換期。這時期的俳諧多為用漢語創作，實為漢詩式表現。此次俳諧的探索是一個新的嘗試。中心人物為松尾芭蕉，他所探索的新俳諧被稱為「蕉風俳諧」。

松尾芭蕉（一六四四～一六九四），伊賀上野藤堂家下級武士。二十歲左右離家，後以俳諧師出沒於江戶。最初學習貞門俳諧。後又傾倒于談林新風。

但是，他不甘心俳諧衹停滯于談林式城市享樂主義，立志去追求真正的詩。為此，他付出潛心探索和研究。貞享元年（一六八四），他開始徒步踏上去往故里伊賀的旅途。途中，和名古屋的俳人們一起創作了「冬日」，這對芭蕉來說是意義深遠之作。之後，他又創作了著名的紀行文『奧州小道』。他幾乎是在徒步旅程中度過一生。他的人生旅程獲得了作為俳人的可貴精神。他俳諧的源泉來自百姓及其豐富多彩的感情生活。從此意義來說，是與以往的談林有著根本不同。

所謂俳諧，是「俳諧連歌」的略稱。中世（室町時代一四〇〇～一五五九）開始盛行連歌會，俳諧是在此後的餘興。連歌是由兩人以上輪誦短歌的上句（五・七・五）和下句（七・七），因此，也稱為「有心連歌（以情趣為主、柿本連歌）」和「無心連歌（以滑稽為主、栗本連歌）」。後者演變為俳諧連歌。

所謂「發句」，是俳諧「發端句」之意。由五・七・五，十七個音節組成。可謂世界上最短詩形。俳諧，要根據前句表達的意思和氣氛，再以後句承接表述。發句具有可獨立表達的特點。因此，在過去的時代裡就流行過「發句」的創作。創作「發句」時，作為規則，必須含有「季語」和「切字」。一首「發句」即可以獨立，也可以承受下首對接。到了近代，正岡子規[*1]將「發句」改稱為「俳句」，此稱呼一直延續至今。

有關近世俳諧流派作家。進入江戶時代，正如右述，有松永貞德的「貞門派」，西山宗因的「談林派」。之後是松尾芭蕉的「蕉風」。俳諧經過低谷，後又湧現出與謝蕪村和江戶末期的小林一茶。近代有革新派人物正岡子規。我們在這裡來欣賞松尾芭蕉、與謝蕪村以及小林一茶三人之作。

＊1　正岡子規（一八六七～一九〇二），愛媛縣人。近代短歌、俳句的先導者。主張寫生俳句。

松尾芭蕉俳諧選句

① **枯れ枝に[*1] 鳥（からす）のとまりけり 秋の暮れ[*2]**

＊1 枯れた木の枝。
＊2 晩秋。

【譯文】 葉落枯枝頭 烏身瑟瑟寒氣中 悄悄靜暮秋

季語「秋の暮れ」（秋）。發現枯枝上落著一隻鳥，在寒冷中瑟瑟顫抖。日暮使秋天的黃昏格外蕭瑟靜寂。在富有閒靜枯淡的詩境中，以一隻落在枯枝上的烏鴉，來感覺晚秋的寂靜，閒靜。詩句如同一幅水墨畫，表達了作者閑寂枯淡的情趣之心。

② **梅が香（か）に のつと日の出る 山路（やまぢ）かな**

【譯文】 香引山路行 日出一躍在眼前 早春梅香飄

季語「梅香」（春）。早春的清晨，漫步在山路，何處飄來梅花的香氣。尋著香氣走去，只見一輪紅日躍然而出。梅花的清香使人感到早春的一絲寒爽和美好。迎著清香找去，卻是躍然升起的太陽出現在眼前。詩境高雅而富有生氣。詩意構築平易，表達通俗，給人以十分輕鬆的感覺。

③ 五月雨を　集めてはやし　最上川[*1]

*1 日本三大激流之一。流經山形縣，在酒田附近注入日本海。

【譯文】　綿綿五月雨　最上湍湍河流急　似箭快如飛

季語「五月雨」（夏）。五月連日的綿綿雨中，最上川的流水如離絃之箭，湍急奔流。这首詩作於作者船行的前夜。詩中的「はやし」（急速），使讀者眼前展現出最上川河水湍湍激流。可謂是一幅壯觀的動景。

④ ほととぎす　大竹藪を　もる月夜

【譯文】　杜鵑鳴聲來　仰望竹林繁葉間　縷縷月光明

季語「ほととぎす」（夏）。聽到杜鵑突然的一聲啼叫，抬頭仰望，一縷縷明月潔光貫射著竹林繁葉。杜鵑突然的一聲啼鳴，使夜更加靜謐。縷縷月光，使竹林之夜更加清澄，寂靜。詩句讀來，餘韻無窮。

2 與謝蕪村

與謝蕪村（一七一六～一七八三），原姓谷口。出生在大阪近郊毛馬村農家。二十歲左右來到江戶，學習繪畫和俳諧。後一直住在京都。他以南畫家與池大雅為當時的一流畫家。他經過對南畫的潛心研磨，在俳諧的創作上，能夠體現出客觀的思維和繪畫式表達。另外，他的俳諧作品，表現著強烈的中國以及古典式趣向，富有浪漫和傳奇色彩。

值得一提的是，他的「悼念北壽老仙」、「春風馬堤曲」等俳諧作品接近近代新體詩，是俳體詩之傑作。

蕪村的所謂「離俗之說」蘊涵著反俗精神。他和芭蕉一樣，面對嚴酷的現實社會，以加深讀書教養來脫離世俗，豐富自己的美意識。正因為如此，才使他具有詩人般感性，展現出更高的美之境域，形成了多彩絢麗的俳諧風格。但是，在另一方面，他未及芭蕉，沒能深探人生，也有逃避現實式的浪漫及唯美主義傾向。

與謝蕪村俳諧選句

① **春の海　ひねもす*1のたり　のたりかな**

＊1　朝から晩まで。一日中。終日。

【譯文】　海面和煦春　波浪起伏輕拍岸　一日暖洋洋

季語「春の海」（春）。海面上灑滿和煦的春光，輕柔的白色浪花整日簇擁反復地拍打著海岸。主題為祥和悠閒的春海。作者以祥和悠閒，巧妙地把時間和空間融為一體，加上「終日」一語，使人感到春的優美旋律。

② **高麗船*1（こまぶね）の　寄*2らで過ぎゆく　かすみかな**

＊1　朝鮮的船。指朝鮮半島的古代船。

＊2　立ち寄らないで。「で」，否定式接續助詞。

【譯文】 霧紗罩海面　朦朧高麗船身美　閃現又消失

季語「かすみ」(春)。海面上輕霧濛濛，似乎是一艘異國船出現在眼前。朦朧中的船身絢麗多彩，充滿異國風情。想等船靠近再看個仔細，沒成想她已消失在朦朧中。詩句中的「寄らで過ぎゆく」(沒等靠岸卻又遠去)，含有作者的遺憾心情，表達了作者夢幻般情景描寫以及對異國風情的讚美。是一幅充滿浪漫芳香的場景。

③ 鳥羽殿*1へ　五六騎いそぐ　野分*2かな

*1　京都市南部白河、鳥羽兩上皇的離宮。這裡指崇德上皇舉兵時，一隊騎兵馳往的地方(背景為保元之亂)。

*2　秋天的強風。秋季的颱風。

【譯文】 五六騎兵群　飛馬馳向鳥羽宮　狂飆秋風起

季語「野分」(秋)。秋風四起，一群騎兵武士疾馳而來，又向離宮飛去。不得不令人感到，將要發生什麼事變。這是一首畫卷詩。作者面對一幅「武士馳騁圖」(平治物語畫卷)，湧出詩意之靈感。蕪村的俳諧題材，有不少取於歷史素材。這首詩取材保元之亂。以「いそぐ」(疾馳)來表達「風雲變幻」，加之「野分」(秋天的強風)，使人腦海中浮現出中世時代的戰爭風雲。以此能夠盡情欣賞歷史繪卷的情趣。

④ 斧入れて　香におどろくや　冬木立

【譯文】　斧砍枯樹幹　清香一股入心脾　蘊有生命強

季語「冬木立」(冬)。揮斧向一棵枯竭的樹幹砍去，頓時一股樹木的清香撲面而來，沁人肺腑。這些表為枯木而其中卻蘊藏著生生活力。蕪村的詩句中，多有觸發新鮮之感的作品。該作的重心在「中七」(二句)。嚴冬裡，看來是一棵不起眼的枯樹幹。一股清香卻使人感到，它內涵著無限的生命力。

3 小林一茶

小林一茶（一七六三～一八二七），長野信州柏原的農家之子。三歲喪母。一直和繼母不諧。十五歲被迫到江戶奉職。長期與異母兄弟糾繞在遺產糾紛之中。五十一歲終於回到故里。妻子早年過世。又與第二位妻子不和而離緣。晚年，曾遭受火災而無家可歸。一生不幸。

天明中興期之後，迎來了文化文政時代（一八〇四～一八二九），這時期的俳壇幾乎處於停滯狀態。但是，此時的小林一茶，卻在俳諧的創作上體現出新的氣象。他的俳諧自由奔放，體現著主觀的現實主義，充滿著自虐自嘲以及對弱者們的同情。他大膽自由使用口語、俗語、擬聲詞。這也是他俳風的最大特點。

小林一茶俳諧選句

① **有り[*1]明けや　浅間(あさま)[*2]の霧(きり)が　膳(ぜん)をはふ**

＊1　有り明けの月。陰暦十六日以後、月が空に消え残ったまま夜が明けることを言う。

＊2　坐落在群馬長野縣境之間的活火山。

【譯文】　清晨望殘月　淺間霧流入窗來　爬過桌餐前

季語「霧」（秋）。這是一首精彩至極的寫生詩。清晨起來，即將外出時，看到當空懸掛著十五後的殘月。從淺間山飄來陣陣霧氣，像雲煙被吸入窗內，低低繚繞著已擺上的早餐。作者以「有り明け」一詞，表達時刻。以「浅間」（淺間山）和「膳」表達背景。用「はふ」（動詞：爬）一語對霧氣的敘述惟妙惟肖。

② 雪とけて　村いっぱいの　子どもかな

【譯文】　冰雪融融消　傾院孩童嬉中鬧　哪來這多孩（兒）

季語「雪どけ」（春）。漫漫嚴冬。冰雪開始消融，終於迎來春天的到來。一群急不可待的孩子們蜂擁而出，跑到院外盡情嬉鬧玩耍。村裡竟然有這麼多的孩童，真讓人吃驚。詩句體現了從嚴冬中解放出來的愉悅。作者通過孩童們的表現，敘述了雪國的人們待春的急切心情。

③ ふるさとや　寄[*1]るもさはるも　ばらの花

*1　いついかなる場合にも。折さえあれば。

【譯文】　遠程回故里　家人村人圍上來　薔薇刺痛心

季語「ばらの花」(夏)。遠道回到故鄉，家人村人都圍上來，如同薔薇棘刺紮在身上，灼痛心間。這首詩道出了作者心中對故鄉的憤懣。作者遠路回到故鄉——信州的柏原。圍繞遺產問題，繼母和異母兄弟對自己的意見充耳不聞。為此，又不得不再次離開故鄉。值此面對冷漠的現實，作者心中充滿憤慨和遺憾。這裡的「薔薇花」，由於受到季語的限制，理解為「薔薇棘刺」為宜。

④ **秋風や　むしりたがりし　赤い花**

【譯文】 秋風掃墓行　亡兒喜愛花滿開　如此紅又紅

季語「秋風」(秋)。去為亡兒掃墓。途中遍地開滿亡兒曾喜歡的紅花。看到這些在秋風中搖晃著的紅花，心裡有無盡的懷念和悲哀。這首詩以花來懷念失去的女兒。該作的前書為「裡女　三十五日墓」。作品中提到是為女兒去掃墓。作者的長子曾過早故去，五十六歲才得嬌女「裡」。可是，不到一年，女兒也逝去。隨著秋風搖擺的紅花曾是女兒喜歡的花草。看到這些，勾起深深懷念，催人淚下。

◉研究史

◆蕉風俳諧的研究

研究史分三個階段。第一階段明治、大正期。傳記有滕郁治兮『芭蕉翁略年表』(自筆稿本　明15)。全集有筒井民次郎編『註纂　芭蕉翁一代集』(明24)。發句集有白日庵守朴編『芭蕉翁發句集』(明26)。評論領域研究有正岡子規「芭蕉雜談」(報紙『日本』明26　11～27　1)。明治後期發行了『俳諧文庫』全二十四卷(博文館　明30～34)，芭蕉俳句新注單行本（寒川鼠骨『續芭蕉俳句評釋』大學館 大2），七部集注釋（棚橋碌翁『俳諧炭俵注解』二冊，河東碧梧桐『俳句評釋』、『續俳句評釋』，鳴雪『七部集俳句評釋』大學館 明38）等。大正時代有『俳諧叢書』全七冊（博文館 大1～5），小林一郎『芭蕉翁的一生』（大同館書店 大10）。大正十五年，勝峯晉風日本俳諧大系第一卷『芭蕉一代集』（春風社）出版。

第二階段昭和前期。在作品的注釋和欣賞方面，七部集中有幸田露伴『春日 曠野抄』、『炭俵 續猿蓑抄』（岩波書店 昭2～5）等連句注釋。發句研究，有志田義秀『芭蕉俳句的解釋與鑒賞』二冊（至文堂 昭15 21），加藤楸邨『芭蕉秀句』二冊（角川選書 昭27 29），山本健吉『芭蕉—鑒賞和批判—』三冊（新潮社 昭30～31）等。

第三階段昭和後期到平成期。傳記有阿部喜三郎『松尾芭蕉』（人物叢書 吉川弘文館 昭36），阿部正美『芭蕉傳記考說』（明治書院 昭36）。叢書有『芭蕉書』七冊（角川書店 昭45）。講座有『芭蕉講座』五冊（有精堂 昭57～60）等。入門研究有山本唯一『京近江的蕉門們』（和泉書院 平2），堀切實『芭蕉的門人』（岩波新書 平3）。評釋鑒賞研究有野村一三『其角連句全注釋』（笠間書院 昭51）等。

◆與謝蕪村的研究

明治時代以前對蕪村就有過研究。但真正對原文的研究是蕪村沒後發行的『蕪村句集』（幾董著 天明4刊），『蕪村七部集』（菊屋太兵衛等著 文化6刊）。明治三十年前後，有春秋庵幹『蕪村句文集』（明倫社出版部 明29），渡部霞江、三森松江『夜半亭蕪村句解之緒』（明倫社出版部 明30），阿心庵雪人『蕪村全集』（上田屋書店 明30）等。大正時期，對原文的研究有了進一步發展。主要有水島重治『俳聖蕪村全集』（聚英閣 大10），長谷川零余子『蕪村俳句全集』（日本評論社 大10）。昭和時期有，勝峯晉風、荻原井泉水『日本俳書大系』（春秋社 大15～昭3）全十七冊。這些研究論著為俳諧史主流研究奠定了基礎。一九四五年後，成立了俳諧研究會，研究互聯、資料交流方面得到飛躍發展。重要文獻有，大谷篤蔵、岡田利兵衛、鳥居清『蕪村集 全』第12卷（集英社 昭47），『中興俳句集』第13卷（同右昭45），『中興俳論俳文集』第14卷（同右昭46）。根據研究成果在發句注釋方面的論著不斷發行。其中有，清水孝之『與謝蕪村集』(新潮社 昭54),『與謝蕪村的鑒賞和批判』(明治書院 昭58)等。發句研究以外,注釋方面有,昭和女子大學連句研究會『蕪村連句研究』(武蔵野書院 昭31),野村一三『蕪村連句全注釋』(笠間書院 昭50)等。其他有,大礒義雄『俳句系列與謝蕪村』(櫻楓社 昭41,昭51 59新訂版)等。

課題有,在以往的發句及全連句注釋的基礎上,有必要深入研究同時代的俳壇動向及文藝思潮;綜合考察蕪村包括俳畫的畫業與俳諧。對近代詩的影響以及對海外詩人的影響等。

◆小林一茶的研究

傳記研究。進入近代,正岡子規「評一茶俳句」(收進『俳人一茶』三松堂 明30)首次對一茶進行評價。子規對一茶的評價,歸納了「滑稽」、「諷刺」、「慈愛」三點,其中特別重視「滑稽」。子規校閱初次出版的傳記、作品集有『俳人一茶』(宮澤義喜、同岩太郎編,三松堂 明30)。一九〇八年在長野市,由中村六郎宣導成立「一茶同好會」,相繼刊行了『七番日記』(明43),『一茶遺墨鑒』(大2)。同好會成員束松露香在「信濃新聞」連載「俳諧寺一茶」,後改訂出版。太平洋戰爭後,一茶被作為愛國詩人,在資料證實研究上邁開步伐。主要研究人物有俳誌『科野』主持人栗生純夫等。小林計一郎『小林一茶』(吉川弘文館 昭36)從地方資料的研究著手,探討了一茶生活實況。另外,有一九八〇年完成的『一茶全集』(尾澤喜雄、小林計一郎、丸山一彥等人編 八卷別卷一 信濃每日新聞社),全發句單語分類『一茶發句總索引』(滝澤貞夫、二澤久昭等人編 信濃每日新聞社 平6),『一茶大事典』等均為重要參考文獻。

作品研究。大正末期,初次發行的一茶作品注釋『一茶俳句新釋』(川島露石著 紅玉堂 大5)至今為重要參考文獻。有關發句,有加藤楸邨『一茶秀句』(春秋社「日本的秀句」3 昭39),丸山一彥『一茶秀句選』(評論社 昭50),金子兜太『小林句集』(岩波書店「讀古典」9 昭58)。俳文整體研究主要文獻有『注解一茶文集』(伊藤正雄著 三省堂 昭13),『蕪村 一茶』(有精堂 山下一海「日本文學研究資料叢書」昭50)等。

在傳記研究上,雖然有大量一茶遺留資料,但對他的人生作風仍滯於恣意解釋。為進一步深入研究一茶的同時,還要注重對同一時代，同等水準的俳人作風等進行研究。過去的傳記研究，有關一茶和異母兄弟的遺產糾紛問題一面強調甚多，應注重全面性研究。

四　歌舞伎和淨琉璃　妹背山婦女庭訓

1 歌舞伎和淨琉璃的誕生

歌舞伎起源於十七世紀初。出雲大社有位叫阿國的巫女最先表演一種「歌舞伎舞踊」。中世時代末，這種風流形式的「念佛舞踊」經過加工在民間開始流行。「かぶき」一詞是「かぶく」的名詞化，是「偏傾」之意，指脫離常規。阿國身著異裝表演官能式舞踊贏得喝彩。由此誕生了「女歌舞伎」。後來又轉為男性為主角的「野郎歌舞伎」，並欲求重點修飾演技，開始走向演劇藝術的道路。

室町時代中期，作為一種敘說形式的淨琉璃於慶長（一五九六～一六一四）年間從琉球入傳本土。本土人對此進行以「三味線」（類似三絃）為主的樂器伴奏，又加上古代就有的獨特人形的人工操作演技，以此誕生了「淨琉璃」。

2 歌舞伎和淨琉璃的發展

歌舞伎重視演技後，迅速出現了一些優秀演員。特別是進入元祿時代，在上方地區湧現出坂田藤十郎等著名藝術家。江戶地區的市川團十郎始創了歌舞伎粗狂豪放的藝術形式。『役者論語』是有關藤十郎演技論及其故事的重要資料。該作者為近世著名劇作家近松門左衛門（一六五三～一七二四）。他與藤十郎聯手寫了不少歌舞伎狂言劇作。當時十分活躍。

淨琉璃藝術界，湧現出井上播磨掾、宇治加賀掾等優秀太夫。竹木義太夫繼承先行成果，綜合彙聚音曲之長，創始了義太夫節。一六八六年，義太夫請近松門左衛門寫了劇本『出世景清』後，他們又聯手創作了許多淨琉璃的演劇劇本，迎來淨琉璃歷史的重要時代。

3 歌舞伎的興隆和浄瑠璃的停滞

元祿時期（一六八八～一七〇三），歌舞伎以其舞臺的容色藝術開始受到重視，湧現出一代優秀的藝術家，並有了專業性劇本創作者。特別進入元祿時代，上方地區的坂田藤十郎等名家，他們表演的寫實題材作品，達到了高超的演技藝術。江戸地區的市川團十郎創始並展現出歌舞伎豪爽幹練的舞臺藝術風格。這時的主要作家有近松門左衛門。

近松門左衛門最初活躍於歌舞伎創作活動，後轉入淨琉璃的劇創活動。當時的歌舞伎界，「演員中心主義」非常嚴重，為此存在著各種嚴格制約。作為作家自然手腳被縛。這是近松離開該界的主要原因。

同一時代的浄瑠璃藝術，出現了井上播磨掾、宇治加賀掾等優秀太夫，在音曲藝術方面加以精益求精的研究，竹本義太夫（一六五二～一七一四）對此進行了繼承和發展。貞享三年（一六八六年），近松門左衛門受委託，創作了浄瑠璃劇目作品『出世景清』，從此近松為義太夫創作眾多作品，迎來了浄瑠璃藝術史上的劃時代鼎盛時期。

浄瑠璃作家近松半二（一七二五～一七八三）等又創作了『本朝二十四孝』、『妹背山婦女庭訓』等力作。但是，在藝術表現上停滞於借鑒歌舞伎的表現手法，作為浄瑠璃的表現藝術卻如入絕境。並木正三（一七三〇～一七七三）本是浄瑠璃作家，隨後轉為歌舞伎作家，他的劇本中大量汲取併發揮了浄瑠璃的構想力。特別是，他為歌舞伎的旋轉舞臺等裝置設計上深下功夫，為發展歌舞伎獨特的藝術做出了貢獻。

4『妹背山婦女庭訓』

正如右述，『妹背山婦女庭訓』是近松半二淨琉璃著名劇作之一。淨琉璃竹本座迎來全盛期之後，於明和四（一七六七）年謝座。雖曾一度試圖重新振作，但未嘗如願。『妹背山婦女庭訓』在文學史上的意義是，該作為淨琉璃史上最後的優秀作家近松半二的代表之作，演出次數最多，對後世的傳統藝術影響極大。至今，該作依然是歌舞伎，淨琉璃的演出劇目之一。作品取得巨大成功的因素在於，構思宏偉壯麗，配置多様趣向，表現技巧複雜，充分體現出作者非凡的創造能力。即，天智天皇和鎌足的入鹿討伐，在如此敞闊的背景中，揉進一些傳奇故事，使每個場景以及人物都栩栩如生。

『妹背山婦女庭訓』選節1

「二」天智天皇の宮中（大内の場）

[*1]畏くも知ろし召す。[*2]敷津八州の[*3]三器。智たり、仁たり、英雄の。利き[*4]剣四夷を刑し。[*5]和らぎ治む和歌の道。[*6]八つの耳をふり立てて小男鹿の音弥高く。[*7]曲れるを直きに置く。[*8]操久しき君子国。栄枯こもぐ[*9]皇の。宝祚伝へて[*10]三十九代。天智天皇の宮居なす。〽奈良の都の。冬木立。

日の本の聖主たる君、[*11]万乗の御身だに。[*12]闇き盲の御悩み、天地に日を失ふごとく、[*13]堂上堂下これをいたみ、時々の評議もほかならず。[*14]玉座の左は[*15]蘇我蝦夷子大臣。政務を預る威にはびこり。[*16]我意憍慢たるその勢ひ。右の座には阿倍中納言行主。[*17]庭上の勤臣には[*18]大判事清澄、守護の武功を立て烏帽子。[*19]素袍の袖もたをやかに。同じくこなたは蝦夷子が家臣宮越玄蕃。そのほか[*20]百官百司の面々、威儀を。正して[*21]伺候ある。

蝦夷子寛然と[*22]上笏し。あらためて言ふに及ばねど。帝盲とならせ給ひ。[*23]神例古実、日々の政務。行はせ給ふことあたはず。老身のこの蝦夷子ことぐくこれをはからふ。倅入鹿の大臣は病床に引きこもり。また。進み出て力となるべき鎌足の大臣には。仮初にも虚病を構へ。行事を捨てて引き込む了簡。とくより帝へ[*24]奏聞遂げ。今日は鎌足を呼び出し。事を糺すに一決。それ故使ひを立ておきたりと。儕が邪智を押し隠し、[*25]さしから。ごとぞぜひもなき。

*1　おそれ多くも統治される、の意。

＊2　日本のこと。

＊3　三神器（八咫鏡、草薙劍、八尺瓊勾玉）。天皇權力的象徵。

＊4　四方敵國。

＊5　三十一文字和歌之道。

＊6　同時聽取多方意見（不滿訴說）。

＊7　正しい政治が行われるさま。

＊8　人品みやびやかなこと。

＊9　天皇の位。

＊10　神功皇后を代数に加えた数。

＊11　天皇の位。

＊12　據舞曲「入鹿」先行之作中記載，鎌足因入鹿討伐而失明。

＊13　允許上殿的人。

＊14　天皇的御座。

＊15　父馬子死後，成為大臣。被稱為豐浦大臣。

＊16　自分の思い立てを押し通すさま。

＊17　庭先。

＊18　在刑部省，大宰府設置的官職。

＊19　江戸時代武士的禮服。

＊20　多くの役人。さまざまの官職。

＊21　貴人身旁作侍奉的人。

＊22　大臣上奏天皇時，捧在雙手的奏牌。
＊23　神事祭祀儀式。
＊24　上奏天皇。
＊25　讒言。莫須有罪名。

【譯文】

「一」天智天皇宮中（第一場　大內）

日本三神器，治國之最高權力，尊貴威嚴，凝聚著「智」、「仁」、「勇」。她將懲治四方之敵。治國之本，一為和歌之道，二為傾聽多方民聲，美名高揚，有誤必糾，品行高雅。如此君子之國，枯榮反復，代之傳代。天智天皇，三十八代，冬季定都奈良。

日本聖主天皇，貴體欠佳，雙目疾患。天地無輝。殿上堂下，痛心萬分，時當論政，無人不憂。御座左蘇我蝦夷子大臣，政務委身，自認人上之人，好不威風。御座右安倍中納言行主，院內勤臣中有大判事清澄，武功守護。眾卿華冠彩袍，豪雅至極。這邊侍有蝦夷子家臣宮越玄蕃，百官百司，面面儀錶堂堂，個個威嚴凜凜。

蝦夷子手捧奏牌道，「無須重複，御帝患疾目盲，不能親臨神事祭祀儀式，也不能理朝執政。老身我蝦夷子來代替理政。兒入鹿大臣臥於病榻。還有，本能積極盡力的鎌足大臣不加深思，聲稱病休，擱置政務，有隱居之思。此事已儘快呈奏御帝。今喚鎌足問個清楚，須有一致結論。為此，喚眾卿上朝。」無需而論，這是邪智讒言。

選節２（題目同右）

中納言進み寄り．蝦夷子公の仰せもさることながら．忠勤直しき鎌足大臣．何を以て野心あらん．再三思慮[1]をめぐらされ、麁忽の計らひなきやうにと．仰せも待たず宮超玄蕃．コハ行主公の言葉とも覚えず．君の叡慮を安んぜんと．老身の労れも厭はず．忠勤一途の蝦夷子公．麁忽の奏聞あるべきか．歌、蹴鞠[2]に日を暮し、政務をしらぬ馬鹿公家と．一つ口[3]には申されずと．傍若無人のお主贔屓。大判事居直つて、ヤア陪臣[4]の玄蕃、過言[5]千万．堂上の論談[6]は君子の諍ひ．其方たちが知ることならず．そがつて居やれときめ付く[7]れば．イヤ陪臣でも陪臣でも．理非を正すに遠慮はない．今一言言つてみよ、手は見せぬと．詰め[8]かくれば、こなたも鍔元[9]くつろげて．すでに[10]かうよと互ひの争ひ。蝦夷子声かけ．ヤア〱清澄、玄蕃めも差し控へよ．無礼至極と制する折から．取次ぎの青[11]侍罷り出で．武官の方々へ御願ひの筋候ふとて．さきだつて相果てし太宰少弐[12]の後室．押して伺候[13]仕ると．呼ばゝるほどなく入り来る．太宰の後室定高とて、媚[14]も、けはひもさだ過ぎ[15]て、世を捨て[16]．草の二つ髷[17]．

＊1　天皇のお考え。
＊2　蹴鞠。古代貴族遊戯的一種皮制球。從中國經由朝鮮半島傳入日本，平安後期，貴族中十分盛行。
＊3　同等に扱って言うこと。
＊4　帝の臣下のまた臣下。
＊5　身に過ぎた物言い。
＊6　物事の理非善悪を談じあうこと。
＊7　しかりつける。
＊8　迫り寄って問いただす。
＊9　刀の鍔際をゆるめて，相手に襲いかかろうとするさま。

＊10　まさに事を起こそうとするさま。
＊11　「あをさぶらひ」的音讀語。身份低的年輕武士。
＊12　大宰府次官。也用於姓。「後室」，有身份的寡婦。
＊13　強いて。
＊14　顔形も態度・雰囲気も、の意。
＊15　盛りの年齢を過ぎる。
＊16　世俗の交わりを絶つ、の意。
＊17　中年婦女的髮型。頭髮從中分開在兩邊束結。

【譯文】

中納言上前一步道，「蝦夷子公言之有理。可鎌足大臣忠勤一途，野心為何？要慎之又慎，不可輕易下結論呀。」宮越玄蕃聽此，迫不急待地說，「這可不像行主公之言。公圖省心，不顧老身之勞。你是說真正忠勤一途的蝦夷子公有輕率之言？整日作歌玩球，不聞政務，和昏慵君臣有何兩樣？」玄蕃旁若無人，信口為主辯言。大判事整整坐姿，憤言，「玄蕃，你這下臣，未免言過太甚。堂上非理惡辯謂君子之諍，你們可知？趕快退下。」「哎呀，雖說下臣，辯明是非不可等閒。今天就辯辯這個是非。」蝦夷子挑唆。只見雙方均手扶刀鞘，大有一觸即發之勢。蝦夷子又說，「我說清澄，玄蕃，你們都別諍了，真是放肆。」正在這時，下士進宮報告，「先日過世的大宰少二後室強要進宮，說有要事呈報各位武官大人。」沒等招呼，只見大宰後室定高進來。容貌、氣勢業到中年。她雙束髮結，一見便知是棄離塵世之人。

右選兩節是『妹背山婦女庭訓』第一幕的開場景。天智天皇因雙目患疾，政務混亂。蘇我蝦夷乘此讒言中臣鎌足，企圖讓他失勢。以此，蘇我和鎌足雙方人物開始一場舌戰。其中的出場人物大判事清澄和「大宰後室定高」，是故事展開的引線。

◉『妹背山婦女庭訓』梗概

大判事清澄和大宰後室定高，因領地之爭而成為對仇。然而，清澄之子久我之助和定高之女雛鳥為戀人，他們對父母的仇視關係毫無所知。鎌足之女采女逃出宮中，途中得到久我之助相救。盲目禦帝得知采女投身猿澤池，急急前往。蝦夷之子入鹿趁機亂宮，稱己為帝。權勢在握並橫暴施政的入鹿提出將久我為家臣，雛鳥為側室。

清澄和定高各自回到家中。兩家各住兩山的山腳，兩山之間夾著一條吉野川。這兩座山，一座叫妹山，一座叫背山。當他們知道自己的兒女已逝，一掃過去之仇，含淚懷念。定高把手制的雛鳥人形順河流向大判事家，表示一對戀人終於結為夫妻。

入鹿是其父蝦夷讓妻子喝下白色牡鹿之血而生，具有超人之神力。帝躲在山中芝六家中。聽說用爪黑神鹿和妒心深重之女的血能滅掉入鹿。芝六違禁在葛籠山射死爪黑神鹿。其子三作負罪受石刑（將受刑犯墜入土洞，落石致死），被鎌足救出。采女找到神鏡，治癒禦帝眼疾。鱶七（鎌足家臣金輪五郎）把爪黑神鹿和嫉妒狂女三輪的生血注入鹿笛，並吹起來。

鹿笛魔力使入鹿力衰銳減，並徹底滅亡。從此，禦帝複回皇位，和平治國。

故事涉及的有關歷史人物有蘇我氏的蝦夷和藤原鎌足。

蘇我蝦夷，飛鳥時代大臣，政治家，貴族。被中大兄皇子（後來的天智天皇）和中臣鎌足討伐，後自殺。歷史上稱之為「乙巳之變」。

藤原鎌足，飛鳥時代政治家，藤原氏之祖。原中臣氏，名為中臣鎌子。後改名為中臣鎌足。臨終前賜姓藤原。據

『藤原家傳』記載，鎌足出身大和國高市郡藤原（現奈良縣橿原市）。從小對中國史書深感興趣，熟記『六韜』，傾心學習儒教。他和當時的蘇我入鹿均以秀才而著稱。

『妹背山婦女庭訓』的故事情節以古代歷史的著名人物及事件為背景，巧妙加入「采女絹掛柳」，「射殺神鹿」，「三山傳說」等神話故事，情節生動複雜。在描寫久我和定高兩家悲劇中，兩家各自住在的「妹山」和「背山」，櫻花盛開，富有詩情畫意。舞臺全景美如仙境，給人留下極深刻印象。作品題目以此命名。全劇由五段構成，初段為大內，小松原，蝦夷館。二段為猿澤池，葛籠山，芝六家。三段為太宰館，妹背山。四段為杉酒屋，道行，三笠山禦殿。五段為志賀皇宮。

◉近松半二的研究

近松半二（一七二五～一七八三），淨琉璃劇作家。儒學者穗積以貫次男（有三男之說）。本名成章。因敬仰父親的親交近松門左衛門，改姓近松。淨琉璃衰退期（一七五一～一七八〇），主要在竹本座致力於淨琉璃的復興事業。

有關半二逝年有不同說法。據角田一郎介紹，天明（一七八一～一七八八）二、三、四、五、六、七年之說均有根據（「近松半二沒年考」『帝國大學文學部紀要』9昭52 10），但在結論上，對天明三年這一多數說法未能予以否定。中村幸彥根據「遵古先生（穗積以貫）碑」文，指出半二有可能以貫後妻所生次男「季昌」（「穗積以貫年譜略」追記『日本文學研究』文理書院 昭49），後在他著集中提出結論，「三男成章是之後的近松半二。前出碑文「字半五」可能為誤寫」（『日本文學研究』中央公論社 昭57）。即，半二三男之說的根據為此碑文。

有關作品風格。坪內逍遙「妹背山婦女庭訓」（『近松之研究』春陽堂 明33）認為，舞臺表現十分精彩。該論文中對作品內容的解釋為半二作品論的先驅。園田民雄『淨琉璃作者研究』（東京堂 昭19）指出，構思宏偉，劇情推理複雜，人物及舞臺設計均重視色彩美，吸收了歌舞伎的對話形式。從戰前到戰後，武智鐵二劇評的數篇論文（『定本 武智歌舞伎』2、3 三一書房 昭54所收）在半二作品論方面均有很大提示。

展望和課題主要有，松井今朝子「近松半二著作年譜及研究啟蒙」（『藝能史研究』58 昭52 7）為半二研究的必讀文獻。但正如松井所指出的那樣，作品中的翻刻為數甚少。在瞭解各作品梗概及首場公演作用等問題上，除需要全作品翻刻本外，在作品的研究上要有深度和廣度。

本書按照日本文學史時期的劃分以四章構成。每章在簡潔總括文學史特點的導入下，選擇了具有代表意義的名作，對其重要章節進行解析。古代文學分前後兩期。『古事記』是日本第一部用文字記載的文學作品。『萬葉集』是日本最古詩集，也被稱為日本民族之精魂。『竹取物語』是物語文學的鼻祖，而『伊勢物語』則是第一部和歌物語，被稱為日本國風文學的頂峰。『土佐日記』是開創日記文學領域的第一篇，也是男性用假名表述個人心理的文學方面的重大改革。『枕草子』、『源氏物語』是日本女性文學的先驅，其中『源氏物語』是世界上第一部長篇小說。『大鏡』是歷史小說的代表，能夠客觀記述歷史史實並具有批判精神。中世文學，『宇治拾遺物語』是「說話文學」的代表作。『十訓抄』多處引用中國史書典故，作為日本古代青少年道德教育的教科書，一直延用到江戸末期。『方丈記』、『徒然草』，包括右述『枕草子』是日本的三大隨筆。『平家物語』是「軍記物語」領域的傑作，既是史書，又是詩一般的敘事文學。近世文學，『玉勝間』和『雨月物語』是對当時學界和社會不良風氣予以深刻批判的國學名著。俳句是世界上最短的文學詩體。松尾芭蕉、與謝蕪村、小林一茶可謂日本三俳聖。提起歌舞伎、淨琉璃，應該說無人不曉，而『妹背山婦女庭訓』卻鮮為人知。這部作品至今仍然作為歌舞伎及淨琉璃傳統劇目展現世人，在日本傳統藝術史上具有重要意義。

為力求深探作品內涵，作為解析方法，除作品文章本身外，本書還注重于歷史和人物的背景分析，書中附有中文譯文以及整體作品的梗概和研究史。和歌的解析，也包括了和歌的創作技巧、用語、規則等。這些均可帮助讀者進一步開闊眼界。

本書譯著者在整個研究、撰寫過程中，十分注重日中文化之間既有相互聯繫，各有借鑒，又有各自的特點和差異。

為此，無論解析還是譯文，均力爭保持原文原意和時代風格，以期更多體會日本古代文學作品的深邃含義。儘管付出很大努力，但難免會出現不妥之處。敬請讀者多加指教。在此深表謝意。

譯著者

日本時代與文學名著年表

時代	西曆	主要發生事件	作品
大和	五七	倭奴國派往後漢使者、光武帝賜綬印	
	二三九	倭女王卑彌呼派往魏使者、明帝賜紫綬金印	
	三五〇	大和朝廷統一全國	
	四〇〇	建筑仁徳天皇陵、古坟文化盛行	
	四四〇	日本使用漢字最古例（船山古墳出土太刀銘）	
	五三八	百濟聖明王獻佛像和經卷（一說 五五二）、佛教传入日本	
飛鳥	五九三	聖徳太子攝政、引進佛教文化	『十七條憲法』（六〇四）
	六〇七	聖徳太子派遣小野小妹入隋	「三經義疏」（六一五）
	六三〇	首次派出遣唐使	
白鳳	六四五	大化改新	
	六七二	壬申之亂（大海人皇子滅近江朝大有皇子）	
	六八一	天武天皇敕令編撰國史	
	七〇一	制定大寶律令	
奈良	七一〇	平城遷都、迎來律令制國家盛期	『古事記』（七一二） 『日本書紀』（七二〇）
	七三五	吉備真備從大唐傳回圍棋	『出雲風土記』（七三三） 『懷風藻』（七五一）
	七七〇	印刷百萬塔陀羅經（日本最古印刷經籍）	『萬葉集』（約七七〇）
平安	七九四	平安遷都	『續日本紀』（七九七）
	八〇四	最澄、空海渡唐	『古語拾遺』（八〇七）
	八二二	延曆寺設置戒壇（大乘佛教）	『凌雲集』（八一四） 『文華秀麗集』（八一八）
	八二八	正倉院藏成實論訓點假名最古例（延續至今的最古片假名）	『日本靈異記』（八二三） 『經國集』（八二七） 『日本後紀』（八四〇）
	八六七	草假名最古例（平假名原形）——讚岐國司藤原有年申文	『竹取物語』（八四七） 『伊勢物語』（八四七） 『日本三代貫録』（九〇一）
	八九四	廢止遣唐使、盛興國風文化	『古今和歌集』（九〇五） 『新撰和歌集』（九三〇）
	九〇一	菅原道真左遷大宰權師、整理平假名字形	『倭名類聚抄』（九三四） 『土佐日記』（九三五） 『將門記』（九四〇）
	九三五	承平／天慶之亂（平將門反亂）	『後撰和歌集』（九五一） 『大和物語』（九五六）

時代	年	事項	作品
平安	九三八	僧侶空也念佛巡善、淨土教盛行	『蜻蛉日記』（九七四）『三寶繪詞』（九八四）『往生要集』（九八五）
		整理片假名字形	『落窪物語』（九八八）
	一〇〇〇	藤原道長之女彰子入一條天皇中宮、紫式部任侍女	『枕草子』（一〇〇〇）『拾遺和歌集』（一〇〇一）『和泉式部日記』（一〇〇八）
	一〇二〇	藤原道長興建法成寺	『源氏物語』（一〇一〇）
	一〇五一	前九年戰役（安倍賴時陸奧反亂、源賴義討伐）	『和漢朗詠集』（一〇一二）『榮花物語』（正編）（一〇二七）『本朝文粹』（一〇三〇）
	一〇五三	平等院鳳凰堂落成	『更級日記』（一〇五九）
	一〇八三	後三年戰役（清原氏陸奧出羽內訌、源義家平定）	『夜半寢覺』（一〇七〇）『成尋阿闍梨母集』（一〇七二）
	一〇八六	白河上皇設置院政	『後拾遺和歌集』（一〇八六）
	一一二六	藤原清衡奧州平泉興建中尊寺金色堂	『讚岐典侍日記』（一一〇七）『江談抄』（一一〇八）
	一一五六	保元之亂、武士涉入中央政界	『大鏡』（一一一〇）『今昔物語集』（一一二〇）

時代	年	事項	作品
平安	一一八〇	源賴朝舉兵發起源平爭亂、東大寺、興福寺被燒毀	『金葉和歌集』（一一二四）『詞花和歌集』（一一五一）『梁塵秘抄』（一一六九）『續詞花和歌集』（一一七七）『今鏡』（一一七八）『寶物集』（一一七九）『山家集』（一一八〇）
镰仓	一一八五	平氏敗亡、賴朝諸國設置守護、地頭、武家坐朝掌權	『千載和歌集』（一一八八）『無名草子』（一一九六）『興禪護國論』（一一九八）
	一一八九	源賴朝平定奧州、奧州藤原氏滅亡	『圍棋式』（一一九九）『水鏡』（一一九九）
	一一九〇	東大寺重建	『古來風體抄』（一二〇一）
	一一九一	僧侶榮西從宋歸朝、宣教臨濟禪	『無名抄』（一二一一）『方丈記』（一二一二）
	一一九二	源賴朝任征夷大將軍	『金槐和歌集』（一二一三）
	一二〇四	源賴家在修禪寺被謀害	『吃茶養生記』（一二一四）
	一二〇五	北條義時代替父親時政任政所別當（執權政治步入正規）	『發心集』（一二一五）『宇治拾遺物語』（一二二五）『新古今和歌集』（一二一六）
	一二〇七	禁止修行念佛、法然、	『覺禪鈔』（一二一七）

時代	年	事項	作品
鎌倉		親鸞分別流放土佐越後、僧侶高弁、栄西在栂尾山播種從大宋帶回的茶種	『建春門院中納言日記』（一二一九） 『愚管抄』（一二二〇） 『保元物語』（一二二〇）
	一二一九	源實朝被公曉暗殺、源氏斷絕正統	『平治物語』（一二二〇） 『海道記』（一二二三）
	一二二一	承久之亂、後鳥羽上皇流放隱岐	『教行信證』（一二二四） 『建禮門院右京大夫集』（一二三二）
	一二二五	幕府設置評定眾	
	一二二七	僧侶道元從大宋歸朝、宣教曹洞禪	『禦成敗式目』（一二三二） 『小倉百人一首』（一二三五）
	一二三二	制定貞永式目、武家法制生效	『正法眼藏隨聞記』（一二三八）
	一二七〇	北條實時在武藏金澤鄉收藏書籍、奠定金澤文庫	『平家物語』（一二四二） 『東関紀行』（一二四二） 『源平盛衰記』（一二五〇）
	一二七四	文永之役（蒙古軍襲擊九州博多）	『十訓抄』（一二五二） 『弁內侍日記』（一二五二）
	一二八一	弘安之役（蒙古軍再度試圖襲擊九州被暴風擊退）	『古今著聞集』（一二五四） 『苔之衣』（一二五五） 『守護國家論』（一二五九）
	一三一七	持明院、大覺寺兩統迭立	『立正安國論』（一二六〇） 『親鸞聖人禦消息集』（一二六二）

時代	年	事項	作品
鎌倉	一三二四	後醍醐天皇討幕計畫敗露、日野資朝治罪流放（正中事变）	『風葉和歌集』（一二七一） 『岩清水物語』（一二七一）
	一三三一	討幕計畫再度敗露、後醍醐天皇翌年被流放隱岐（元弘事變）	『十六夜日記』（一二八〇） 『沙石集』（一二八三） 『歎異抄』（一二八三） 『頓醫抄』（一三〇四） 『玉葉和歌集』（一三一二） 『續千載和歌集』（一三二〇） 『元亨釋書』（一三二二） 『徒然草』（一三三一）
南北朝	一三三三	足利尊氏、新田義貞舉兵滅鎌倉幕府	『大燈國師語錄』（一三三七）
	一三三四	建武中興	『神皇正統記』（一三三九） 『夢中問答集』（一三四四）
	一三三五	足利尊氏反骨、翌年南北朝對立	『菟玖波集』（一三五六） 『愚問賢註』（一三六三）
	一三三九	足利尊氏、直義兄弟諸國修建安國寺、利生塔	『築波問答』（一三六九） 『井蛙抄』（一三七〇） 『太平記』（一三七一） 『增鏡』（一三七四） 『近來風體抄』（一三八七）
室町	一三九二	南北兩朝統一	『花傳書』（一四〇三）

室町	一三九七	足利義滿在京都北山建造金閣寺	『曾我物語』（一四一二） 『義經記』（一四一二）
	一四〇一	足利義滿派遣赴明朝使節、日明貿易交往開通	『至花道書』（一四二〇） 『花鏡』（一四二四）
	一四二〇	觀阿彌、世阿彌創成能樂	『三議一統大雙紙』（一四二四）
	一四六七	應仁之亂（〜一四七七）	『吾妻問答』（一四六七） 『禦文』（一四七一）
	一四六九	畫僧雪舟從明朝歸朝	『水無瀬三吟』（一四八八） 『新撰犬築波集』（一五一四）
	一四八二	足利義政在京都東山建造銀閣寺	『閑吟集』（一五一八）
	一五三六	伊達氏制定『塵芥集』、戰國家法盛行	『禦伽草子』（一五一八）
	一五四三	葡萄牙人進入種子島、傳入武器	『中條流摘授全鑒』（一五一八）
	一五四九	亞索會宣教師澤碧耶勒傳基督教	
安土桃山	一五七三	織田信長驅逐足利義昭出京都、室町幕府滅亡	『啟迪集』（一五七四） 『山上宗二記』（一五八八）
	一五八二	本能寺事變、山崎合戰、豐臣秀吉討伐明智光秀	『伊曾保物語』（一五九三）
	一五九二	豐臣秀吉出兵朝鮮（〜	

安土桃山		一五九八）、從朝鮮傳入活字印刷	
江戸	一六〇〇	關原之戰、德川家康統治天下	『信長記』（一六〇〇） 『甲陽軍鑑』（一六二一）
	一六一三	伊達政宗派遣支倉常長赴羅馬	『醒睡笑』（一六二三） 『竹齋』（一六二四）
	一六一五	大阪夏之戰役、豐臣秀吉澱君自殺、豐臣氏族滅亡	『三河物語』（一六二六） 『塵劫記』（一六二七） 『兵法家傳書』（一六三二）
	一六三五	改定武家諸法度、制定參勤輪班制	『翁問答』（一六四〇） 『五輪書』（一六四三）
	一六三九	幕府禁止葡萄牙船入港（最後的鎖國令）	『三德抄』（一六四三） 『不動智神妙錄』（一六四五）
	一六五一	由井正雪等人顛覆幕府陰謀敗露並受討伐	『玲瓏集』（一六四五） 『拳白集』（一六四九）
	一六五七	江戸明曆火災、重新整劃市街	『東海道名所記』（一六五八）
	一六六三	改定武家諸法度、禁止徇死行為	『大學或問』（一六五八） 『萬民德用』（一六六一） 『因果物語』（一六六一）
	一六六八	池田光政在岡山創立鄉學閑谷學校	『太閣記』（一六六一） 『聖教要錄』（一六六五）
	一六八五	創立大阪竹本座、竹本	『伽婢子』（一六六六）

	義太夫、近松門左衛門創成淨琉璃並風靡于世	『本朝通鑑』（一六七〇） 『集義和書』初版（一六七二）
一六八九	松尾芭蕉「奥州小道」旅行、浮世草子進入全盛期	『好色一代男』（一六八二） 『語孟字義』（一六八三） 『西鶴諸國咄』（一六八五）
一七〇八	意大利宣教師西多岐潛入屋久島、新井白石開眼西洋文化	『本朝二十不孝』（一六八五） 『好色一代女』（一六八六） 『武道傳來記』（一六八七）
一七一六	德川吉宗任將軍、實施享保改革	『日本永代藏』（一六八八） 『武家義理物語』（一六八八）
一七二〇	西洋書籍進口禁況緩解、允許進口提倡實學書籍	『世間胸算用』（一六九二） 『狗張子』（一六九二） 『西鶴置土產』（一六九四）
一七二九	石田梅岩開創心學道話、普及封建式庶民倫理道德	『西鶴織留』（一六九四） 『奥州小道』（一六九四） 『農業全書』（一六九六）
一七五四	醫學家山脅東洋首次屍體解剖	『傾城佛之原』首演（一六九九）
一七五八	寶曆事件（竹內式部對公家聲稱尊王論受懲罰）	『梨本集』（一七〇〇） 『茶話指月集』（一七〇〇） 『曾根崎情死』首演（一七

一七六四	本居宣長著手研究古事記、奠定國學基礎	〇三） 『大和本草』（一七〇八）
一七六六	明和事件（山縣大弐宣講攻略江戸法受懲罰）	『集義外書』（一七〇九） 『冥途飛毛腿』首演（一七一一）
一七七一	杉田玄白等在江戸小塚原參觀囚犯屍體解剖、開始接受西洋醫學、著手翻譯『解體新書』	『傾城禁短氣』（一七一一） 『論語古義』（一七一二） 『讀史余論』（一七一二）
一七七二	田沼義次任「老中」（江戸幕府職稱，直屬將軍，廣泛掌管政治）、積極制定經濟、外交政策、灑落本、黃表紙刊物發行、江戸町人文化盛行	『括要演算法』（一七一二） 『養生訓』（一七一三） 『國性爺合戰』首演（一七一五） 『西洋紀聞』（一七一五） 『葉隱』（一七一六） 『情死天網島』首演（一七二〇）
一七七六	平賀源內完成靜電發電裝置	『女殺油地獄』首演（一七二一）
一七七九	塙保己一編輯『群書類從』	『俳諧七部集』（一七三二）
一七八二	天明大饑饉（〜一七八七）	『政談』（一七三六） 『都鄙問答』（一七三九）
一七八七	寬政改革、灑落本作家受懲罰	『菅原傳授手習鑑』首演（一七四六）
一七九二	俄羅斯使節勒克斯曼抵	『白隱法語』（一七四六）

江户		
	根室希求通商、維持鎖國政策困難、林子平因出版『海國兵談』受懲罰	『義經千本櫻』首演（一七四七）『庶物類纂』（一七四七）『假名手本忠臣藏』首演（一七四八）
一七九六	編撰完成首冊蘭日詞典『法爾末和解』、蘭學盛行	『國義考』（一七六五）『誹風柳多留』（一七六五）
一八〇〇	伊能忠敬測量蝦夷地勢、在海防對策及地理學方面做出貢獻	『雨月物語』（一七六八）『妹背山婦女庭訓』首演（一七七一）
一八〇五	華岡青州使用麻醉劑世界首例乳腺癌手術成功	『解體新書』翻譯出版（一七七四）
一八〇八	間宮林藏探險樺太地區、發現間宮海峽	『金々先生榮華夢』（一七七五）
一八一一	設立蠻書和解御用機構（翻譯局）	『去來抄』（一七七五）『金門五山桐』首演（一七七八）
一八二三	蘭館醫生希波爾特（德國人）來日滯留長崎診療並在鳴滝私塾講授西方醫學及科學思想	『萬載狂歌集』（一七八三）『伊賀越道中雙六』首演（一七八三）
一八二五	嚴禁外國船入港、徹底實行鎖國政策、滑稽本、人情本發行盛行	『蕪村句集』（一七八四）『鐵山秘書』（一七八四）『江戶生艷氣樺燒』（一七八五）
一八三三	安藤廣重印刷『東海道	八五）

江户		
	五十三次』、普及浮世繪版畫	『草茅危言』（一七八八）『女大學』（一七九〇）
一八三七	大阪發生「大鹽平八郎之亂」	『海國兵談』全卷出版（一七九一）
一八三九	渡邊崋山、高野長英入獄。	『源氏物語玉小櫛』（一七九六）
一八四一	天寶改革、禁止發行人情本	『古事記傳』（一七九八）『西域物語』（一七九八）
一八五一	荷蘭通詞本木昌造製造鉛字印刷	『初山踏』（一七九八）『東海道中膝栗毛』（一八
一八五三	貝利抵浦賀要求開放國門	〇二）（一八〇九完成）
一八五八	締結日美和好通商條約、尊王攘夷論激化	『花月草紙』（一八〇三）『浮世風呂』（一八〇九）
一八五九	橋本左內、吉田松陰等在安政大獄被處死刑	『稽古談』（一八一三）
一八六〇	勝海舟駛咸臨丸首次成功橫渡太平洋	『一茶日記』（一八一四）
一八六七	德川慶喜將軍奉還大政、江戶幕府滅亡	『蘭學事始』（一八一五）『江戶名所圖會』完成（一八一七）『九經談』（一八二〇）『夢之代』（一八二〇）

江戸
『混同秘策』(一八二三) 『東海道四谷怪談』首演(一八二五) 『日本外史』完成(一八二六) 『産科提要』(一八三〇) 『嬉遊笑覽』(一八三〇) 『春色梅兒譽美』(一八三二) 『通議』(一八三二) 『夢物語』(一八三八) 『慎機論』(一八三八) 『南總裡見八犬傳』完成(一八四二) 『貞丈雜記』(一八四三) 『軍用記』(一八四三) 『回天詩史』脱稿(一八四四) 『日本政記』(一八四五) 『儒林評』(一八五〇) 『微味幽玄考』(一八五〇) 『言志四錄』(一八五一) 『講孟余話』(一八五五) 『迂言』(一八五五)

江戸	明治
	一八七二 一八八九 一八九〇 一八九四
	公佈學制、採用陽曆 公佈大日本帝國憲法 召開首次帝國會議 日清戰爭爆發(~九五)
『沼山對話』(一八六四) 『沼山閒話』(一八六五)	『二宮翁夜話』(一八八四) 『冰川清話』(一八九七) 『大日本史』完成(一九〇六)

主要參考文献

西宮一民校注『古事記』新潮日本古典集成（新潮社　昭和五十四年六月）
鶴久等編『萬葉集』（桜楓社　昭和四十七年四月）
山口佳紀等校注譯『古事記』新編日本古典文学全集１（小学館　一九九七年六月）
小島憲之等校注譯『萬葉集』新編日本古典文学全集６～９（小学館　一九九四年五月～一九九六年八月）
片桐洋一校注譯『竹取物語』新編日本古典文学全集12（小学館　一九九四年十二月）
福井貞助校注譯『伊勢物語』（同右）
菊地靖彦校注譯『土佐日記』新編日本古典文学全集13（小学館　一九九五年十月）
松尾聰校注譯『枕草子』新編日本古典文学全集18（小学館　一九九七年十一月）
阿部秋生等校注譯『源氏物語』新編日本古典文学全集20～25（小学館　一九九四年三月～一九九八年四月）
橘健二等校注譯『大鏡』新編日本古典文学全集34（小学館　一九九六年六月）
神田秀夫校注譯『方丈記』新編日本古典文学全集44（小学館　一九九五年十月）
永積安明校注譯『徒然草』（同右）
市古貞治校注譯『平家物語』新編日本古典文学全集45～46（小学館　一九九四年六月～八月）
小林保治等校注譯『宇治拾遺物語』新編日本古典文学全集50（小学館　一九九六年七月）
浅見和彦校注譯『十訓抄』新編日本古典文学全集51（小学館　一九九七年十二月）
井本農一校注譯『松尾芭蕉集②』新編日本古典文学全集71（小学館　一九九七年九月）
高田衛校注譯『雨月物語』新編日本古典文学全集78（小学館　一九九五年十一月）

林久美子校注譯『妹背山婦女庭訓』新編日本文学全集77（小学館　二〇〇二年十月）
稲田篤信著『雨月物語　精読』（勉誠出版　二〇〇九年四月）
元田與市著『雨月物語探求』（翰林書房　平成五年四月）
阪東健雄著『上田秋成『雨月物語』論』（和泉書院　一九九九年六月）
山口誓子著『芭蕉秀句』（春秋社　一九六三年四月）
水原秋桜子著『蕪村秀句』（春秋社　一九六三年三月）
加藤楸邨著『一茶秀句』（春秋社　一九六四年十二月）
秋山虔編『易解古文』（文英堂　二〇〇三年）
西澤正史等編『日本古典文学研究史大事典』（勉誠出版　平成九年十一月初版）
東京学藝大学日本史研究室編『日本史年表』増補4版（東京堂出版　二〇〇七年三月）
赤塚忠等編『日本古典名著　総解説』（株式会社自由國民社　一九九八年一月）
西澤正史編『古典文学鑑賞辞典』（東京堂出版　平成十一年九月初版）
顧學頡校點『白居易集』全四巻（中華書局　一九七九年）
山岸徳平編『作品中心　日本文学史』（新典社　昭和四十三年四月初版）
山岸徳平等編『日本文学史概説　大學セミナー古典篇』（有精堂　一九七六年十二月初版）
西尾実等編『新版　日本文学史』（秀英出版　昭和四十六年一月初版）
今成元昭等編『中世文学』（おうふう　昭和四十三年四月初版）
藤平春男等編『中世文学史』（「年表資料」笠間書院　昭和四十八年四月）

後記

日本文學經歷了近一千四百多年的歷史磨煉，已成為東方乃至世界文學百花園中絢麗多彩的一支獨秀。日本古代文學深受中國古代文學的影響。隨著歷史和文化的發展，日本文學也不斷豐富成熟，並具有獨特的風格和感人的魅力。她代表著一個國家的輝煌文化，代表著一個民族的勤勞和智慧。

這本『日本古典文學作品解析』譯著撰寫的目的在於，在欣賞一千多年中誕生的文學精萃的同時，可縱覽日本這一島國的發展歷史和她的獨特風采。從而瞭解日本古代的歷史和傳統文化，以及古代人思想感情的抒發和文學藝術的表達形式，以此加深對不同國家文化以及不同民族的溝通與理解。

在現代，隨著社會經濟的發展，特別是高科技的日新月异，一些觀點認為，學習和研究歷史文化和文學並不會直接獲取經濟利益。筆者認為，順應社會發展，掌握現代的科技文化知識固然重要。但也不能因此而忽視對歷史文化的瞭解和傳承。事實說明，古典文學的學習，對提高素質，加深涵養和繼承民族傳統至關重要。歷史成就了今天，今天也將成就歷史，並成為今後時代的精神支柱。在現代化、國際化的今天，閱讀古典，汲取營養，借鑒先賢所積累的寶貴經驗，體味人間社會的真善美和人民大眾的喜怒哀樂，也依然會感受到其中的智慧和樂趣。通過閱讀古典，亦可使我們開闊眼界，增長知識，豐富思想感情和語言表達，充實精神世界，鼓起應對生活的挑戰勇氣。在全球化的今天，國際社會也需要人們懂得不同民族的發展史和文明史，這樣才能促進國際社會的相互瞭解，相互尊重，促進社會的健康發展和人們的和諧相處。

多年前，我來到香川大學準備參加研究生院的入學考試。我的第一位指導教官柴田昭二教授給我一本『土佐日記』。當他提到其中的章節和紀貫之時，是那樣地激情。就是這本『土佐日記』，帶我走進古典文學的世界。後來，我從更多的古典名著中不斷得到啟迪，使我走過艱難而曲折的道路。在研究和教學過程中，很多時候，我為中日兩國古典文學中各自的精彩感到愉悅和振奮，也強烈感到讓更多的人去瞭解中日兩國文化中的相通與差異是非常有必要的。

日本和中國，這對「一衣帶水的鄰邦」，既是如此的相互交融，又是那樣的「相隔遙遠」。而學古典、讀古典正是當今國際化時代，相互理解民族文化，提高涵養道德的契機。「以史為鑒」仍舊適用于當今社會。

來到櫻美林大學奉教，對學生的迎來送往，年復一年。有相聚的喜悅，也有惜別之情。師者，所為傳道受業解惑也。每當我腦海中浮現出一雙雙渴望求知的眼睛，一張張明快而愉悅的笑臉，會不由得感到為人師表的責任和意義。

本書承蒙櫻美林大學學術出版支助出版，在此深表感謝。感謝以櫻美林學園理事長、櫻美林大學校長佐藤東洋士先生為首的櫻美林大學對繼承優秀文化傳統以及育人教育的一貫重視和支持。

借此機會，也要一併感謝株式會社多田野名譽顧問多田野康雄先生和藤江夫人，感謝他們對我一直的鼓勵和在日本文化、歷史、民俗、方言等方面的熱心指教。感謝多年鼓勵、支援、關懷我的家人和日中兩國的朋友們。特別感謝為本書的出版給以大力而熱情協助的翰林書房今井肇社長和靜江夫人。

張　利利

二〇一一年一月吉日　於東京町田

再版後記

幾天前，我接到翰林書房電話。由於『日本古典文學作品解析』的庫存售罄，根據需求，準備第二次印刷出版。今年是特殊的一年。新冠肺炎在全球蔓延。學校為了抵禦感染擴傳，也採取了網絡教學。雖然因疫情改變了授課方式，但是學生們仍舊對學習知識抱有無盡的熱情。幾年來，為從學習古典文學中汲取營養，體會其中的智慧和樂趣，了解不同民族的文明史和發展史，使這本參考文獻脫銷，這是出乎意料的。

人類社會是在戰勝種種災難中發展起來的。為戰勝災難，有必要不斷學習和掌握科技和文化知識，這樣才能培養出具有世界眼光，有知識有本領的各類人才。他們定會在促進國際社會互相了解與合作中，共同應對複雜局面並發揮作用。

希望這本『解析』在這樣的特殊時期，能為各位讀者帶來一個研讀日本古典文學作品的機會。越是災難中越要學習，相信我們一定可以共克時艱。

最後借此機會，對本書再版給與大力支持和協助的翰林書房今井肇社長和靜江夫人深表感謝。

張　利利

二〇二〇年五月　於町田

【著者略歴】
張　利利
櫻美林大學准教授，博士，中國作家協會會員，中國翻譯工作者協會會員，翻譯家。
中國內蒙古出身。北京外國語學院畢業後，奉職中國人民對外友好協會及中日友好協會。1999年獲得香川大學研究生院教育學研究科教科教育（教育學）碩士學位。2003年獲得廣島女學院大學研究生院言語文化研究科日本言語文化博士（文學）學位。曾任株式會社多田野公司講師，高松大學非常勤講師。2007年奉職櫻美林大學。著書有《方丈記日中文學比較研究》，《日本近現代文學解析》，論文有「額田王春秋竟憐歌（16）日中比較」等。翻譯作品有《蒼狼》（井上靖），《紅花物語》《人生架橋》（水上勉），《鐵與火花》（多田野弘），（共譯）《朝陽門外的清水安三》（清水安三遺稿集），『異国の地にて』（原作《在彼処》付瑩）等。

日本古典文學作品解析

発行日	2011年 2 月22日　初版第一刷 2020年 6 月 8 日　初版第二刷
著　者	張　利利
発行人	今井　肇
発行所	翰林書房
	〒151-0071 東京都渋谷区本町1-4-16
	電 話 (03)6276-0633
	FAX (03)6276-0634
	http://www.kanrin.co.jp/
	Eメール●Kanrin@nifty.com
装　釘	須藤康子＋島津デザイン事務所
印刷・製本	メデューム

落丁・乱丁本はお取替えいたします

ISBN978-4-87737-311-5